文字里的情思

中国好文章书系

《好文章》 书系组委会 主编

光明日报出版社

图书在版编目（CIP）数据

文字里的情思 /《好文章》书系组委会主编 . -- 北
京：光明日报出版社，2022.9
ISBN 978－7－5194－6748－7

Ⅰ.①文… Ⅱ.①好… Ⅲ.①散文集—中国—当代
Ⅳ.①I267

中国版本图书馆 CIP 数据核字（2022）第 153297 号

文字里的情思
WENZI LI DE QINGSI

主　　编：《好文章》书系组委会

责任编辑：王　娟　　　　　　　责任校对：陈永娟
封面设计：中联华文　　　　　　责任印制：曹　净

出版发行：光明日报出版社
地　　址：北京市西城区永安路 106 号，100050
电　　话：010-63169890（咨询），010-63131930（邮购）
传　　真：010－63131930
网　　址：http：//book. gmw. cn
E － mail：gmrbcbs@ gmw. cn
法律顾问：北京市兰台律师事务所龚柳方律师

印　　刷：三河市华东印刷有限公司
装　　订：三河市华东印刷有限公司
本书如有破损、缺页、装订错误，请与本社联系调换，电话：010－63131930

开　　本：170mm×240mm
字　　数：278 千字　　　　　　印　　张：15.5
版　　次：2022 年 9 月第 1 版　　印　　次：2022 年 9 月第 1 次印刷
书　　号：ISBN 978－7－5194－6748－7
定　　价：95. 00 元

本书编委会

高普选　杨文彦　许景程　马溪甜　王佑政　罗柳川
魏丹焰　屈国雄　孙龙梅　韩庆山　陈信平　姜凤阁
杨海兵　叶远东　崔连英　葛　旺　谈　震　远　风
陈从志　荣　欣　周彩霞　温耀发　郭伟光　黄罗汉
刘志成　刘占荣　吴秋云　吴卓芹　刘枭智　张文栋
李色连　杨　府　谭振宇　梁立新　陈高星　戴迎春
孟　毅　席金鹏　张　冰　石光美　张旭红　刘　著
王永侠　谭庆荣　谢家俊　张义成　庄燕云

前　言

　　《淮南子·本经训》中记载："昔者仓颉作书，而天雨粟，鬼夜哭。"文字的力量，由此可见一斑。文字真是一种奇妙的东西，寥寥数字便在书写者与阅读者之间架起一座心灵之桥——娓娓道来的文字能够温暖人心，昂扬激越的文字让人心潮澎湃，蕴含哲理的文字能够明心见性，真情实感的文字催人泪下，让人心生感动。文字让我们的思绪插上了想象的翅膀，带我们飞入书写者用妙笔精心构建与编织的文字世界，让我们在知识与思想的天空中翱翔。

　　"中国好文章"大赛组委会从发出邀请至今，已收到数万名作者朋友的踊跃投稿，让我们倍感欣喜与珍惜。欣喜的是，你们看到了我们发出的征稿邀请，并勇于展示自己的才华；珍惜的是，你们将自己精心写就的文章托付给我们，是对我们的信任。身处此位，将心比心，每日与文字打交道的我们，更懂得作者对自己文章的用心与爱护。在与这些美文的不期而遇中，我们感受到你们对祖国大好河山的由衷赞美，对故乡故人的深深怀念，对青春往事的追忆释怀，对亲人朋友的真切情感……字字句句皆自肺腑流出，每一段文字、每一篇文章都承载着书写者的人生温度，讲述着书写者的奇妙故事，蕴藏着书写者的岁月感悟。

　　著名作家莫言曾在诺贝尔文学奖晚宴上的致辞中谈到自己对于坚持文学写作的看法："我深知世界上有许多作家有资格甚至比我更有资格获得这个奖项；我相信，只要他们坚持写下去，只要他们相信文学是人的光荣也是上帝赋予人的权利，那么，'他必将华冠加在你头上，把荣冕交给你'。"如今投稿的你们也是这样，不论年龄几何，不论身处何处，曾经，当你的脚步穿过那一排排放满书籍的书架，指尖抚过那一本本微微鼓起的书脊，听到那纸张翻阅的沙沙声，想必有一颗石子落入你如静水般的内心，激起了一圈圈淡淡涟漪，你便也想让自己的文字化为铅字，让每一个爱书之人感受到你笔下文字那鲜活的生命力。于是你们日复一日、年复一年保持着对文字、对写作的热爱，这在当下，是多么难能可贵的品质。我们发自内心地佩服书中各位作者对文学梦的坚守，因此有了我们在"中国好文章"的相遇，才有了这本凝结着你们心血结晶与智慧闪光的诚意之作。

　　一纸素笺，这卷承载着心语的墨香，是你们个人情怀与美德的人文积淀，是你们"文如其人"的最佳彰显，更是你们收获公众好评和认可的绝佳机会。或许今天热爱文学写作的你，明天就能在中国文坛拥有一席之地，成为反映美好新时代的一面旗帜，成为用文字影响他人的文化摆渡人！

　　"文明如水，润物无声。"书籍作为思想文化的载体、人类知识的殿堂，读罢方知心渠如许不彷徨，人间至爽在墨香。本书这些沉睡的文字，如时光与心灵的对白，诉说着少年五彩的梦，低唱着中年朴质的影，浅吟着老年夕阳的红，并赋予各时的震撼或感动、温暖或骄傲、火热或炽烈的瞬间以永恒……此刻，她正散发着墨香，静待有缘相会的读者来唤醒。

"中国好文章"大赛编委会

Contents

目　录

高普选作品 *

那一夜，我和父亲跋涉在灞河滩

　　啊，高速路，宽阔平坦的西蓝高速公路，像一条巨龙般，从蓝田县城边腾跃而起，傍着白鹿原，伴着滔滔灞河，绵延西去，直至西安。每当我乘车行走在高速路上，客车快速平稳地前进着，感受着车内祥和宁静的气氛，观赏着车窗外灞河两岸的景色，思绪就不由得飞回二十九年前——那个难忘的春天，发生在灞河岸边的一幕，久久印在我的心间……

　　那是伟大领袖毛主席去世后半年多，在"抓纲治国"的战鼓声中，又一个春天来临了！可这时的春天并不能给人格外的欣喜，它只是春荒和饥饿的代名词——那时每到春季也就是青黄不接闹饥荒的时候。家里快揭不开锅了，无奈之下，父亲把自家板楼上的檩条取下了几根，加上从高梢子柴里捡出的十来根"杠子"，一起捆上架子车，准备拉到靠近西安的田王镇卖掉，换回一点活命的粮食。那是个黑漆漆的夜晚，捆绑好车子，父亲和我启程了。走了四十多里，到了蓝田县城西十来里的地方，我们不敢走了——前面不到十里路就是泄湖镇，再往西十里是油坊街，都有"卡子"——那是"大批资本主义，大干社会主义"的年月，即使从自家板楼上取几根檩条去卖，也是"资本主义"，抓住了是要被没收的。怎么办？

　　父亲和我商量。趁着"卡子"上的人不在屋外值班，从路上悄悄闯过去？——不行，风险太大！等到后半夜，趁"卡子"的人回房间睡觉时再过？——也不行，耽搁了时间，天明时过不了油坊街，还是没有脱离危险区。而一旦被抓住，后果将不堪设想——眼前这车"木料"可是全家活命的唯一指望啊！怎么办？——走灞河最安全，从灞河绕过去！主意一定，父亲和我将架子车拐到路南边一条通往灞河的陌生的小路上。

---

　　* 作者简介：高普选，笔名高远，西安蓝田人，陕西师大中文系毕业，文学学士，中学高级教师。热爱文学，用笔书写人生的酸甜苦辣、悲欢离合，憎恶人心的贪婪险恶，感慨人生的珍贵、生活的不易、斗争和奋斗的重要，执着于美好的爱情和光明的未来。作品散见于《西安晚报》《白银文艺》等国家一二级报刊。有诗歌散文集《心中最美的花朵》。

不一会儿就来到了河岸上，只见黑黢黢的夜幕中，空寂无人的河道里，依稀可见河面上高高悬着一座"桥"——那是用两根砍倒的树并在一起搭在两岸石堆上的桥，车子根本无法通过，就是空着手的人也并不好过。这可怎么办，怎么办？

进，这河实在不好过；退，一想到"卡子"上那些查收者，我们就感到不寒而栗。无奈之下，父亲和我只好将车子上的绳子都解开；然后，父亲扛着粗些的檩条，我扛着细些的"杠子"，走向那由两棵树做成的桥。桥下的河水哗哗流着，如果一不小心掉下去，那后果可不敢想。脚踏着晃晃悠悠的"木桥"，耳听着脚下河水的喧响，我们一步、半步地往前挪动着脚步……终于来到了对岸。就这样，将车子上的木料一根一根运到了河南面。在南岸的河坝滩中，我们又把车子套好，把木料一一装上车子，再用绳子扎紧。这时，父亲指着不远处一排在夜色中显得黑乎乎的树林，让我过去看看路。我返回时，远远看见，白花花的河滩中间，一个黑点在似动非动地蠕动着，到了跟前，只见父亲正弓着腰拽着车子，在满是石头的河滩上吃力地往前移动着……

那黑乎乎的树林原来是河堤旁的树木。于是我们就沿着河堤往前走去。河堤并不平坦，我们只能拉着车子高一脚低一脚，跌跌撞撞地走着……

走啊走，不知过去了多长时间，走到东方出现鱼肚白，人也疲惫不堪时，河堤却在眼前断了！原本离得远远的山坡这时出现在眼前，河水从坡根下流过——我们没有路走了！

怎么办？前进无路，后退又无处可退。南面是山坡，北面是大河，往哪里走？

天大亮了，面前清澈的河水默默地流着。汗湿的衬衣贴在身上冷冰冰的。父亲想了想说："看来还得过河。"正是春寒料峭的时节，早晨的河水还是冰冷冰冷的。但是，不过河，又往哪里走？——决心一下，我和父亲当下脱了鞋，高高挽起裤脚，父亲拉着车子，我在旁边帮忙推着，将车子拉进齐膝深的水里。河水冰冷刺骨。到了河中间，双腿在冰水中已被冻得又疼又麻……我们咬着牙，强忍着，硬是将车子拉过了河……

沿着河北岸的河堤走了很长一段路，河堤走完了，又没有路走了。我们本以为已绕过了油坊街，打算将车子拉到公路上，可一打听，还没有绕过去。已到了骄阳当头的正午，好在这里河床平坦，父子俩只得再次脱鞋、挽裤，涉水过河，将车子又拉到河南岸。顺着山坡下一条坑坑洼洼的土路，上坡、下坡……又继续跋涉了四五个小时，太阳即将落山时，终于来到了西安近郊的柏油公路上……

每次去西安，车离开蓝田县城只几分钟，我就急着向车窗外左看右看——哪里是当年我和父亲黑夜过河的地方？我找不见，灞河两岸，人们正在田野里从容劳作，河滩上，放羊的孩子快乐悠闲。再看看，再看看，那个清冷的早晨，我涉水过河的地方在哪里？我找不见，河对岸达尔曼的现代化生产大棚一个挨一个，在阳光下金光闪闪。往远处看，河南岸，那条西去的土路在哪里？我找不见，只见坡上是"再造西部秀美山川"工程的郁郁葱葱的林木，坡下是一家连着一家的葡萄园，一眼望不到边……找不见啊找不见，岁月在不知不觉中更替，不意间东风浩荡，云开日出，换了人间！我的眼睛不觉有些湿润。啊，往事如烟被风吹散，可它分明在心头闪现，母亲的眼泪，父亲的叹息，既这般清晰，又那么遥远……

春天，不再是一个令人害怕的字眼，也不再是一个令人感到恐慌的季节！春天，是大自然美好的季节，这古今中外文人墨客讴歌过无数遍的季节，这在文学巨匠巴金笔下给人们带来欢乐和希望的季节，在那饥寒的年代，不仅没有带给我些许欣喜，却常常使我恐慌，甚至毛骨悚然！

啊，我爱高速路——西蓝高速公路！每次走过高速路，我都急于从车窗向外看，寻找当年走过的影子，深深感受今日生活的馨香甘甜。

那个泥泞的秋季

那是个多风多雨的秋季。

我七岁的女儿云生病已半年多了，虽经几个医院的诊治，却并无大的改观，而继续治疗，经济又很拮据。无奈之下，我到离家四百多里外的扶风县法门镇的一所民办高中打工。

第一次去上班，是七月末的一天——校方通知在那一天到校。儿子和女儿一块儿将我送到县城边的匝盘路。等车的时候，云搂住我的脖子将我亲了又亲，一再告诉我回来时走早些。去西安的客车来了。我告别了儿子和女儿，提起行李，向客车走去。在我身后，云失声哭了起来……客车启动了，当我从车窗口跟他们挥手道别时，只见云眼泪汪汪地望着我，伤心得难以自禁……

在分别的日子里，我天天给家里打电话，询问云的病情。云当时的病，集中表现在腿上：腿疼，一疼就站不起来，走不了路。西京医院神经内科诊断为肢痛性癫痫。可是，虽然服用着西京医院开的药，云的病状却是好若干日子，又犯若干日子，似乎如此循环着，并无显著的好转。就在这样的病痛中，云深深地依恋着我。就在我第二次离家返校时，云在日记本上写下这样的话：

> 爸爸准备今天上午 10 点走。我不想让爸爸走，但爸爸还要挣钱，所以我还得叫爸爸走。可是我的心情却不好，因为我太爱爸爸了。所以我想让爸爸早一点儿把我带到他那里去。

每次我给家里打电话，云都要抢过她妈妈的手机跟我说话，一再流露出到我跟前来的渴望。

我思忖，她身体不好，而她一直是我管着的，将她带到我身边或许要好些？——也满足了她的愿望。

九月上旬的一天，周末返校时，我决定带上云一块走。听说要到我上班的地方去，云高兴极了，又是准备她的衣物，又是帮我收拾东西。上车时，高高兴兴地跟她妈妈说"拜拜"。

云到我身边后，果然好多了。整日兴高采烈地，像只蝴蝶飞来飞去。我上课时，她或在房间看书，或在校园中与同伴玩，偶尔到教室门口来看看我。校园内到处可见她活泼可爱的身影。一晃七八天就过去了。

法门镇小学院内那一片一片红，初秋时节绽放着诱人的娇艳，远看恰如绮丽的云霞，鲜艳夺目。微风吹过，清香阵阵扑鼻而来。

我想把云转到我跟前上学，就去见了小学校长。学校已开学多日，校长让云赶快去。我决定当天下午就带云去学校报名。

回去告诉云，她喜出望外，高兴得手舞足蹈。午觉也不睡了，忙着收拾她的书籍什么的，把我干扰得无法入睡。生气之下，我斥责了她，她一声不吭地躺下了。过了约半小时，正在我睡意蒙眬时，云推我："爸，爸。"我问："咋了?""我腿疼。"云说。"什么?"蓦地，一种不祥之感涌上脑际。"我腿疼。"云再次回答。我心里猛地咯噔一下！——糟了，云的病又犯了！

我赶快坐起。只见她躺在那里，想起来又起不来，脸上满是痛楚的表情……

我被这突然的变化击蒙了，一时不知所由，只觉得满心迷惑、辛酸和恐慌，只想哭，想大哭！——怎么又成这样了？

只能给她服用所带的药物，而服药后当下并不能看到任何效果。

第二天一大早，云的病再次发作。看着孩子那痛苦的样子，我的心都快碎了。但我能不"坐班"去吗？——立刻想到那所谓的"严格管理"的"制度"，眼前浮现出校长那阴沉狰狞的脸，那趾高气扬、专横跋扈的带着关中西部口音的声音……我咬了咬牙，将云一人锁在房间里，自己去办公室"坐班"……

第三天，同昨天一样，云一醒来就犯病，腿疼，起不来。我上了早操，又匆匆赶去上课。上完最后一节课我赶回宿舍，打开房门，见云仍躺在那里。云见我出现在房间门口，立即高举起双手要我拉她起来。看到她这个样子，我不由得鼻子一酸……

我已经决定当日要将云带回蓝田，并已向校方请了假。于是，我帮着云穿好衣服，又简单收拾了一下，就背起云下了楼。这时，天空阴云密布，风在街道上肆意盘旋，将那些落叶、废纸卷起又抛下。行人都在匆匆赶路。我什么也不顾，背着云径直朝车站奔去。正急匆匆地走着，突然豆大的雨点噼里啪啦地落了下来……

当天带云到西京医院，就找了一直给她看病的黄教授反馈了情况，黄教授给调了药，随后我就将云送回了蓝田家里。

时间一天天过去，给云的治疗继续进行着，云的病仍是好五六天，又犯五六天。我不再奢望将孩子转学到我身边了。虽然每次休假返校时云都想跟我走，我却不敢再轻率从事。

国庆节长假收假返校的前一天晚上，云缠着我，让我走时将她带上，态度坚决地说："你走我也走。"问她为什么，她回答："我跟你分不开。"

我说不能带她，她一再追问为啥，并表示我所说的困难她都有办法。

"你也知道我在那里很忙的，每天晚上都要上自习。"我搪塞道。

"白天我玩；晚上你上自习，我坐教室后边。"云说。

我壮着胆子问了一句："那你犯病怎么办？"

云回答："我保证不犯。"

"那你上次不是犯了，让爸把你在房间锁了两个上午？"我直截了当地问。

云竟答道："上次那没保证嘛！"

说话时满眼都是泪。

又一次，我将离家时，云再次缠着要跟我走，看我不答应，一边要求一边哭，直弄得我没办法，勉强答应了下来——可马上到启程的时间了，给她收拾衣物又来不及。

当时正是阴雨天。我对云说："你看，给你收拾东西还要好一会儿，时间根本来不及。"

云当时就站在我面前，她撩起自己外衣的衣襟，露出下边的毛衣，眼里盈满泪水带着哭腔说："天不晴了，穿这就行了。"

又一再催我："你看你一答应咱就走了嘛！"

这样的情况，几乎在我每次离家返校时都要发生。

十月下旬的一个周末，我实在拗不过云，又觉得她近期情况比较好，返校时就将云带上了。

穿过熙熙攘攘的西安市区，客车奔驰在西宝高速路上。看着车窗外平原上的田畴、房舍和树木匆匆从眼前掠过，想到将再次到爸爸身边生活，云的心里异常兴奋和满足。离家四个小时后，在黑漆漆的夜色中，我和云再次来到法门镇。

可是，当晚云的病又犯了——腿疼，直到入睡都未好。

翌日清晨，云一醒来病就犯了，直到中午放学。

放学后我从学校回到住处，云还睡着未起床——腿还疼着。

可怜的女儿，多灾多难的女儿啊！

我冷静地想，照这样下去，云还在这儿待不成，得赶快再将她送回去。

快要吃午饭时，云忽然好了。我立即带她去灶上吃饭。我知道云是不愿回去的，所以决定提前给她做工作。饭后回宿舍的路上，我小心地和她说："我娃病没好，在这儿待不成……准备将你送回去。"

云听后一惊："啊？"

她当即表示不回去。

经我的耐心劝说，云不说话了，似乎勉强接受了。

下午，我买了虾条等零食回到宿舍。云仍犯着病。看着病中的女儿，再看看我打工的处境，又想到云对我的依顺，我顿时倍感伤心，不由得热泪潸潸……

云开始并未看见，只顾埋头大口大口地吃虾条。忽然一抬头，看见我流泪，猛一惊："爸，你咋哭了？——别哭，我回去就是了，我回去就是了！"她边说边急着给我擦眼泪……

我心里十分难过。孩子依赖着我，总想待在我身边，好不容易来了，又得马上回去。想到这里我心如刀绞……看来以后再带孩子来也难，就带她去法门寺玩一趟再回去吧！

当天下午，课外活动时间，趁着云的腿暂时好着，我带她游览了法门寺。庙内、地下室，她到处都兴致勃勃地看着，指指点点。我还给她拍了许多照片：塔前、庙宇旁、小桥上、骑在那青石大乌龟的脖子上，还有我任教的学校大门口……处处都留下了她纯真可爱的倩影。

我决定第三天上午上完课回家。

第三天上午，上完三节课，请了假，我急急赶回宿舍。云还未醒来。我将她叫醒，她仍不愿回家。想到要回去，离开爸爸，云又委屈又伤心，当下撇着嘴哭了，眼泪大颗大颗地滴落下来……我强抑着辛酸迁紧哄云："我娃好了再来——你随时可以来，爸也随时可以回去。"

临走，云给我的日记本上留下这样的话：

爸爸：
　　我又要走了。希望你不要伤心，因为我还会回来的。
　　　　　　　　　　　　　　　　　　　女儿：云
　　　　　　　　　　　　　　　　　　　10 月 28 日

写完后，云一声不吭，将我要携带的黑提包背上，又将装着零食的塑料袋一提——腿仍疼着，不能正常行走——硬是用手扶着门框往前挪着走了出去，我还未注意，不知怎的她已经走到了楼梯口，站在那里回头喊我，催我快走。

又要下雨了！整个天空阴沉沉一片，冷风一阵紧似一阵地吹着，空气中弥漫着阴冷潮湿的气息——一场大雨眼看就要来临了！我背着云，沿着法门镇长长的迎宾路快步走着，到镇南大十字，立即乘上到扶风县城的"小面包"。车在行驶中，只见瓢泼大雨从天而降……到了县城，又转乘"扶风—西安"的长途车。然后，我将头靠在车座靠背上，任由长途车在西宝高速路上向着西安飞奔……

第二天清晨六点，我醒来了，准备起床后马上返校。云也醒来了。

云一声不吭地将我的胳膊拉到她胸前，并用身体压住；接着翻身向里，又拉着、压着我的胳膊。不说话，也不放手。

我要起床了，和云说："松松手，爸要起来。"云知道我要走了，当下伤心地哭了，霎时泪流满面……

我再三哄她，又给她开了电视，云的情绪才稍稍缓和些。但当我到了门口与她挥手道别时，我分明看到她满脸的感伤和那双眼睛中的依依难舍之情……

后来，我未等放寒假就辞职回家了。踏上回故乡的路，我倍感轻松。那颗心，一路上都在激烈地跳动着，恨不得一步跨到家门前，见到我的云，抱起我的云！

华灯初上时，车到蓝田县城。我下了车，只见云远远地向我跑了过来，我一把将她抱起！我们父女俩笑啊、跳啊，闹个没完……

当天晚上，将入睡时，云躺在我旁边，双手摸着我的脸，嘴里喃喃道："不是梦，真是爸爸……"

在天空灰暗雪花飘落的下午，我带着云踏上了去北京求医的旅途。

"呜——"汽笛长鸣，从西安开往北京的 T42 次列车在广袤的原野上飞驰。车窗口，我和云相对而坐。车厢内回荡着优美的音乐。外面，暮色中，又一个城市来到眼前。只见万家灯火，灿若星河。云高兴地说："爸，听着车里的音乐，看着外面的夜景，真浪漫！"又说："我做梦都没想到会去北京。"

云对即将到达的北京充满了憧憬："爸，不知明天的世界是什么样子的，明天看到的北京是什么样子的？"

北京，首都儿童医院。检查结果出来了，全国知名专家吴教授微笑着说："西京医院黄教授的诊断不对，孩子不是肢痛性癫痫，没事儿，开点药调理调理。重视孩子的生活环境，使其保持良好心情。"

云到北京后，身体状况一直很好。

在北京东单的一个小旅馆里，我半躺在床上看书。云来到旁边，笑着问我："我腿好了，你高兴不高兴？"

我点点头。

云用手轻拍我的我胸口，笑着说："你终于可以舒心了。"

我和云都开心地笑了。

一个晴朗的早晨，我带着云来到天安门。

空气清冽。天安门广场开阔气派，五星红旗高高飘扬，天安门城楼依然庄严地矗立着，东西长安街上车流如织。少顷，只见一轮红日，带着清新，带着震撼，冉冉升起。顿时，那金色的光辉照遍大地。在阳光照耀下，天安门城楼显得更加雄伟壮丽。在洒满阳光的天安门前，云笑了，那笑容是那样灿烂！周围的一切霎时间都变得无比明媚诱人。

我知道，那个泥泞的秋季，永远地过去了。

觅

又是一年春草绿，暖风拂面，柳絮飘飞。在这乍暖还寒的时节，我回到久别的家乡——地处蓝田东川的袁家庙村。阳光明媚，田野碧绿，鸡鸣狗叫，人语喧哗。我在村中漫步着，不可抑止地，眼前一遍遍地出现你的笑脸，你的倩影！耳畔一遍遍响起你的声音，是那样柔和，那样亲切！啊，光阴似箭，日月如梭，转瞬三十二年过去了！但岁月的烟云遮掩不了心中那真切的记忆，人世的沧桑磨灭不了深藏心中的那一份诚挚的真情。啊，我的雪萍，我的初恋情人，我的最爱！

记忆的帷幕徐徐拉开……难忘1975年初春，那个清冷的傍晚，你在门外剁柴，我壮着胆子将那封信递到你的手里。信的主要内容是询问你订婚了没有？前日晚何家村何俊杰到你家干什么去了？——前两天晚上，因压抑不住心中对你的思念，我赶往村东头儿希望能遇到你，却从你家窗口看到何俊杰在屋里，跟你的父母好像在说着什么事。我本能地感到，似乎有什么与愿相违的事要发生。

很快收到了你的回信：你告诉我，何俊杰是给你说媒来了，对方是刘家河臧某——事已定下。我的意思你都明白，你也明确地表明你对我的爱恋，只是，"晚了，一切都晚了"。

仿佛一阵骤雨扑面而来，我的心被击打得冷冰冰的。失望、痛苦、自责、我几乎要绝望了。但，我不甘心，尤其不愿那朵尚未开放的爱情的花蕾就此被摧残而凋落。我回到家里就给你写信。那个晚上，在我家西边的小房子里，我一口气写完那封长达22页的情书。我一边写一边哭，泪水屡屡浸湿了稿纸。

三天后收到了你的回信，你接住了"爱神丘比特"射出的箭枝，你向我敞开了爱的胸怀。蓦然间，爱情的花朵悄然怒放，馥郁芬芳！我们相爱了！

从此，村前村后，我们频频约会，足迹遍布；花前月下，我们常常相依相偎，互诉衷肠。迷人的爱情如绮丽的云霞，闪现着它那夺人心魄的奇光异彩，强烈地吸引着我们那两颗年轻的追求幸福的心。平淡的生活忽然充满爱的馨香，贫困苦涩的日子突然亮起甜美的曙光。忽然间，我们面前的生活变得那样瑰丽动人，奇妙无比；忽然间，我们面前的世界变得那样生机勃勃，充满希望！"昵昵儿女语，恩怨相尔汝"，我们心心相印，我们息息相通，道不完的千言万语，诉不尽的情深意长……

对你那浓浓的爱是从这个春天开始的吗？——是，也不是。

拨开岁月的重重云雾，遥远的记忆清晰地显现出来。早在上高中时，我就注意到了你。还有种说不清道不明的情愫：不见你时，总想看见你，看见你了又惶惶然仓促离去，想跟你说什么，又不知该从何说起。

那是我上高一的时候，有一天我去上学，在村东头儿的公路上遇见了你。暮色中，你斜着身子挎着满满一篮青草往回走，长发飘散在你的面庞之上，你显得那样的俊美——一种秀发纷披的"凌乱"的美。你用手把额前的头发拢了拢，和我打了个招呼，我的心却怦怦地跳着，逃也似的离开了……

那是秋日的一个下午，太阳朗朗地照着。我从学校步行回家，手里拿着一本《晋阳秋》，一边走着一边看着。蓦地，你出现在我的面前，你和父亲拉着装满稻草的车迎面走来，你父亲驾着辕，你在旁边拽着。到了跟前，我们相视一笑，打了个招呼，就匆匆分开了……

初夏的一天，我又一次从学校回来，到村东头儿，一眼就看见你在果园的棉田里，身背喷雾器给棉花打药。棉花蓬蓬勃勃长得半人高，棉田里，你丰满的身体穿着那件崭新的短袖衫——那金黄的底色上缀满了娇艳的红玫瑰，你那俊秀的面庞神情专注，浑身洋溢着诱人的青春气息。

是从这个时候开始吧，我就深深爱上了你？

不，不，还要早些——

上初中时，我们上的是同一所学校，上学、放学，走的是同一条路，在路上常能见到你熟悉的身影。你窈窕的身材，清秀的容貌，端庄的举止，常常牵动着我那颗青春躁动的心。

不，不，似乎还要更早些——

上小学我们就在同一所学校，不同的是，我是走学校南面的那条土路到学校，你是走学校东面果园旁的那条"官路"到学校。有一次在学校操场边上，我看到晌午上学的你独自一人从东面向着校门口缓缓走来，秀气的面庞上有着超过同龄人的文静和持重，我忽然暗下决心：长大后，我一定要娶这个女孩做我的妻子！

……

是从何时爱上你的，我已经说不清也道不明了，只觉得那种情思就像杯子里的香茗，初次品尝是淡淡的，后来那味儿就越来越浓酽了！——但由于羞怯畏难，我一直觉得没有机会，也不敢对你表白。

如今，经过岁月的风风雨雨，经过生活的暖春严寒，我们终于走到一块儿来了，叫我怎能不备感爱情的万般珍贵，怎能不尽情地吮吸爱情美酒的醇厚甘甜！

啊，怎能忘了青春岁月里那些相会相处的美好时光！

初春那个黑黢黢的傍晚，我们相约来到二队门前——公路南朝河方向走去的土路口，就蹲在路边交谈。多少回的梦想变成了现实，久久倾慕的人儿来到了身边，多么美妙，多么幸福！我感到我的脸发烫，心跳得厉害……那天只说了一会儿话就匆匆分别了。那是我们初饮爱情的甘泉。

蓝天，远树，黄金色的麦浪，云影在丰饶的大地上飘动，果树上开满着绚烂的花朵！——就在这美好的季节，我们相约来到后程村后的排洪渠畔，大柿子树下，开始了第一次"亲密接触"。那天，你青春靓丽，神采奕奕；那天，你温柔可爱，魅力四射！那天，你那双美丽的眼睛脉脉含情，妩媚的笑容动人心魄……那个中午，我们在一起虽有些拘束却是那么开心，我们说着、笑着，许久许久……

秋雨丝丝缕缕地下着，我们俩一前一后出了村西头儿的大会议室，来到公路上，我们彼此依偎着，走着，谈着。细雨蒙蒙，薄雾淡淡，雨雾中的村落、田野，透露出一种朦胧恬淡的美，恰似一幅素淡优雅的水彩画。那天返回时，雨水把你我后背的衬衣都淋湿了一大片。

雨后初晴，鲜红的太阳照耀着大地，你在村西头儿的上场里，捎话叫我云，我很快来到你跟前。只见你碎花短袖儿配瓦蓝色西裤，一身秋装色彩简洁明丽。我的心怦怦地跳着，却见你慵懒地靠在稻草垛上，说着、笑着，两只眼睛顾盼生情，白净的脸上笑靥如花。那天，你赠送给我一张画片，画面上，鲜艳的国旗前，一个戴着钢盔的解放军战士，紧握钢枪，神情凝重，画面下是一行整齐的黑体字：光荣属于党。

村东头儿朝北的小路，是你我常常约会的地方。冬日，黑漆漆的夜里，我们常常在这里并肩漫步，喁喁私语。看着不远处村子里一座座房屋模糊的轮廓，看着辽阔的天幕上无数颗星星闪闪烁烁，耳畔响着你柔柔的低语，我知道，在这个寒冷却充满温馨的夜里，我是天下最幸福的人。

村西头儿朝北的小路，我们并不常走。但忘不了那个雪夜，周围白茫茫一片，沿着这条乡间土路，我们踏着冰雪，肩挨着肩，缓缓地走过去，又返回来。四野很静，雪落无声，耳畔只有我们低声的倾诉。

还记得那次约会吗？那天晚上，约会将结束时，你和我面对面地站在军贤家西边的老柿子树下，忽然说话间，你抬起一条腿将脚蹬在斜趴着的树身上，就那样站着，却依然笑着，跟我侃侃而谈，我觉得有些意外——可随即明白了，你腼腆而随意，端庄而调皮，你在我面前有了理所当然的随便。

还有一次，我们约会结束，在二队民强家门前分手时，我忽然有点舍不得你——已说了让你走，但你刚一迈步，我心里忽然有一种强烈的说不出的留恋，跟你分不开，舍不得，我说"等一下"，你右脚刚刚踏到那个场棱儿上，立即停了下来，扭过头看我，我却不知道该怎样说、该怎么办。少顷，我只得颓唐地说了一句："你走吧。"眼看着你快步离我远去，消失在夜色中……

最难忘，那个仲秋的晚上，月色朦胧，星光闪烁，四野寂静，唯有虫鸣。田野里，茂盛的玉米高过人头，空气中飘散着淡淡的清香。在玉米地旁，我们紧紧地相拥在一起……我的心咚咚地跳着，浑身血液流速骤然加快，我也感觉到你温热的胸脯里那颗心怦怦地激跳，我紧紧地抱着你，听着你在我耳边喃喃低语："想你……爱你……"那一刻，风不刮，树不摇，蛙不鸣，虫不叫，谁都不愿将幸福的人儿打扰……那一刻，有一个念头强烈地撞击着心门：但愿我们就这样紧紧地拥抱着、拥抱着，永远永远都不松开……

……

从暖风拂拂的初春，到冰天雪地的严冬，从烈日炎炎的盛夏，到月光满地的金秋，多少个夜晚，我们互相倾吐心事，拨动心弦；我们一起并肩漫步，流连忘返。我们在一起时，凉风也柔和，花草也可爱；我们分开时，白云也焦灼，树木也思念。你的美丽，你的温柔，一次次使我倍感幸福；你的纯洁，你的多情，将我的心一遍又一遍地捆绑着。我们深深地沉浸在爱河里，心心相印；我们无数次憧憬着未来，充满了期盼。啊，明天！共同的明天并不遥远，它很近很近，就近在咫尺！啊，幸福！幸福女神并不在千里之外，她匆匆从天外赶来，就伫立在眼前！

然而，因为你与臧家的婚约并未解除，所以总有一片巨大的阴影笼罩在我们心头。那是一个寒冷的冬夜，在马楼村看电影，你想着和我的事，联想到前一日你跟母亲试探说要与臧家退婚，却遭到母亲无情的责骂和激烈的反对，想到家庭的巨大压力，婚姻前途茫茫，你一声痛哭差点上不来气，多亏了同行的萍叶苦苦相劝、苦苦开导，你才慢慢好转过来。

还记得吗？——那个春节的泥泞和苦难……

1976年春节来到了，最后考验的时刻来到了！依照乡俗，女方要到男方家去，你是决意不去的。但当你把与我的恋情告诉父母，并郑重提出不去臧家时，一场激烈的冲突发生了！你遭到父母粗暴的责骂和无情的压迫，你的父亲气势汹汹地说："想由你，没门！"你的父母合起来给你施加了前所未有的高压！

在那个漆黑的夜晚，你匆匆找到我，面色苍白，神情悲戚，急急塞给我一封信，声音低低地说："……你自己看吧，我得赶紧回去……有人监视我。"说完抬起头看了我一眼，那双美丽的眼睛里满是哀伤凄楚。然后猛地一转身，就逃也似的走掉了！

我怀着忐忑不安的心回到家里，掏出那封信——信很短，只见上面写着：

"……咱俩的事成不了了，我父母强烈反对……反正我也不想活了！望你多保重。"

如同一下子被人抛进万丈深渊，我只觉得天旋地转、天塌地陷！我昏昏沉沉，满腹凄惨，泪眼模糊……我满脑子都是你，我在心里痛苦地呼喊：我们不能在一起吗？为什么？订了婚就一定不能退吗？为什么婚姻自主实行了这么多年，还有人一定要包办？做父母的为什么不尊重儿女的选择，你们还要不要儿女的幸福？我们的恋情、我们的爱就这样结束了吗？我们的幸福就这样结束了吗？我今后怎么办？

多少个日夜苦心编织的梦，就这样被无情地撕碎，多少个风霜雨雪的日子里蕴积的情，就这样被粗暴地斩断！共同的未来一朝成为泡影，共同的幸福瞬间化为乌有。那冷酷，那阴毒，堪称世间少有；那手段，那诡计，也算机关算尽！

可他是为了谁，他为什么要这样做？

再也不用去你家门前，再也不用约你或等你相约，再也听不到你亲切的呼唤，再也看不见你美丽的笑脸，再也回不去原来无数次约会过的地方，再也见不到你的只字片言。我伤心欲绝，欲哭无泪。

当然，我还担心你的安全，唯恐你一时挺不住……但相见难啊，真让我肝肠寸断，寝食难安……

又一个春天在生活的纷繁扰攘中悄悄来到了人间，可这是怎样的一个春天啊！每晚，大黄风"呼——呼——"地使劲刮着，晚上睡下，不时听到树枝折断的"吱嘎"声和院墙上的瓦被吹落到地上摔碎的声音。在这大自然的狂风令人惊悸地阵阵刮过的时候，我的心也饱受着心爱的人被残酷剥夺的无情摧残。那狂风好像都刮到了我的心里，把我的心吹得冰凉冰凉的。听着那带着尖厉哨音的风声，我的心里一遍遍绝望地说："完了，完了，我（与雪萍）的事完了！"

……

一阵鸟儿的鸣叫声将我惊醒，猛地一愣，不知不觉我已来到了建国老屋门前。驻足东望，眼前这个地方，就是当年我时时渴望看见、全盼经过的地方，因为往东不到四十米就是你那时的家，西边紧挨着你家的就是原来的大队办公室（那时，为了能看到你，也为了方便与你联系，身为团支部副书记的我常到大队办公室来）。你家门前这条东西路，我最熟悉、最感亲切，因为当年，多少次我就是走着这条路，企盼能够邂逅你，又是沿着这条路我们一次次去约会。望着这条路，望着周围熟悉的环境，我的眼睛不觉湿润了……啊，斗转星移，一晃竟33年了！回想当年，有多少次我总是渴望着在这里见到我心爱的姑娘，的确也有许多次如愿以偿了。这条路给了我多少期盼，多少幸福，多少对美好未来的向往！

33年了，村中环境已发生了很大变化，主要是靠近公路的地方新建了许多房屋，尤其在村东头儿多一些；村内则零散地分布着一些新居。我在村内漫步着，身边是熟悉的房屋、熟悉的村路，连那一砖一石、一草一木都是熟悉的，可就是看不见了你啊——雪萍！巨大的空虚感紧紧攥着我的心……"雪萍，雪萍！"我轻轻呼唤着你的名字，情不自禁地，那曾经的场景、曾经的爱情过电影般一一在眼前闪现——

那是你站在你家房阶向着这边动情的眺望……

我从村东头儿路过，你在打水，你热情地和我打了个招呼，然后挑起一担水，英姿勃勃地走着，愈行愈远……

春天的那个傍晚，在平安家墙外窄窄的土路上，你和我一前一后地走着，你身着绿方格上衣，瓦蓝色西裤，夜色中，搭在你身后的大辫子在我眼前不停地摆动……

夏天的那个晚上，我们在大队办公室说话，要离开时，我已从屋里出来又急忙返身回去取东西，在门口和正往出走的你撞了个满怀，突然真切地感受着你那丰满的胸脯——一种触电般的感觉！我慌忙躲开，你却仰脸笑着没事儿一般……

秋天的那个月明之夜，在国利家墙外的岔路口，我忽然遇到了你，你说："给你几个糖。"然后就突然塞给我一大把水果糖，未等我反应过来，你咯咯地笑着跑远了……

冬日的那个清晨，民兵训练结束，我们先后来到大队办公室。我在找着什么资料，你站在办公桌旁，猛一抬头，只见你双目含情，正温柔地望着我默默不语，我的心咚咚咚地猛跳起来……忽然间心醉神迷，一时间手足无措；但见你两颊绯红一片，那娇嫩美艳恰如初绽的牡丹——你是这样的美，你美得这样迷人！我简直惊呆了！一时不知说什么好……

……

村内村外，我一阵缓步，一阵疾行，我到处找寻着你的足迹……耳畔响着你悦耳的声音，空气中飘散着你青春的芳香，眼前是你笑意盈盈的面容……

我知道，你离我并不遥远。

可是，却难得相见……

从什么地方忽然传来凤凰传奇那哀婉凄迷又激情澎湃的歌声：

> 我在仰望，月亮之上，
> 有多少梦想在自由地飞翔。
> 昨天遗忘，风干了忧伤，
> 我要和你重逢在那苍茫的路上。
> 生命已被牵引，潮落潮涨，
> 有你的远方，就是天堂。
> ……

杨文彦作品*

生命中最美的风景

旧房前院有一个破旧不堪的已经报废的锅炉房，年久失修，窗户上的玻璃早已破碎，用破木板挡着，长年累月烟熏火燎，并且落满了灰尘和炭屑，黑黢黢的。四面墙上的砖头有的破损，成了豁口，有的经风吹雨淋变得凹凸不平。伸向天空的烟筒断了半截，整体看上去像个苟延残喘的怪兽。这个锅炉房在我家客厅窗户的正前方十多米处。冬天，每当站在我家二楼窗户前，看到这个怪兽一样的建筑，心里极不舒服。

春天到了。我惊喜地发现锅炉房墙角的几块石头间有几株绿色的嫩芽，从石缝间探出头来，那里只能接受到少得可怜的阳光，一天当中绝大多数时间都活在阴暗里，令人吃惊的是，那瘦弱的身躯依然拼命地向上生长。

接着又有另外一个惊喜，我发现在锅炉房的水泥房顶上居然长着一棵小树！那是怎样的一棵树呀！一粒随风流浪的种子落在房顶的水泥缝隙里？虽然没有一点儿土，却在这里安了家落了户，长成了一棵生机勃勃的树。起初很小，只有一两片叶子，渐渐地向四周伸出若干的枝丫，簇成一堆，相拥着一起长大。

就这样，窗户前的一草一树，成了我满眼的风景，也成了我日日的伴侣。在寂寞的日子里，它们是我时刻不忘的朋友，也是我空虚无聊时的精神寄托。一段时间里，我出神地看着它们，成了我最大的乐趣。我常常伏在窗台上，默默地痴痴地望着它们。也许它们并没有注意到我的存在，也许它们根本就无暇顾及我对它们的关注，我的内心却和它们进行着无声的交流，久久的，久久的。

偶有寒冷，我就担心它们会不会被冻死，总以为它们的生存条件差，身体孱弱，经受不住奇冷的袭击。但是它们总能带给我惊喜，当我忐忑不安地把目光移向它们时，出乎意料，它们还活着，它们闯过了一道又一道鬼门关。我庆

---

* 作者简介：杨文彦，1996年毕业于内蒙古师范大学中文系。现在是乌兰察布市集宁师范学院教师。很喜欢杨绛的一句话：世界是自己的，与他人无关。我希望把自己的所见、所闻、所感都记录下来，用它的微光照亮并温暖自己和他人前行的路。

幸之余，对它们由怜惜转为敬佩。

一个乌云密布的下午，电闪雷鸣之后，豆大的雨点夹裹着乒乓球大小的冰雹劈头盖脸般地拍向地面。冰雹落在玻璃上，玻璃的一处马上被击出一个小洞，无数条裂缝由这个洞向四处延伸。我的心马上一紧，这么大的冰雹，小草、小树恐怕难逃一劫了。我不忍心看它们被摧残的样子，尽管我知道它们很无助，但我此时却无能为力，对它们我有着满心的愧疚。我焦急地在地上走来走去，默默祈祷，希望这场急风暴雨快点结束。终于，"风妖雨魔"满意而去。我疾步走向窗台，低头看草，抬头望树。不出所料，惨了！那几棵草无力地东倒西歪地蜷缩在地上，奄奄一息；房顶那棵树的叶子被打落击碎，枝条折了几根，其余的枝条也都趴在地上，像一位饥饿交加的披头散发的流浪汉散乱无力地伏在地上，惨不忍睹！我的心一凉，完了，再也看不到绿色的风景了。一连几天我都不愿走近窗台。

一天，我放下书笔，无意间看向窗外，无数根枝条直愣愣地出现在我的眼前，上面长出了许多小叶子，嫩嫩的，绿绿的。我一阵惊奇，马上低头寻找那几棵草，惊喜地看到那几棵草居然在迎风微动！经历了一场劫难，它们竟然活了下来！

此后，它们一天天地长高，也一天天地健壮起来。经历冬天酷寒的洗礼，一年又一年地生长。一次又一次地创造着生命的奇迹。经历坎坷和磨难的我，时时被它们的精神所感动和鼓舞。那弱小生命散发出的一抹绿色，拯救着多少人对生活时起时落的绝望啊！

后来，我搬进了新居。院里也有不少的花花草草和高大挺拔的树木，园丁们浇水、施肥、修剪造型，把它们打理得优雅、精致，就像娉婷婀娜的贵族小姐和温文尔雅的绅士。但我认为它们多了些娇气和柔媚，少了些阳刚之气。

我最喜欢、最留恋的还是锅炉房墙角边的那几棵长在轧石间的小草和长在水泥房顶上的那棵树。虽然它们在一些人的眼里长相粗糙、丑陋，就像粗手笨脚的农妇和蛮干莽撞的力士，但我却喜欢它们，喜欢它们在恶劣条件下顽强的求生精神，喜欢它们泛着生命朝气和豪气的绿色。

它们是我生命中最美的风景。

有你，真好

马兰花，马兰花

开放在六月的草原

马兰花，马兰花

一身傲骨映着那蓝天

马兰花，马兰花

微笑在家乡的牧场

每当听到这悠扬的歌声时，我就想到了乌兰托亚。她就像是一朵蓝幽幽的马兰花，盛开在草原上，盛开在平凡的生活中。

我和乌兰托亚认识时间不长，她像谜一样不断挑战着我的好奇心。

一次，我正要买一株麒麟的小苗，住在一个院里正在逛花市的乌兰托亚走过来说："我有一盆麒麟，比这个大一些，孙子来了怕扎着，我不想要了，长得有点丑，但比这个好养，如果你不嫌弃它的造型不好看，就送给你。"我喜欢花花草草，就是养不好，听她说她的好养便高兴地同她回了家。

她的家收拾得很干净，客厅阳台堆满了花盆。有开花的，有不开花的，每株都长得很茂盛。那盆麒麟比我想象的大多了，它并不丑。面对那么大一盆花，我犯愁了："怎么拿得走？"她说："我和你一起拿。"我看了看，那盆花的边缘长满了刺，土满满的，盆沿没法抓，稍有不慎，就会被刺扎了，两个人也不好拿啊！"我找人拿吧！""这还用找人？"说着，她把一个旧褥单对折后铺在地上。她的劲儿真大，把花盆拎起来放在正中间，她抓起褥单的一头，让我抓另一头。"你能抬动吗？""没问题。"我俩各抓一头同时提起了那盆分量不轻的花，花盆稳稳当当地被褥单布裹在中间，乌兰托亚的奇思妙想让花盆轻而易举地换了新居。我很佩服她："你怎么想出这么好的办法？"她不以为然地说："这没什么，活儿干多了，办法自然就有了。"

望着这个胖乎乎、圆滚滚的中年蒙古族妇女，我既佩服又对她充满了好感。好奇心也与日俱增。

在院里碰见她，身后总跟着一只狗。看看那狗身上的毛，脏兮兮的，不像家养的。后来才知道那是一只流浪狗，她天天按时按点地给它喂食。所以，它见到她就紧随其后。她也总护着它，就像母亲护着她的孩子。据说她以前照顾过十七条流浪狗，隔三岔五地给狗买肉和馒头，每个月花费一千多块钱。而自己给家里买菜时总挑便宜的。后来，那些狗不小心被人偷走了，现在只剩下这只了。提起这事，她忧心忡忡。为了照顾这只狗，她都很少出远门。偶尔出一次远门，心里总惦记着它，住不踏实。真是个怪人！

乌兰托亚其貌不扬，说不清为什么，却像是有一种魔力在吸引着我。

一天，我给她打电话，让她来取放置时间有点久了的肉，喂她的流浪狗。爬上五楼她早已气喘吁吁。我请她坐下来休息，并很快把话题引到了她的成长经历上来。她比较健谈，我真诚地做她的听众。

她出生在牧区，父亲常年在外地工作，母亲体弱多病。二哥从小病病歪歪、弱不禁风，家里所有的活计落在了她和大她九岁的大哥身上。大哥负责放牧，她负责巡逻。她从小就胖，体质好，胆子大，干什么活都不在话下。六七岁起，每天晚上，她都一个人要几次到离家一里多地的羊圈查看情况，怕狼偷吃羊。这时，我的眼前出现了一片辽阔的草原，天空繁星点点，清冷的月光下，从蒙古包里走出一个胖胖的、结实的小女孩，手里拿着一根长长的牧鞭，一边走一边唱着歌走向围栏做成的兰圈，歌声吓跑了伺机偷羊的狼。小女孩顺着围着五百多只羊的围栏转了一圈，谨慎地四下观望，确定无异常情况后唱着歌朝蒙古包走去……

乌兰托亚，像一朵孤独的蓝幽幽的马兰花，独自盛开，以自己的姿态，摇曳在草原上。

乌兰托亚是孩子王，从小爬墙上树不在话下。春天到来，狗发情，柔弱的二哥怕狗咬，但总被狗咬。而她有胆有识，总能巧妙地躲过狗的追逐，成为二哥的保镖。她像一个驯兽师一样征服了骆驼和毛驴。讲起往事她一副云淡风轻的样子。骆驼心眼不好，欺负她是个女孩，趁她不注意时猛地跪下，骑在驼背上的双腿被压在骆驼的身下。……毛驴也使坏，猛地跑开，然后突然停下，她的双脚来不及从马镫上抽出来，身子向前划过驴头栽倒在地上……

乌兰托亚，全身流淌着蒙古族的血液，一身的豪气，一身的勇气，一身的傲骨。

乌兰托亚，不但胆大，力气也大。两百斤重的麻袋轻轻地一抬手就从勒勒车上放在自己的肩膀上，一溜小跑扛到毡房边，一只手扶麻袋，一只手熟练地开门……一次，乌兰托亚去朋友家做客，吃完饭之后帮忙清洗餐具，用毛巾擦玻璃杯，一连捏烂好几个，自己还奇怪这杯子怎么这么不结实。当别人擦的时候却完好无损，这才知道自己的"神力"。

乌兰托亚，用自己独特的色彩，怒放着生命的精彩，让平凡而简单的人生与众不同。

母亲的病越来越重，十六岁的她只身一人带着母亲去呼和浩特的医院去看病。第一次走出牧区，一句汉语都不会说，只能听懂简单的一点汉语，所面临的困难可想而知。一路上受到好心人的帮助，终于找到了医院，母亲住院后，医院里要做各种检查，每走一个地方，沿路的墙上画一个记号，方便回来时或重走时不迷路。在医院内外的墙上，不知道曾留下了这个蒙古族姑娘多少智慧的印记。同一病房里有个汉族老妇人，自从住进病房，她的丈夫一次也没来过，四个孩子隔三岔五地来一次。乌兰托亚便主动担起了给老太太接屎、倒尿、买饭、喂饭的任务。老太太一看不着乌兰托亚的身影就说："女女哪儿去了？"乌兰托亚说母亲手术后，她想给母亲补补身体，在食堂里她听到别人卖干炸里脊，也比画着要了一份，为了省钱给自己要了一碗粥。结果母亲只能吃流食，吃不了干炸里脊，只喝了点粥，干炸里脊自己吃了。到现在她都满怀歉意地说，那时，我不知道干炸里脊是什么样，又不会说汉语，问不了，那么贵竟然成了自己的饭。在母亲即将出院的前几天，那位老太太就开始哭着叨叨了："女女走了我怎么办呀？"

母亲出院之后不久就离开了人世。二哥体弱多病，母亲生前老护着他，乌兰托亚心里对母亲的偏心曾经耿耿于怀，当她自己有了孩子后，才理解了母亲的苦衷。但是，她再也没有向母亲请求原谅的机会了。这成了她此生永远无法释怀的痛。

孙子出生了，她担起了照顾小孩儿的任务，把那份不求回报的爱给了后代。

这就是乌兰托亚，像一朵静静盛开在草原上的马兰花，绽放在家乡的牧场上，时时折射出草原的阳光。

乌兰托亚，无论在哪儿，有你，真好。

春 雪

今冬无雪，极寒的日子也少。一个暖冬在不经意间过去了。每一个日子都平平淡淡，没有留下多少痕迹。在不惊不喜中，春天又悄悄地走进了生命里。

对于春天，我内心没有任何期许，也没有一丝奢求。认定它是一个不关荣辱、不关悲喜、不关忧戚、不关成败的自然过场而已。每一个日出日落，清淡如水，顺其自然！

不经意间，下了一场大雪，在这个无动于衷的春天里。守在窗户边，望着大片大片迎风飞舞的雪花，麻木已久的情绪有种说不出的喜悦与感动。那翩翩飞舞飘扬的雪花竟是那样的轻盈、那样的欢快、那样的热情奔放，像一群洁白的天使纷纷从遥远的仙境来到人间，参加一场圣洁高雅的聚会。刹那间，天地之间，成了它们独有的世界。楼房变成了白色，树木枯草变成了白色，行人变成了白色、汽车变成了白色……整个世界只有一个颜色——白色。白得彻底、白得单纯、白得无私、白得高贵、白得气宇轩昂、白得荡气回肠、白得让人热血沸腾！雪儿，你能来，真好！

春雪比冬雪更妖娆妩媚！春雪比冬雪更弥足珍贵！

此刻，望着你无所顾忌地、热情奔放地欢舞，我多想把自己的灵魂融进你的肌体里，和你一起白得水乳交融、玲珑剔透；和你一起参加这场穿越几百个日日夜夜之后的盛宴；和你一起自由地尽兴地享受那销骨的快乐！

沉醉，在遐想中；忘我，在凝视间；忘情，在神游中！那些死去的细胞好像注入了活化剂，正在被你的热烈激活。不知不觉中，自己白茫茫的心也已悄然和眼前这个白茫茫的世界融为了一体。

我早已泪流满面，被这没有一丝虚假的、直来直去的白感动着。纵使短暂，心也在欢腾。舍不得踏进你半步，与其说是怕把你的世界搅扰，倒不如说唯恐把我的心揉碎。守着你，仿佛就护着我了。

终有一天，落在地上的积雪，会被春日的太阳烘烤，会被杂物所污。你把洁白的身体消融渗入泥土里，滋润万物。

为什么泥土会变得泥泞不堪？因为那里有雪儿被杂物所污之后流过的眼泪。原来，雪不只是洁白的、干净的，它还是有骨气和灵魂的！

一封寄不出去的信

在我的心里珍藏着一封永远寄不出去的信。这封信时刻拨动着我思念的心弦，反反复复地回唱着一首姥爷永远不会听到的歌。

姥爷，我多希望你能在人世上多待些时日，看看你的儿孙们过着和你们那个年代天差地别的生活；我多希望你能告别住了一辈子的土坯房，住住冬暖夏凉的楼房；我多希望你能走出露天电影的记忆，坐在家里从电视上看看那永远演不完的电影；我多希望你能放下祖辈留下的长烟斗，抽一支精致的过滤嘴香烟；我多希望能带你走出待了一辈子的小山村，逛逛你曾经可望而不可即的紫禁城；我多希望你品过苦辣的低价黄酒之后，能喝一杯你不曾想过的茅台酒；我多希望你能脱下缀有补丁的衣衫，换上你不曾企及的新衣；我多希望你体验一下一部手机便能和远在他乡的亲人见面唠家常的惊喜；我多希望你能解放一下自己积劳成疾的病腿，坐上自家的汽车去自己想去的地方……你怀着一颗坚毅的心走完自己崎岖的人生之路，你用双脚走过每一条或平坦或泥泞、或宽敞或狭窄的人间之路——不管去哪里，不管有多远。

姥爷，你离开我们已经三十多年了。如果你今天还健在的话，该是百岁老人了。姥爷，你知道吗？如果你还在，你不用像以往那么辛苦地活着，你也不用担心儿女们为养你而辛苦奔波，你更不用担心老年生活没有保障。如果你现在还在，你会拿到工资，过着不愁吃不愁穿的日子，你定会因苦尽甘来而笑逐颜开。遗憾的是，你受累一辈子，却无缘享受这样的幸福，也无法看到今天这美好的盛世。

姥爷，你可知道，每当谈及你时，我的父亲总是无不感慨地说："你姥爷真是个了不得的好老汉！"作为男人，你顶天立地，一心一意独自支撑着这个贫苦无依的大家庭。

在你三十八岁时，姥姥去世了，留下五个未成年的儿女，最大的十五岁，最小的只有三岁，你既当爹又当妈，一个人挑起了全家的担子。白天在田地里忙个不停，晚上在煤油灯下用干完重活的手笨拙地给孩子们缝补衣服。你不善言谈，看上去有点木讷，却心灵手巧。至今，你拧毛线、织袜子的样子还能清晰地出现在我的眼前。可以想象，一个男人做着女人该做的活计是多么的无奈和心酸！为了孩子们不受后妈的欺负，你一直未娶，以一颗慈爱的心守护着五个儿女。

姥爷，一年四季，你比方四姐都忙、都苦。你是世界上最孤独最苦难的人，一个人默默地做着一切承受着一切，你是家里唯一的主心骨，所有的家庭决策都得由你自己筹划并且做出决定。迎来送往、人情世故、家长里短总是安排得井井有条。家里养鸡、养猪、养羊，副业搞得红红火火，把苦难的日子过得有声有色，一点儿都不输给有女主人的家庭。你喜欢抽烟，就自己种烟草。我还记得，你把黄黄的肥大的烟叶晒干后，揉搓成碎末，装在一个长长的黑布做的烟袋里，这个烟袋随身携带，劳动乏了时就蹲下来，在烟锅里装满烟草点燃，然后使劲地吸起来。烟经过长长的烟管进入你的嘴里，然后又从嘴里喷出来。每到这时，我就要求你喷个圆圈，你便像会法术一样，慢慢吐出一个烟圈来，在空中越变越大，烟雾越来越稀薄，直至消失在空气里。于是，我很欢喜地望着你，要求再吐一个。抽烟的时候就是你休息的时候。除此之外，便无一刻的停歇。20世纪50年代到60年代初，特别是"三年困难时期"，全国上下都处在饥饿之中。北方的冬天，天寒地冻，别人都待在家里休养，你却拿着铁棍、口袋在田里四处转来转去，寻找老鼠洞，把老鼠藏在洞里的越冬食物——麦穗、谷穗、胡麻粒、莜麦穗等挖出来，收拾之后磨成面，解决孩子们的饥饿问题。

姥爷，你不仅勤劳，还有经济头脑。农忙之余，你用篮子装满自家的鸡蛋，步行到几十里外的村落或小镇将其换成钱或粮食。虽然孩子们没有妈，但五个儿女很少受到饥饿和寒冷的折磨，穿得虽然破旧，但干净整齐且保暖。

由于贫困，只有小舅念完了高中，其余几个只念了小学。但三个舅舅都成家娶妻。按照当地的风俗，彩礼衣服钱一分都没少。能做到这一点，是非常了不起的。当时，村里娶不起媳妇打光棍的大有人在。在你的影响教育下，儿女们虽然没有什么才华，但都本本分分勤劳地生活着。

姥爷，一生精打细算，省吃俭用。除去生活之需，还稍有积蓄。为了减轻儿女们的经济负担，你早早地把自己去世所需要的一切都准备周全。比如棺材、寿衣、孝布，还有请人帮忙要吃的米、面、油甚至是调料等都准备得很充足。自始至终没让儿女们花一分钱。

姥爷，你把一生的精力和全部的爱给了儿女，把孤独和苦难留给了自己。你是一个普普通通的农民，却是世界上最伟大的父亲。

姥爷，今天的美好生活是你所向往的，也是你所无法想象的。愿真有轮回，你能重返人间，尽享世上所有的美好。

冬天，你好

岁月模糊了许多记忆，有关冬天的故事也变得不再连贯清晰。但总有点点滴滴的往事还依稀徘徊在脑海中，让我在寒冷的冬日里心中升起一丝丝暖流，温暖我早已麻木的躯体和灵魂，让我觉得这人世还值得留恋。

　　北方的冬天总是让人唏嘘感叹它无可限制的冷。记忆中，童年的冬天便是奇冷无比的。不知道是成年后经得起寒冷还是天气变暖了，抑或是现在的条件好了，衣服比过去穿得保暖了，总觉得再冷的天也冷不过儿时的冬天。

　　儿时，穿着家做的棉鞋、棉衣，走出门冷风就不管不顾地钻进衣服和鞋里，弄得浑身好像没穿衣服一样，脚指头冻得生疼，两脚情不自禁地在地上交替跺着，两手不由得交叉伸进袖筒里取暖。不久，脚指头就冻麻木了。但还是贪玩，不想回家。记得和小伙伴一起踢毽子，花样很多，用脚内侧、外侧踢，用脚尖脚跟踢，两脚轮流踢，单脚踢，两脚交叉着踢。在比赛中，踢毽子的技能不断提高，这项活动既能抵御寒冷，又能玩起来上瘾。母亲出来喊我吃饭，我玩得正热火朝天，双腿左右腾挪，眼疾腿快。毽子上下翻飞，总是停不下来。母亲等了一会儿，恼怒地把在空中飞舞的毽子抢走了，我的比赛被迫终止，只好悻悻地跟着母亲回家。

　　在物质贫乏的 20 世纪六七十年代里，人们总能想办法创造一些活动或劳动方式战胜所面临的困难和挑战。孩子们也一样想办法娱乐自己，在与自然环境抗争的过程中，尽显自己的聪明和运动才能。那时没有现在琳琅满目的玩具，也没有现代的运动器械和娱乐器械，玩具全都是自制的。石头、碎瓦块、沙包都能玩出好多花样来。在玩的过程中让自己有更多的机会与大自然亲近，主动接受自然的考验和赏赐，既锻炼了身体，又培养了团结协作的能力和友好健康的竞争意识，同时还增进了人际交往的能力，并且结下终生难忘的友谊。

　　小时候，冬天无劳动任务，村里便组织年轻人排练节目，各个村庄巡回演出。四姥爷家的三女儿，也就是我的三姨，那时八九岁（比我大三四岁），全然不顾天寒地冻，为了看村里排练节目，趴在队里的会议室的窗台上从玻璃向里看，窗户外面围观的总有好几层，来回拥挤着，不是你踩了他的脚，就是他揪着你的头发了，人群中不时传来责骂声和疼痛的尖叫声。站在前面的目不转睛津津有味地看着听着；站在外面的踮起脚尖使劲伸长脖子往里瞧；一些来晚的个子较小的无望挤进去，就靠着墙边晒太阳边侧耳细听；还有一些既挤不进去又踮起脚尖看不到的，便开始起哄，在后面故意推来搡去，嘴里大声呼喊乱叫。在前面的不时回过头来气鼓鼓地朝后面的人直瞪眼，嘴里大声喊道："吵什么吵！不想看，就滚蛋！"后面那些人看到他们的行为达到一定效果，便叫得更大声了，推搡得更欢了。人群中不时传来被踩了脚的哭声和得意的欢笑声。这些孩子，并不在意天气寒冷，没有一个愿意回家的。排练不散，他们的热情不减。

　　那时，没有电视，电影也很少演，村里排练的戏成了人们唯一的文化生活。为了寻求精神上的娱乐，三姨每天早早出发，只为抢占有利位置，甚至有时连饭都顾不上吃。偶尔云晚了，便在人流中挤来挤去占据位置。手冻得像鼓鼓的大馒头，上面裂开了好多血口子，血水脓水流个不止。平时两个胳膊端着两只手，疼得只吸口水，或者用嘴对着手背吹吹气，缓解一下疼痛。实在让人不忍直视。由于子女多，条件差，当时像她这样的情况很多，所以见怪不怪，没有采取什么治疗措施，顺其自然，只等天气暖了慢慢自愈。尽管两手冻伤如此严重，三姨仿佛一点都不在乎，为了看排练，每天仍旧执着地在人群中挤来挤去。

冬天给她带来了痛苦，也带来了简单的快乐。并且为了这简单的快乐她甘愿付出疼痛的代价。

每当想起这一幕时，我总感叹年幼的三姨为了追求那极少有的娱乐和精神享受，竟然甘愿忍受那么大的痛苦，并为此执着地付出那么多的坚毅和辛苦，这是何等的悲壮呀！同时，这种锲而不舍、不怕吃苦的精神，又是多么令人肃然起敬呀！这种执着造就了她吃苦耐劳的性格，在此后的生活中，她游刃有余地应对各种困难，顽强地渡过一个又一个难关，过上了如今幸福的生活。

每当提及当年的看戏情景，三姨总是呵呵一笑，偶尔说："那时一年到头没有啥取乐的，村里的排练节目其实没有多高的水平，他们都是些拙手笨脚干粗活的农民，没几个有艺术细胞的，抢个铁锹、锄头还差不多，抬胳膊、提腿、摆花架子笨多了，有什么好看的?！但是当时可供娱乐的太少了，所以稀罕得不得了。"这个普通的妇女曾经所渴望的和热烈追求过的，不正是当初多少底层人民所共同经历过的体验吗？冬天的记忆里怎会让这份记忆缺席呢？

雪是冬天的魂，纷纷扬扬的雪是冬季送给人们的珍贵礼物。茫茫无际的田野铺上了白色的地毯，纯净、妩媚、无与伦比的恢宏。它带给人们的是安详与和谐。

在雪天里，人们最大的乐趣就是用捕猎来的野味做一顿丰盛的饭食。全家人围着火炉一边吃着美味儿，一边说着家长里短，这是一件很温馨的事情。在冰天雪地的时候，活蹦乱跳的伙伴们都安静地待在家里，蜷缩在火炕上晒太阳。冬天的太阳最友好，满炕都是阳光，暖暖的。一家人盘腿坐在炕上享受着冬的礼遇。偶尔有几个串门的妇女和女主人一边做着针线活儿，一边唠着嗑儿。欢声笑语溢出小屋，飘荡在空旷的小院上空。角落里有些寂寞的小孩子，手里拿起毛线团逗着猫，手在空中反复抬高落下、左右晃动。猫的两只后脚踮起来，抬起两只前脚追逐着毛线，小孩儿不时摆动着手，急得猫"喵、喵"直叫。累了，放下前脚稍做休息后，又锲而不舍地抬起双脚，抓那不断闪动着的毛线团。看着猫着急的样子，小孩儿脸上露出了狡黠的笑容。

我喜欢坐在窗户边看玻璃上的冰花，那冰花不论从哪个角度看，都是一幅规模宏大的山水画。我静静地盯着这幅浑然天成的山水画，有高高低低的树丛，有连绵重叠的山峦，有流动的小河，还有若隐若现的动物镶嵌在这幅大自然图画中的角角落落。小小的玻璃，在此时被冬婆婆画上了最美妙的风景画儿，这画儿像被魔法师施了魔法，变化无穷。这画儿技法高超，无人能模仿，更无人可超越。这小小的玻璃，此刻装进了一个大大的世界。总让人留恋难舍，遐思无限。它又像是鬼斧神工雕成的一幅山水画儿，有着丰满的立体感。冰花带给我无限的想象和快乐，它让我在足不出户的时候有了打发无聊的乐趣。

大自然的冬天，总是让人在静谧中尽享无比的快乐。

成年后的冬天，由于忙于生计，奔走在生活的狭小圈子里，埋头于工作和日常琐事，常常忘记体味它的神韵。冬天竟无意间被冷落了！等缓过神儿来，它往往已经去日已多。只好望着那渐薄的日历感慨无限："日子过得好快呀！"

于是，翻翻有关冬的诗篇来补上这短缺的一课。"长啸出原野，凛然寒风生。"风，作为冬天的先锋官，是出发时吹起的雄浑的号角声，是冬天登上自然舞台的宣言诗。"墙角数枝梅，凌寒独自开。遥知不是雪，为有暗香来。"冬天的味道悄悄潜入人们的生活中，停留在人们的记忆里。"晨起开门雪满山，雪晴云淡日光寒。"人们看到了冬姑娘亮丽的盛装，白得剔透，无时无刻不在显现出不言而喻的素淡雅致与神圣不可侵犯的纯净。"忽如一夜春风来，千树万树梨花开。"这是我们看到的冬的模样，没有浓妆艳抹，有的只是纯洁孤傲，美丽而不炫耀，宁静而不缺庄重，柔媚而不乏刚强，冷漠而不失高贵。处处透着一股无声的勇气和力量。

北方的冬天，是大地休养积蓄力量的时候，也是农民信心百倍策划来年奋斗目标的时候。日短夜长，天寒地冻，城市的节奏不变，一切的工作和生活都在不知不觉中有序地进行着、改变着。而这些改变往往让人们喜出望外，严寒并不能阻挡人们创造新生活的勇气和步伐。在严寒中历练过的人们会更加热爱生活。

哦，冬天，你好！请坚信：冬天虽冷，但暖流还在。

许景程作品*

别了，藤野先生

今日，得闲。天，微凉。适合走亲访友，于是驱车去鲁镇。从上海到鲁镇，约2.5小时路程。在镇口酒馆遇到孔乙己，他依旧穿着长衫在柜前喝酒，身边围着几个孩子，每人手里都有一颗茴香豆，与他打了声招呼。问掌柜打上一斤多不掺一滴水的女儿红，又要了只刚出锅的烧鸡和两斤卤水牛肉，外加在上海的凯司令买的糕点和兰蔻礼盒，优哉地朝先生家走去。

途经一处学堂，见赵先生为学生答疑，不免有些新奇。

想来，这几日学生都已放假，先生怎牺牲时间坐堂？

驻足，从窗户往里瞧，一身蓝布长衫的赵先生端坐在讲台前，慈爱地看着伏案用功的学生，目光如园丁欣赏自己精心培育的菜蔬一般。"赵先生是个好人，孩子交给他放心哩。"九斤老太坐在墙根边儿，笑嘻嘻地对边上的人说。鲁镇的生活不比上海，少了些许匆忙和焦虑，这里的人习惯了日出而作、日落而息，周而复始的生活。父母的职责，在我与鲁镇人看来，大概有三：让孩子吃饱、穿暖；辛勤劳作，按时交付学费；叮嘱孩子听先生的话。

功课，大抵是不会的。更谈不上辅导。即便会，赵先生也不允许大人教孩子的，因为赵先生晓得了会不高兴的，这就好像自己懂一点理发的常识，跑到理发店对理发师的技术指手画脚，到头来吃亏的还是自己。

鲁镇的先生向来是古板的，即便这么多年，每个来鲁镇的教书先生，都和赵先生一样固执，从不让家长染指自己的本职。许是为了彰显自己的学问吧，也曾有从大城市来的家长，自以为留过洋，很懂，于是殷勤地配合先生的工作，隔天就被请到学堂，碰了一鼻子灰，从那以后再也不敢辅导孩子了。事后，那位家长私下同别的家长讲，鲁镇的赵先生很凶，他很苦恼。因为赵先生这样对

* 作者简介：许景程，男，1985年9月25日，现居住在上海市普陀区，个人兴趣爱好：看书、习武、喝茶、自驾、砸核桃。人生感悟：孤僻是最好的防护服，不凑热闹，会减少九成的烦恼。

他说："倘若不信我，就另请高明吧。"

我也很纳闷，但凡来到鲁镇的先生，往往比在其他地方更加认真，学生也比在别的地方更加勤奋。至于原因，始终不得而知。或许，这里的父母对待教育，只会做那三件事吧。

穿过小巷，右拐第三间就是先生的家，那是独栋的三层小楼，小楼自带庭院，左右各有一棵枣树，那是先生早年不经意种下的。先生时常打趣，我家门前有两棵树，左边一棵是枣树，右边一棵也是枣树。如今，枣树已隐约高出围墙。看见师母在院子里打理花草，便上前打了声招呼。"先生在楼上书房，你去吧。"本想帮师母一起打理的，但师母婉拒了。寒暄几句后，我便上楼去找先生。先生依旧清瘦，斜靠在椅子上手里夹着香烟，"适之先生也在呀。"我对一旁的适之先生说，语气中带着惊喜。

"玉琯，你的文章我都看过，近来文笔越发偏了。"适之先生的话，带着几分玩味。"倘使，写作只是附庸风雅，无异豆腐砌墙。"先生淡淡地说，眼神凝望远方。我微微一笑，毕竟先生与先生讲话，学生不好多说。"玉琯被你带坏了。"适之先生笑着说。"他也是过了而立的人了，应多几分圆滑。太直易断，性格如你，是要吃亏的。""所以，我还是留在这里的好。"先生听完沉默良久，将手中的烟掐灭，怅然道。

诚然，人是社会动物，脱离了社会无法生存。如何才能把一棵树藏起来？答案是，放在树林里。想到这儿，难免有些惆怅。时下，通信技术如此发达，书信早已是过去式。家长与老师间的沟通变得简单、频繁。更多的时候，一条微信足矣。可事情总有两面性。鲁镇比不了大城市，大人们只能相信先生，所以，来鲁镇的先生自是要更用心。除了现在任教的赵先生，还有蔡先生、于先生、陶先生。凡来此地任教的先生，都有一个共性，那就是认真甚至古板，凡离开去他处任教的，又轻车简从了。

先生的墙上，挂着藤野先生的照片，照片被置于醒目处。可，即便是鲁镇，认真、古板、固执如赵先生，断不会把每个学生的讲义，一一修改，更不可能将讲义上的文法错误一一订正。我想，即使是先生当年留学，也只是侥幸才遇到了藤野先生吧。别了，藤野先生。

写于二〇一九年十月五日

观 念

　　七道杠最终选择了离开，在他办完母亲丧礼后，逃也似的离开了生他、养他、陪伴他成长的故乡。这场葬礼与其说是为他母亲办的，在我看来更像是七道杠完成了对他自己的埋葬。聪明的、健壮的、精力充沛的七道杠终究在男人、女人、老人的嘴里，成了自私的、不孝的、娶了新娘忘了老人的逆子。

　　2019 年 1 月 2 日凌晨 5 点，手机急促的铃音把我吵醒，电话那头传来七道杠疲惫的声音，"兄弟，我姆妈走了。"说完便是一阵长长的叹息。最近确实不太平，刚送走了梅校长，赵姆妈也跟着离开了，再也喝不到那样香醇的豆浆了。"什么时候的事情？"我略带责备地问。

　　"昨天凌晨 2 点。"七道杠疲惫地说着，"养老院凌晨 3 点打来的电话。"

　　"灵堂你打算放在哪儿？"我问。

　　"放在老房子。"七道杠回答。

　　"什么时候大殓？"我又问。

　　"后天吧。"七道杠回答。

　　"我买最早的高铁过来，出那么大的事儿，你这么晚才跟我说。"谁承想我脱口而出的一句话，却换来那头良久的沉默，隔了很久他对我说了一句："谢谢。"

　　七道杠，乳名：八斤。和他熟悉的人都叫他八斤，最亲近的人才敢叫他七道杠，我便是其中一个。年少时七道杠的家境很窘迫，父亲早早地撒手人寰，母亲靠白天在镇口卖豆浆，晚上给人洗衣服赚来的钱供他读书，盼望着有朝一日儿子能出人头地，自己也好跟着享清福。

　　七道杠也没辜负母亲的期望，凭着自己的努力一路披荆斩棘，顺利考上大学，靠着吃苦耐劳的精神，凭着自己的本事做出了一番成绩，在省城买上了自己的车，住上了自己的房，娶到了如花似玉的妻子，第二年家里又添了一个大胖儿子，为让生活变得圆满，特意将老母亲从鲁镇接到了省城享清福，平日里自己开车去公司上班，妻子在家坐月子，母亲帮着照顾孩子和媳妇，生活可谓其乐融融。

　　那几年七道杠的岁月是静好的，白天他是给人钱的老板，家里有老母亲帮着带孩子，晚上有热腾腾的饭菜和对他千依百顺的妻子。

一切都是这般美好，直到那天老母亲忽然对儿子说，自己想要去养老院。"我到今天还是没有明白，为什么姆妈非要去养老院。"料理完赵姆妈的后事，七道杠私下对我说。刚过不惑的他，满脸都是憔悴，手里夹着烟，眼神空洞洞的。"我想接她来跟我一块儿住，这样我好照顾她。"七道杠不停地重复着这句话。我拍了拍他的肩，嘴角挤出一丝苦笑。

在来的路上我听到了许多关于赵姆妈和七道杠的闲话，有人说："赵姆妈是个苦命的女人，带大了儿子又要带孙子。""赵姆妈活得太苦，和祥林嫂一样苦，她儿子说是带他去城里享福，其实就是想要找一个不花钱的老用人。"一群吃斋的老太围在一起，一边叠着锡箔纸，一边落着眼泪说。"八斤呀，是我从小看着长大的，他就是个白眼狼。"茶馆角落里，一个老头说。"依我看，是八斤降不住媳妇，儿媳妇没尽到伺候公婆的本分。"大脚女人抱着怀里的儿子愤愤不平地说："你将来讨媳妇，不要找城里的，都是娇生惯养的大小姐。"我再不济，也没有把爹娘送到养老院去。所有人的心里、眼里自豪地说。

天渐渐暗了，七道杠家的老房子挤满了前来吊唁的人，丧事办得很热闹，按照鲁镇的习俗赵姆妈的丧事算是喜丧。据我所知，赵姆妈起初没去养老院，离开儿子家后回到鲁镇一个人住了好多年，闰土夫妻经常去看她，邀请她去自己家过春节。赵姆妈是一个不爱给人添麻烦的人，她总对镇上的人说，儿子、儿媳妇对她很好，但她住不惯城里的房子，总想着那口磨豆浆的石磨。

"这就是国人的爱。"先生看着我淡淡地说。

写于二〇二〇年一月二日

我大清自有国情在此

周六去了趟鲁镇和儿时最好的伙伴闰土聚会，转眼间我们都已是过了而立的人了，闰土和鲁镇一样变化很大。前年，有一位香港富商看中鲁镇的地理位置想故技重施圈地发财，谁知新来的领导是玩算盘的高手，年纪轻轻却打得一手漂亮的"太极"，愣是让对方吃了"哑巴亏"，一时间在鲁镇成了新闻。鲁镇很旧，青石板铺就的路面可以追溯到清末民初。鲁镇很穷，年轻人考上大学，都不愿意回来。偏偏他回来了，回到了生他、养他的鲁镇。很多人不理解他的行为，和他一起玩大、衣锦还乡的同辈私下带着讥讽问他："你读了那么多书，放着外头那么好的工作和收入不去，回来干吗？"他似醉非醉笑嘻嘻地回答："我大清自有国情在此。"

那年电视剧《走向共和》风头无二，几乎成了鲁镇人每晚必追的热剧，这样的情形只在播放《霍元甲》和《姿三四郎》时才有过。

在场所有人听完先是一愣，而后哄堂大笑，包厢里充满了快活的空气……

闰土特意准备了我爱吃的点心和冻顶乌龙，在闲适慵懒的下午，他对我讲述着鲁镇的故事。"那后来怎么样了？"我饶有兴致地听着，不禁想要知道后来发生的事。"鲁镇不能一直穷下去，没多久又有开发商来洽谈，这次是个洋人。洋人买下了镇中心的一片老宅，修旧如旧后改造成旅游度假酒店。"闰土笑盈盈地说，"洋人的手笔可大了，酒店落成后，来镇里旅游的人越来越多，依托酒店业和旅游业，鲁镇人的口袋也慢慢鼓起来了。有钱后的鲁镇也加快了改造的步伐，好多在外面打拼发了财的鲁镇人都回来了，他们都想从鲁镇那儿分一杯羹。"

"我猜，他应该另有一番规划吧。"我淡淡地问。

"谁说不是呢。"闰土的表情明显有些激动，"要说他还真的是有脑子，那些人想尽办法跟他套近乎，可都吃了'闭门羹'。一开始镇上的人都不理解，把旧房子拆了，盖新房子不是好事吗。房子一拆，破家值万贯。可以到别的地方去买房子，过城里人的生活，为啥就拦着不让呢？于是便有人说，因为：'我大清自有国情在此。'"

"我想，他是想留住鲁镇那一抹淡淡的乡愁吧。"我喝了一口茶，平静地说。

"谁说不是呢。"闰土的眼神中流露出赞许的目光，"先生也是这么说的。"

"先生从一开始，就看懂了。"我笑嘻嘻地说。

"先生说，只有喝着鲁镇的水、吃着鲁镇的米长大的孩子，心里才真正地装着鲁镇。"闰土若有所思，"都是先生的学生，我不如他。"

"你也不必自责，从小到大，你都是别人家的孩子。"我一语道破天机，却换来闰土满脸的诧异。

鲁镇的先生确有过人之处，从这儿走出去的孩子，总比别的地方更有优势，许是先生教学的方法不同吧。求学那会儿，闰土总能比别的孩子更得先生的关照，上课被点名回答问题最多的是他，放学后其他孩子都能准时回家唯有他被留下，将当天讲课的内容再做提点，待作业完成后放他离开。倘若，因此误了饭点，先生必会自掏腰包备下两荤两素供他吃完再走，若旁人问起先生则理直气壮地回答："他的父母吃了不识字的亏，将唯一的孩子交给我，我岂敢懈怠？况且，闰土还在长身体，若因此耽误了课业，谁来负责？"时光荏苒，鲁镇的先生换了一拨又一拨，不变的还是那份对学生的严厉。或许正是这个原因吧，曾有家长慕名而来，在学堂外苦等三天，只求孩子能入学堂。被先生婉拒后，竟将一张空白支票恭敬地递到先生面前。先生百般推辞终拗不过家长死缠烂打，最终叹了口气对这位家长提出一个要求，只要家长和孩子为鲁镇连扫三天地即可入学。

闰土之所以能成为别人家的孩子，与先生是别人家的先生是分不开的。

"其实，我一直挺羡慕你的。"闰土没由来的一句话让我顿感诧异，不等我开口他继续说，"你是城里人，见得比我多。那块德芙巧克力的味道，我至今记得。"

我笑而不答，刻意回避他的目光。不知怎的，发现我和他之间早已砌了一堵墙，他紧贴着墙而我直到今天才触及墙的边缘。"这茶真热啊。"我尴尬地笑着，找个借口拿起餐巾纸擦眼睛。"假如你羡慕我，那我也不怕难为情了，其实我也蛮妒忌你的。"年过而立的我，毕竟也是在社会上摸爬滚打的人，很快就调整好了状态。闰土一脸诧异，我娓娓道来；"我从小就被拿来和你做比较，每每你竞赛得了名次，我就被父母劈头盖脸一通数落，如今想来倒也印证了先生的谶语'作人之险'。"闰土听完忽然笑了，笑得很放松，多年来我们都在给对方砌墙，隔着墙想象着对方的模样。

"原来，我大清确有国情在此。"我苦笑着说。

天色渐渐暗淡，夜幕下的鲁镇沉醉在暮色中，安静的模样宛如带着醉意的老翁，乌篷船缓缓驶来，船桨划过水面在夕阳的映衬下闪烁着粼粼波光，相比城市的喧嚣和嘈杂，鲁镇的安逸与闲适倒不失为避风的港湾。

还记得扫街三天的那对父子吗？不到三天他就后悔了，带着儿子连夜赶回了上海。曾几何时，我们中绝大部分的人都渴望父母明白一个浅显的道理，即"在冬天不要砍树"。如今为人父母，更要铭记"我大清自有国情在此"。

写于二〇一九年十一月二十八日

他乡是故乡

近来鲁镇很热闹，贯通南北的老街炊烟袅袅，东西商铺并没有打烊回家的意思，包饺子的、蒸八宝饭的、煎锅贴的、炒花生和瓜子的，忙得不亦乐乎。

"您不回家，是想趁着新年在这儿可以多做几笔生意吗？"胸前挂着"京报"字样证件的年轻女记者驻足"豫家点心"店铺前，递上话筒询问埋头做点心的中年男人。

"嘿嘿，恁（音译，古代同'您'）格局小了。"头发花白的店主，用家乡话笑着回答。

"那是不是因为害怕回乡被拘留呢？"记者步步紧逼，势必要从对方嘴里套出自己想要的新闻。

"这里就是我的家"中年人的脸上闪过一丝不悦，随即又露出狡黠的笑，用一口地道且流利的鲁镇话讲道。摄像机无遗漏地捕捉全过程，女记者显然没有获得她想要的答案，满脸惊诧地愣在原地半晌才悻悻离去，采访的全过程中无意间被过往的行人用手机录了下来并第一时间上传了网络，在各大社交平台广泛转发，憨厚的店主意外成了"网络红人"。"这里就是我的家。"无疑成了鼓励就地过年最好的宣传标语，在外人眼里许是众多热搜中的一条，在"京报"记者眼里，更像面对镜头事先打好的腹稿，只有在鲁镇奋斗打拼的"外来人"才会懂，这是他们的心声，只是包括记者在内的大部分人，是难以体会和理解的。贼心不死的她，岂能善罢甘休？"古轩亭口"深深印刻在这类人的心里。

先生曾说，鲁镇走出去的孩子，不论走多远早晚都会回来的。

"你回到鲁镇能做什么？那里没有供你施展才华的舞台。"那年，司徒教授用不解的目光凝望着他的得意门生阿兴，满是遗憾地说，"你应该慎重考虑，这是全球顶尖的跨国公司，以你的才华和能力，它能帮助你登上人生的巅峰。假如你错过了这次机会……"

"那是我的家乡，是生我、养我的故土。有位前辈曾说过，'回到祖国，我做什么都可以，如果我想，我可以种苹果树'。"阿兴用极其平静的语气，不紧不慢地回答。

多年后再次与司徒教授相遇，他怀着复杂的心情提及此事，末了又满腹狐疑地问："八两，我在中国五十余年了，这也是我的故乡，你觉得我会不爱中国吗？"从他深邃的眼神中，我读懂了他想从我这里获得想要的答案，只不过深谙中庸之道的我岂能单纯地用"是"或"否"来判定："我们中国人有句古话，儿大不由爹，女大不由娘。孩子大了，有自己的想法，作为家长应该支持和鼓励。"

年轻人正纷纷赶回鲁镇，阿倪经过多年历练如今挑起了鲁镇的大梁。阿倪不是鲁镇人，那年冬天住在镇东头的七叔公，挑着两箩筐矮脚青菜，深一脚浅一脚走过石桥打算去集市卖菜，正要上桥时发现在桥边的石墩处，有个还在襁褓中的婴儿，也不知是哪位狠心的父母，竟半夜把孩子偷偷丢了桥墩边，也是这孩子命大没让野狗叼了去，七叔公伸手探了探孩子的鼻息，好在还有微弱的呼吸，抬头张望四周，蒙蒙亮的天色，古镇四下无人，来不及多想，七叔公解开身上的棉衣把孩子抱起来，一瘸一拐地朝着卫生院跑去。

七叔公是退伍军人，直到他与世长辞，阿倪在整理遗物时才得知的，原来七叔公年轻时参加过抗美援朝，那口老旧的木箱子底下有一件挂满了军功章的草绿色军装，七叔公的瘸腿也是在抗美援朝的战场上不慎负伤留下的后遗症。

七叔公是光棍儿，除了卖自己种的菜，替镇上的酒厂回收酒瓶子是他唯一的生活来源，可即便如此他还是觉得这个孩子跟他有缘，于是毅然决然地在派出所孙民警的帮助下，办理了领养手续。

"叔，您自己生活也不富裕，再带着个孩子，可要想清楚啊。"孙民警好心劝慰道，"还不如把孩子送回到福利院吧。"

那年阿倪三岁，他偷偷地躲在门口听大人小声讨论着他的未来，似懂非懂的年纪并不明白福利院代表了什么。"他是我儿子，砸锅卖铁也要把他培养成人。"良久，七叔公猛吸了一口烟，斩钉截铁地回答。

"我这也是为您好。"孙民警叹了口气，喃喃地说，"叔啊，组织上要调我去上海了，以后不能常来看您了。"孙民警的神色黯然，"从小都是您在照顾我。"他一边说一边从口袋里掏出一个信封，"我来之前就猜到，您是不会同意的。这不是给您的，是给阿倪的，孩子在长身体，您把阿倪当成您亲儿子，那他也就是我亲侄子。"

看着孙民警坚定的目光，七叔公勉强接过了信封，那是他存了三年的积蓄。

"孙晨倪放学后你留下来。"赵先生一脸严肃地对阿倪说，"今天作业做完了再回家，晚饭我已经替你准备了。"赵先生推了推镜框，面无表情。

"八两，我家阿倪怎么没回来呀？"七叔公拄着拐杖，用略显苍老的声音询问。

"阿倪被赵先生留下温习功课了。"我笑嘻嘻地回答，带着劫后余生的喜悦和兴奋，朝着先生家的方向跑去。"你别高兴得太早，晚上我也要考你功课。"先生得知阿倪被留下开小灶后，面无表情地对我说。

生在鲁镇的孩子既幸福又无奈，别人家挤破脑袋才能得到的资源，鲁镇的孩子轻而易举就能拥有，在以育教育人为终身己任的一众先生的熏陶下，十二年的苦读也是挥之不去的梦魇，即便鲁镇的孩子踏入燕冠的概率远大于他处。

阿倪从小就知道自己的身世，对此他并不介意，得知真相的他格外懂事，学习也倍加努力，小伙伴们非但没有因此排挤他，相反在成长的道路上他得到的爱总比别的孩子都要多。

"阿囹，今天是国庆节，晚上不考你功课，晚上你姆妈要红烧蹄髈，你去把阿倪叫来。"先生和蔼地说。那年我们都在读小学。

"阿爹，我从6岁开始读书，到今天是第十一个年头了，课本上有的您都考过我，课本上没有的您也考过我。我是您看着长大的，今儿您给我一句实话，有没有偷偷考阿倪？"我假装妒忌，满脸坏笑地问。

"小鬼头，哪来那么多废话。"先生嗔怪，"还不快去。"那年是高二，爱打篮球的他明显比我高一个头，可我却坚持自己长不高的原因是吃得没阿倪好。

"你真的打算自请调回去？"路边的长凳上阿倪和我挨着坐下，我递给他一支烟，自己也点了一支。

"是的。是该我反哺的时候了。"阿倪目光坚定，"阿爹老了，他身边也要人照顾。"

"那你不打算找他们吗？"我试探性地问。

"他们有心会来找我的。"阿倪不假思索地回答。

那年，还不到三十岁的他做出了令周围人出乎意料的决定，本可以在年底扶正的他主动提出申请，回到尚待开发的鲁镇。"听说了吗？闰土也打算回去了。"阿倪瞟了我一眼，眼神中闪过一丝狡黠。

"好哇，你们俩是合起伙来蒙我啊。"我故作生气，脸上却抑制不住笑容，用力把烟摔在地上。"一个你，一个闰土。你俩从读书那会儿就轮流压我一头，这么大的事儿还是让我最后一个知道的。不行，今儿非要你请客。"我没好气地说。

"行，我请，我请。你想吃什么？"阿倪自知绕不过我，索性缴械投降，"不过话说回来，究竟是我们压你一头，还是你轮流欺负我和闰土？"

"臭豆腐，土豆烧刀豆，椒盐排条，虾仁炒蛋。"我不搭理他的反诘，笑嘻嘻地开始点菜。

"你怎么还喜欢吃臭豆腐啊。"听到"臭豆腐"三个字，阿倪的眉头皱成了"山"字。

"你要回鲁镇，怎么能不习惯臭豆腐。"我一脸痞笑地说，"老规矩，你请客我买单，不许跟我争！"

"我说不过你。"阿倪爽朗地笑道。晚霞映衬夕阳，两个大男孩互相拍着对方的肩膀，以此抒发着内心的情怀。

"请问，今年不回家过年，是因为无法离开吗？"贼心不死的记者在吃了"闭门羹"后依然敬业，势必要深挖新闻线索的她，又将话筒递到了一位中年女人的面前，"近期新冠肺炎疫情又有反复，对您的收入影响很大吧？"

"今年，不打算回西安了，我把父母接来这边过年。"女人用带着陕西方言的普通话笑着回答。

"您边上的店铺昨天被封了，挨着它经营您不担心吗？"女记者尝试着又进了一步。

"鲁镇靠的是精准防疫，有什么可担心的。"中年女人白了记者一眼，"今年是我在这里的第五个年头了，说不想家那是假的，但这儿也是我的家。"

吃了半天"闭门羹"的记者带着遗憾悻悻离去，路过镇口时她回头又看了一眼古旧的牌坊，"古轩亭口"四个大字格外清晰，白发苍苍的康大叔穿着印有志愿者的红马甲坐在阳关下，KN95 的口罩遮不住眼角的鱼尾纹，他的手里拿着体温枪，凡进入古镇的人都要测量体温、出示健康码，身旁的喇叭循环播放着提示。

"阿倪不愧是从大城市回来的，鲁镇的防疫工作真不赖。"孙警官坐在藤椅上晒着太阳，悠闲地喝着茶对七叔公说道。

"这孩子，打小就懂事。"七叔公的脸上露出宽慰的笑容。

"八两，有件事情我始终不明白，我、七道杠，我们那么多同学，都是司徒教授的学生，为什么他唯独对你最好？"阿倪满腹狐疑地问。

"侬讲呢？"我用杭州方言反诘道。

写于二〇〇二年一月三十日

学做父亲

父亲，不仅是称呼。如何当父亲需要学习。

2022年1月25日，夜。今天，是"心肝儿"3周岁生日，此刻他精疲力竭沉沉睡去。自2019年1月25日起，有幸当了他爹。第一次当你老子，如有不周请多包涵。父子一场，来日方长，若受了委屈，那就慢慢受着吧。我看着他，心里默默地说。

时代在发展，岁月在更迭。从前，君为臣纲，夫为妻纲，父为子纲。如今，德先生与赛先生更吃香，个性化与差异化发展的必要性和重要性，让更多人反思当下。一味地摒弃传统不可取，盲目跟风也会撞得头破血流。既不得传统文化精髓，又不接现代教育核心奥义，难免陷入郑人买履或邯郸学步的窘境。

"骑马！""心肝儿"说着梦话，好在被子盖得严实，不会着凉。"想太多，反而约束手脚。"隐约，耳边响起先生的话。仿佛间，看到面容清瘦的他，穿着一袭长衫斜坐在书桌前，左手夹着一支烟，若有所思地看着窗外。

记忆如白驹过隙，转瞬回到从前。馋嘴不是病，发作却要人命。新鲜的竹笋焯过水切成小丁儿，夹心的梅肉用木棍捶烂，葱姜水去腥，花雕酒增香，盐和虾皮粉调鲜再略加一蚝油，笋丁儿裹上肉酱，最后用手擀的面皮包上做成烧卖的形状，放进蒸笼大火上灶约莫半小时后，晶莹剔透又鲜香扑鼻的笋丁烧卖，就在众人期盼的目光中带着舍我其谁的傲娇，被端上了餐桌。记忆中，先生和师母都是慈爱的，每每吃到烧卖，都会可着我和弟弟（小师弟），看着我们被热气腾腾的烧卖烫到嘴了抑或满手、嘴流油的样子，就会毫不怜惜地用手帕替我们擦拭，每每想起似乎就在昨天。

由于新冠肺炎疫情的关系，已有两年没有回鲁镇了，最近一次还是2018年10月，照例去之前的酒馆打上两斤断不能掺水的女儿红，带上三斤刚出锅冒着热气的牛腱子肉和一只肥美的酱鸭，还有上海老香斋的糕点、雅诗兰黛全套的护肤品，迈着急匆匆的脚步，打着看望先生和师母的幌子，觍着脸去蹭饭。

"你来也不事先说一声，你看家里也没准备。"师母笑着接过酱鸭，"来就来了，每次都拿那么多东西。"

"这不是想姆妈了吗，儿子回自己妈妈家，是不用报备的。"我嬉皮笑脸回答。

"就你嘴甜。"师母笑道。"你阿爹在楼上书房。"

"我去打个招呼就来帮忙。"我笑着说。

我和先生的感情不是父子却胜似父子，自从弟弟去北京读了大学以后，家里便少了往昔的热闹，随着年岁的增长，对子女的期望渐渐地从望子成龙、望女成凤变成了常回家看看。它就像一层薄薄的窗户纸，每每靠近都要小心翼翼，是千万不能捅破的。先生端坐在书桌前，岁月在他脸上留下了独有的痕迹，记忆中两鬓不曾染霜，好在身体依然健康，背影依旧挺拔。用先生的话说，他是个倔强的人，年轻时就是如此，"有字皆从人着想，无时不与战为缘"。师母和先生是在大学时认识的，虽不是同一届，但却是同一个专业，先生比师母大一届，相处一段时间后，师母如是评价先生。师母每每私下谈及先生，眼神不经意间总会流露仰慕的神情，相濡以沫、风雨同舟，这份真挚的情感着实羡煞旁人。

"一晃眼的工夫，我们家阿团也要当爸爸了。"先生一如既往的慈祥，笑着对我说。

"我猜的，90%的可能是儿子。"我笑嘻嘻回答。

先生并不急于接话，只是缓缓地端起茶杯，呷一口茶笑而不语地看着我，眼神中充满了的慈爱一如从前静静地听我说着，那是多年来在自己父亲身上从未体会过的温暖。

"不管我做什么，你都不满意的。"那年我如是对父亲说，"你自己看看，哪本书是你给我买的，又是你跟我一起讨论过的？"具体因为什么事吵起来的已经不记得了，只记得那天我拽着身躯不再挺拔的父亲来到书柜前，打开柜子指着一书橱的书，理直气壮地问道。"《基督山伯爵》我初一的时候读的，《简·爱》我初二放寒假在家读完的，《战国策》《史记》《孙子兵法》……你说，哪本是你给我买的？"我怒吼着问他，他愣愣地站在原地一句话都不说，良久背过身，点了一支烟喃喃地说了一句："小赤佬，翅膀硬了。"事后，我也曾把经过讲给先生听，言语里带着三分嫉妒和七分懊恼，"真的无法和他沟通。"印象中先生从不说教，那次也是，听我絮絮叨叨说了近一个小时，脸上没有丝毫厌烦，直到我情绪稍显平静后，才淡淡地说："阿团，今晚就住家里吧。我刚才让你姆妈打电话回去了。你也很久没来看我们了，小团也想你了。"

"阿团，你爸爸他还好吧？"先生不经意的提问将我从回忆中唤醒。

"他现在年纪大了，血压也有点高，好在控制得挺好。现在白酒不喝了，改喝黄酒了。"我回答，"我经常会回去看看的，每次回去他都在门口候着，我跟他说了好多次了，天冷不要在小区门口候着，可他还是那么犟。"说到这儿，内心不由得一颤，我何尝不是？原来，我和他都把最坏的脾气留给了最亲近的人。

"你姆妈时常念叨你，下次来别带那么多东西，我们老两口吃不了的。"先生是看着我长大的，于细微处察觉了我的尴尬，故意岔开话题。

"那我去帮姆妈做饭了。"我顺势往下说，起身往楼下走去。

"去吧，小子。"先生笑着回答。

"姆妈，我来帮你。"人未到声先到，我笑嘻嘻跑进灶头间，一股脑儿钻到灶头底下，在灶头里放起火来。"阿团，你还和小时候一样，喜欢在灶头里生火。"师母笑着说，"那时候，你和小团两个人，只要一放假就成天围着灶头，连饭都顾不上吃。"

"是啊，用灶头烧的菜就是好吃，还有锅巴。"我嬉皮笑脸回答。

"你们都长大了，平时我们两个老的也不太烧菜，烧一顿可吃几顿。你阿爹这几年身体也不似从前了，小团不常在身边他胃口也小了很多。"师母叹了口气淡淡地说，"他嘴上虽然不说，但心里比我还想，有时候我说多了，多亏了他在一旁安慰我。"

"姆妈，待会儿我陪阿爹喝点儿，好久没和他一起喝点儿了。"听完师母的叙述，我接过话茬。

"好，你们爷俩儿喝点儿，让他也高兴高兴。"许是被蒸汽熏的，师母擦了擦眼角，脸上又增添了几分愉悦。

"有酒喝，可不能少了我呀。"门外传来熟悉的声音，抬头望去闰土一手拿着礼盒一手抱着儿子笑意盈盈地走了进来，"今天是中秋节，我特意来看看先生和师母。"

"阿福，快叫人。"闰土提醒儿子。

"奶奶好，叔叔好。"阿福奶声奶气地说着。

"阿福，都这么大了。快让叔叔抱抱。"我笑意盈盈地上前，从闰土怀里抱过阿福。"今天是中秋节，瞧我这记性，我都忘了。"我略带歉意地对师母和阿福说。

"你是大忙人，忘了正常。"闰土一脸坏笑地说。

"嘿，你又拿我寻开心是不是。当心我挑拨你跟你儿子父子的关系。"我也不甘示弱，"阿福，跟干爹回家，干爹给你买巧克力，买冰激凌，带你去吃肯德基。"

阿福睁大眼睛看了看我，又回头带着询问的目光看了看闰土，闰土不说话只是看了一眼阿福，阿福一扭头便扑在我怀里。"你看你，干吗吓唬我干儿子，哦不，我儿子。"我借势继续向闰土发难。

"好啦，好啦。你们从小就爱掐架，一个是当爹的人了，另一个是快当爹的人了，见了面还掐架。来，罚你们给我帮厨。"师母嗔怪着说。

"是！保证完成任务。"我和闰土异口同声回答。

"恭喜你呀，要当爸爸了。"闰土边择芹菜边对我说。

"谢谢，谢谢。千盼万盼，总算把他盼来了。"我边切豆腐干儿，边回答。

"等你当了爸爸，你就知道会有多忙。"闰土故作神秘地说，"你还记得阿根吗？以前一起读书时候的阿根。"

"记得啊。"我不假思索地回答，"他是我的小弟啊。"

"他也当爸爸了，生了个女儿今年刚满三岁，自从有了女儿他就过上了'珠光宝气'的日子。"闰土笑嘻嘻地说，"女儿成天给他打扮，抹口红，扎小辫子……"

"噗！"听完闰土的讲述，我不由得笑了。谁能想到，当年在篮球场上叱咤风云的阿根，如今也成了女儿奴。

"我跟你说，我有他微信，他朋友圈里有好多他女儿给他化妆后拍的照片。"说着话，闰土拿出手机，点开朋友圈翻给我看。

"小日子过得不错嘛，都用上最新款苹果手机了。"我笑嘻嘻地对闰土说。

"哪有你舒服，在城里头吃香的、喝辣的。"闰土也不甘示弱。

"谁吃香的，喝辣的?"正说着，门外又传来熟悉的声音，"是小弟回来了。"我带着三分惊讶七分惊喜，半晌伫立在原地，"姆妈，你快来呀，小弟回来了。"师母闻听赶紧跑进来，母子二人四目相对。

"姆妈。"小弟先开口。

"哎。"良久，师母如梦初醒般回答，"怎么也不提前说一声，我也没事先准备。"

"儿子回自己家，是不用提前报备的。"小弟笑嘻嘻地说，"姆妈，我想你跟阿爹了。我想吃你做的红烧肉。"

"我去买。"我接过话茬，"弟弟，你陪姆妈说会儿话，我们去买肉。"

"对对对，阿福，跟着爸爸去买肉肉去。"闰土附和道。

那天刚好是中秋节，但我确实忘了。可能，冥冥中自有安排吧。自从小弟去外省求学，先生和师母的日子也没有往常那么热闹，好在闰土、阿根、七道杠，一帮同学时不时地会去探望，但亲情的陪伴是无法替代的。至今依然记得，那顿饭吃得很饱，以至于到了第二天中午都吃不下饭。先生也喝了很多，脸上也露出了久违的笑容。

　　"爸爸！""心肝儿"的惊叫声把我拉回现实，飞快跑到他身边一把将他抱起搂在了怀里。自出生以来，我家"心肝儿"就有容易惊醒的习惯，倘若睁开眼睛见不到我，便会不亭地哭喊。父亲说，我小时候也有类似的习惯，只不过，我喊的是"妈妈"。

　　"不怕，不怕，爸爸在。"我抱着儿子，在卧室来回走着。

　　"你放下他，让他自己睡。"妻子被吵醒，带着起床气不耐烦地说。

　　"他还小，你先睡吧，我再抱会儿。"我安慰道。

　　如何才能当好一个爸爸，这个问题太难了，假如父亲是一本书，孩子在长大后才能读懂，那么，祈愿我不是一本无字天书。

写于二〇二〇年一月十九日

马溪甜作品*

耄耋老人的"13岁"二哥

看到这个题目，你们肯定感到迷惑不解。耄耋老人那肯定能有90多岁了。90多岁的老人，就连自己的孙子、孙女都得30多岁了吧！他的二哥，那可是比他还要年长的同辈人，怎么可能"只有13岁"呢？

时光荏苒，岁月如歌。转眼间，清王朝已经被推翻了110多年了，伟大的中国共产党已经成立100多年了，"九一八事变"已经过去90多年了。而这位耄耋老人的二哥，已经离开他80年了……

他身世坎坷，父亲在他8岁时在抗日战场上牺牲了。母亲只得带着几个孩子到处乞讨。在乞讨的路上，他的母亲和兄弟姐妹也不幸去世了。小小年纪的他，就这样成了孤儿。

当他乞讨到另一个村子时，他遇见了他生命中的恩人——他叫他二哥。二哥大他一岁，在自家兄弟中排行老二，长得虎背熊腰，是村子里名副其实的孩子王。二哥见他身世可怜，对他特别关照，经常把自己并不充裕的食物拿给他吃。有时候是一张饼，实在不行了，就给他柿子干吃。

那是1941年9月16日，在河北平山滚龙沟村，他和他的二哥一起放牛。哥俩儿都是当地的儿童团团员。

那天，两人发现我方的消息树倒下了，考虑到情况紧急，二哥命令他去送信，并叮嘱他："送完信，你随部队转移，不许单独行动。"二哥不放心他，但他也不放心二哥啊！他问二哥："那你呢？"二哥坚定果断地对他说："你不用管我，我得站岗放哨。你送完信了，就跟着大部队转移，千万记住了！"

二哥当时深知日军行军迅速，生怕他不能及时通知到大家撤离。于是二哥决定为乡亲们争取更多时间。他假装放牛，目的是故意暴露自己。日军抓到他

---

* 作者简介：马溪甜，女，今年25岁，满族，辽宁沈阳人，出版集团文员。23岁时曾在《辽宁经济》发表文章《沈阳市智慧文旅发展思路与建议》。非写作领域科班出身，热爱写作。人生座右铭：满族谚语——"蜘蛛再小，也是猎手！人类（满人）再老，也是战士！"

后，命令他为他们带路。而心思缜密的二哥故意装作害怕的样子，带着日军队伍前行，将日军带入八路军队伍驻扎地附近。

因为之前二哥让他通风报信，八路军已经做好了伏击准备。就这样气焰嚣张的日军被八路军打得措手不及，而这时，二哥想抓住一个日军的大腿跟他一起跳入悬崖、同归于尽。可二哥毕竟年龄小、身体单薄，正在他准备抱住日军的大腿时，一把冰凉的刺刀迅速从他的身后刺了过来，二哥被日军挑下了20多米高的悬崖壮烈牺牲，年仅13岁！

后来，作词家方冰和作曲家李劫夫为这位少年烈士专门写了一首令人潸然泪下的歌，歌名就是《歌唱二小放牛郎》。其中的一句歌词是"他的血染红蓝蓝的天"。这是对王二小的高度赞扬，但其实，在他被日军用刺刀挑下悬崖时，山谷里的河都被染红了！河水变成了血水！

王二小牺牲后，埋伏已久的八路军将那帮日军全部歼灭，不仅使干部和老乡们的安全得到了保障，还给专门负责报道抗日新闻的工作人员争取了宝贵的时间。在多方的努力斗争下，报社在日军扫荡的25天内，发表了23篇报道，使全国上下及时了解抗日情况，为做好充分的抗日准备提供了重要信息，极大地鼓舞了全国人民战胜敌人的信心！

这位老人口中的"二哥"，就是《歌唱二小放牛郎》中的"王二小"，本名为阎富华。他为保护当地军民和媒体的安全，主动暴露自己，1941年9月16日牺牲于河北平山滚龙沟村，英年13岁。而这位老人，原名为路五祥，后改名为史林山。

战斗结束后，乡亲们找到了王二小的遗体。当地军民为了纪念王二小舍生忘死的精神，将他埋葬在这座小山坡上。战争结束后，与王二小当年一同放牛的小伙伴史林山就在这个地方为他守墓，并且担当王二小事迹宣传员。史林山曾说："当年王二小将生的希望留给了我！"他要将王二小的故事一直流传下去。而这一守就是50多年！

今年，史林山老人的二哥已经离开他和乡亲们80多年了。

这么多年了，二哥一直活在他的心里，从未离去！而他本人也十分优秀。1956年，26岁的他光荣加入中国共产党。他凭借自己的努力奋斗，实现了二哥未完成的理想。当他戴着党徽、对着党旗宣誓时，他多想二哥就在他的身旁，陪他一起宣誓，共同实现强国梦想！

2015年，国庆节阅兵当天，他作为优秀老兵代表之一，乘坐军车环绕了天安门广场。当他身处那么恢宏、壮丽的场面时，他多想二哥坐在他的身旁，和他一同见证祖国的繁荣富强！

尽管已经过去 80 多年了，史林山老人每次提起二哥牺牲的场景，都禁不住潸然泪下，哽咽一会儿，才能继续讲述。而谁能想到，坐在电脑前写下这段文字的笔者，内心也同样感慨万分。

和大多数人一样，我的人生中也有过挫折、有过烦恼、有过迷茫。有时候，我也会忍不住抱怨，抱怨自己运气不够好，抱怨自己的境遇不如别人。但是现在，我的心里再没有任何抱怨，而是对自己拥有的生活充满了感恩。我以前是一个内心不够阳光的人，经常看到别人身上的缺点。遇到问题时，总是本能地从别人身上找原因，习惯性地将自己的不顺归咎于外界。但是后来，我学会了担当，并努力让自己越来越优秀。

2015 年，我考入了自己理想中的大学，学到了自己喜欢的专业，并在大一上学期一次性通过了大学英语四级考试。2017 年，我开始尝试脱稿演讲，参加校内外各种演讲比赛，有意识地锻炼自己面对众人即兴讲话的能力。2018 年，为了更好地传承民族文化，我开始自学满语。我开设了自己的微信公众号，用一篇篇高质量的原创文章，向读者展示别具特色的满族文化，让大家体会民族文化的丰富多彩。我积极参加社会活动，获得过好几个"优秀志愿者"证书。

2020 年，新冠肺炎疫情肆虐全世界。而在这一年，我丝毫没有放松自己。我先在中国人寿做销售助理，后来又参加了省公务员考试。我还参加了第三届创意城市征文大赛，获得了二等奖。我参赛的文章在《辽宁经济》上发表了。年底，我幸运地进入了辽宁出版集团，从事着自己喜欢的工作。

对于自己目前的成绩，我内心是喜悦的。但我绝不自满，我会给自己树立更大的目标，提出更高的要求。因为我深知，我们所处的相对安定的环境，是无数个"王二小"梦寐以求却求而未得的，是无数的先人用汗水、泪水甚至血水换来的！

我知道，比起他们无所畏惧的牺牲和无私奉献的情怀，我今天的歌颂，是那样的无力、那样的苍白，但我还是坚持歌颂！为什么？因为这种精神值得我们一次又一次地歌颂；这种事迹值得我们一次又一次地提起；这种情怀值得我们一次又一次地赞扬；这种品质值得我们一次又一次地学习！

有的人说："比起穷人，我们能够吃饱穿暖；比起孤儿，我们还有时刻疼爱自己的家人；比起孤独的人，我们还有知心的朋友。人生如此，应该知足感恩。"

而我想说："哪怕我们是穷人，哪怕我们很孤独，哪怕我们不幸成为孤儿，我们都不要抱怨自己的不幸。因为比起死去的人，我们还依然能够活在这世间。比起那些为国为民舍生取义的人，我们平凡而又平安地继续生活着。而这，就是先烈们用鲜血给我们换来的最大财富！"

能够活着，自然就会有机会创造奇迹、实现梦想。如此珍贵的生的机会，怎能随意挥霍，更不可白白浪费！

史林山老人，为他的"二哥"——阎富华守墓 50 多年了。他伤感但又坚定地说："他（王二小）不能孤单啊！"而我想对这位耄耋老人说："斯人已逝，今人必将崛起。我中华之傲立于世，指日可待！有我们在，'二哥'不会孤单！"

我叫萨其马

大家好，我叫萨其马。我是满族的，满语名字是"caqima"。众所周知，我是一块用料十足、入口香甜、独具个性的点心。正宗的我，得用全蛋液和面，不能掺杂一滴水。和好面后，用奶油炸一下。然后裹上糖浆，放上名为"狗奶子"的浆果。

所以，有人叫我"狗奶子蘸糖"。也有人说我的诞生是经过了"切"和"码"两个主要步骤。"切"在满语里是"萨其非"，而"码"是"码拉木壁"。

但你知道吗？我可不只是一块点心呢！下面，我准备回忆一下我的过去，找回自己从前的影子。前面说过了，我是满族的。满族过去的等级制度非常严格，有奴隶，有家奴，家奴叫"嘎哈"，奴隶叫"阿哈"。他们可以结婚，但所生的后代依然是家奴或者奴隶。而自由人往上的人生的女儿，没出嫁的叫格格。再往上，还有被称呼郡主的。

最初的萨其马呀，是奴隶的女儿。她从一两岁就生活在主人家的厨房里。跟在给主人家做饭的"阿哈"父母身边长大。萨其马虽然没读过书，但她很聪明，加上从小的耳濡目染，她五六岁的时候就能帮父母洗碗、烧火，做一些力所能及的事务。经过用心观察学习，到了十一二岁，她就能做一些厨艺活计，成为父母的好帮手。

有一年冬天，主人家来了客人了。主人让萨其马的父母赶紧准备几个菜，说他们准备喝酒。萨其马的父母赶快做好了菜，端上去，摆好。东北的冬天很冷，尤其是室外。主人和客人在炕头上喝酒的时候，闲谈，话多。当时哪有暖气、空调啊，加上气温本来就低，两人喝来喝去，酒菜都凉了。主人让萨其马的父母赶紧热酒、热菜。不巧这天正好下雪，阴天，灶炕想罢工，半天点不着火。酒菜也就没法热，端不上去。客人等得着急，没吃就都走了。

主人觉得很没面子，就到厨房把他的两个"阿哈"骂了一顿。萨其马看到父母挨骂，非常着急、心疼。但没办法，"阿哈"挨打受骂是常事，这就是命。

但总有人绝不肯向命运低头！过后，萨其马琢磨，怎么才能让酒菜不凉呢？她冷不丁看见一个炭火盆。早些年，东北人为了取暖，冬天都生个炭火盆。天冷的时候，在盆里生上木炭火，暖和手脚。还有那时，有钱人家都用铜钵盛菜。萨其马寻思，火盆里有火，把菜盛出来，放在火盆上焐着，菜凉的时候，把火盆里的热菜一换，不就总能吃上热菜了吗？

过了几天，主人家又来客人。这一次萨其马选择让父母休息，自己负责上菜。她把做好的四个菜用铜钵一一盛好，端上去，摆好。主人和客人边吃边唠嗑，酒菜又凉了。主人吩咐她热菜，她马上把火盆里热的菜换上。客人看到酒菜立马就热好了，夸了几句。主人顿时很有面子。

客人走后，主人问萨其马是怎么做到的，萨其马就把这个办法说了一遍。主人也挺聪明，说下次把菜都放在大的铜钵里，再把铜钵放到火盆上，大伙围着火盆喝热酒、吃热菜，一会儿就暖和起来了。

再来客人，按照这种办法，大家一边吃一边喝一边闲谈一边下菜，越吃越热乎。这就是满族火锅的雏形。火锅是满族发明的一种特别的食用方法，是满族的特色，广为流传。后来火锅分为很多派别，但满族火锅是鼻祖。萨其马则是该领域的最大功臣。

主人一看萨其马这么聪明伶俐，对她格外的好，对她父母的态度也转变了很多，再也不非打即骂，客气了许多。除了火锅之外，萨其马还有一大发明，也就是我们今天的"萨其马"。至于为什么点心和人名重复，且听下面的故事。

满族人把用面做的主食叫作饽饽。早些年每年立春那天，满族人都吃春饼。萨其马这个人小鬼大的姑娘又开始琢磨创新了。她想：白面香，颜色发白；黄米面黏，颜色发黄；高粱米面酥，颜色发红。如果把这几种面和到一块儿，做成饽饽，也许是又甜又香又酥，能好吃。

萨其马开始做实验。她用白面、高粱米面、黄米面、豆面各擀成一个薄饼，在饼之间抹上蜂蜜，摞到一起，再用刀切成小菱形块，下锅用油一炸果然是又酥又脆又黏，特别香甜。刚开始，她发明的新饽饽只有她自己和她父母知道，主人都不知道。她打算在关键时候"露一手"。

有一天，一个千户统领到主人家做客。萨其马有了展现才能的机会。她就做了这个饽饽，给端上桌。这种菱形块的面食有黄红白三种颜色，特别鲜艳。

在那时，千户统领是大官，相当于现在的省长，什么好吃的没吃过？但他对萨其马摆在桌上的那个菱形面食却很有兴趣。他用手捏起来一块，放在嘴里，甜、香、酥、脆，还有点黏。总之特别好吃。他非常高兴，连着吃了好几夹。主人也尝了一块，觉得确实挺好吃。

当千户统领问这个饽饽的名字时，主人没听明白，以为问的是谁做的，便回答："萨其马。"

其实，这是一个有趣的误会。为什么这样说呢？因为在满语里面"这是谁"和"这是什么"的发音是一样的，都是"ele orqi?"或者"ele orqi i?"。千户统领想问的是饽饽的名字，他表达的是："这是什么?"而因为满语的语言语法，主人误解成了"这是谁（做的)?"便回答了"萨其马（人名)"。

这个千户统领就说："萨其马好吃！"这可把站在一边的萨其马吓坏了。萨其马低下头，脸被吓得惨白。主人说："你要是吃别的阿哈，有的是。就萨其马这个阿哈不能吃。"千户统领也愣了，他说："我不吃阿哈，我不吃人啊！我可没有那么大的胃口！"主人疑惑："你不是说萨其马好吃吗?"啊！弄错了！千户统领哈哈大笑。

千户统领说："这饽饽反正没有名字，就叫萨其马吧！"主人把萨其马拉过来，谢过千户统领。千户统领说："萨其马，你得把这个技术传给大伙，让全族都会做。你有啥要求？今儿个本统领高兴，金银财宝、房梁地产我全都可以给你！"

萨其马回答："我就要做诸申（自由人)。"千户统领一听："那就当个自由人呗。不过，你得答应到我府上当厨师，带更多徒弟。不光做萨其马，还要做很多好吃的菜和饽饽。"萨其马答应了。千户统领按月给她薪俸。于是，萨其马就跟着千户统领到了千户府，开办学堂，传授厨艺。徒弟们特别崇拜她，叫她"天神格格"，夸她的厨艺都赶上天神了。

从此，萨其马父母也做了自由人。而满族的美食萨其马也流传至今。

大家好，我叫萨其马。这就是我的逆袭故事，也是满族美食萨其马诞生的故事。当今社会，点心的种类越来越多，我的对手和朋友也越来越多。这不是坏事。因为这个世界本来就是多元的。我相信，我的每个朋友的诞生，都是其家乡、民族、国家的荣耀。因为，我们的诞生绝非一朝一夕、一蹴而就，而是一个民族不断实践的结果，是一个民族生活智慧的结晶。

希望大家在宠爱马卡龙、提拉米苏、雪媚娘、舒芙蕾等"佳丽"的同时也不要忘记我。不要忘记每个民族的民族文化！

看了我的故事，鲁迅先生，您还吃我不？各位伙伴呢？

王佑政作品[*]

致敬峥嵘岁月　感悟夕阳时光

一、灿烂的青春

两度春华秋实，叹当年热血少年郎。1970 和 1972，这两串幸运的数字，代表了一段灿烂的时光。因为知识，因为成长，因为新中国的需要，因为父辈们的梦想，三百多个农村的少年玉女，欢聚在洗马高中那静谧而又优美的山岗，简陋而又庄严的学堂。此时此地，他们都将怀揣心中的梦想，开启人生的帆航。

曾记否，青葱年少，活泼向上。早背英语，夕做文章，英语白卷笑荒唐。高低床小，透风门窗，夜半冻醒候春光。后坡种菜，赤膊开荒，乱沙黄土筑围墙。小罐米饭，半瓢青菜，一桶无油素清汤。勤工俭学，校办工厂，师生合力汗飞扬。上山采叶，翻山越岗，男女合铺心纯良。毕业季至，别种凄凉，少年惜别诉衷肠。挥挥小手，默默念想，指望来日再方长。惊回首，幕幕桩桩，今生今世永难忘。

二、沧桑的历程

一别之后，天各一方。数不尽奔波岁月，历不尽世道沧桑。四十八载风和雨，三百同学辉与煌。一声笛响，人生的列车，将我们送到不一样的平凡岗位，奔向同样的残酷战场。有的同学穿上军装，英姿飒爽，保卫在祖国的边疆。如今，或赫赫军功，或晃晃肩章。有的同学眼光独到，收拾行囊，毅然回到了自己的农庄。如今，吃不完的绿色食品，享不尽的大院平房。有的同学立定志向，做个园丁，畅游在知识的海洋。如今，桃李遍布天下，尽是国家栋梁。有的同学兢兢业业，努力向上，年纪轻轻就当上了科长、局长。如今，社会进步，国

---

[*] 作者简介：王佑政，男，68 岁，本科，湖北省黄冈市人，爱好诗词、舞蹈。诚实、诚信是做人的根本，独立、努力是做事的态度。人生信奉：一些人成功靠别人、靠机会、靠条件；一些人成功靠自勉、靠奋斗、靠能力。

家富强，都少不了他们的功劳和力量。有的同学天生就高瞻远瞩，弃薪下海，自主创业经商。如今，早已赚得盆满钵满，年过花甲却仍然丢不下薄利多销的行当。有的同学南下、北漂，有的同学回村还乡……那些年，那些月，我们历尽人生的艰难曲折，尝尽社会的世态炎凉：人民公社，集体食堂；知识青年，上山下乡；计划生育，挖洞积粮；体制改革，对外开放；分田到户，全民下岗；打工狂潮，下海经商；漫漫人生路，步步往前闯。

三、火红的夕阳

峥嵘岁月催人老，荏苒光阴白发长。曾经的青丝少女，弹指白发年老，曾经的帅气儿郎，转眼满面沧桑。因为退休年龄的条框限制，我们黯然辞工退职，别友离场。因为叶落归根的传统理念，我们毅然重回故里，融入家乡。昔日同学，再度联络，欢聚一堂。聊天群里，情真意切，地久天长；朋友圈中，谈经论道，中央地方；同学会上，家长里短，酒醉茶香。

朝霞终将淡淡而去，夕阳仍有冉冉光辉。暮年志远，老当益壮。人生没有终点，幸福没有限量。为了缤纷世界，为了儿女情长，为了精神快乐，为了身体安康，我们必须重整旗鼓，再度扬帆起航。我们可以说走就走，背上旅游的行囊；我们可以载歌载舞，踢踏在音乐的广场；我们可以琴棋书画，沉浸在艺术的殿堂。早晚勤于散步，多食水果粗粮。可穿花花绿绿，可尝小酒烟香。有病端正心态，无病享受阳光。无钱活出正气，有钱不必张扬。喜来平添快乐，祸来视若平常。儿孙自有福气，切莫挂肚牵肠。钱财不能带走，名利最为荒唐。始终知足识趣，唯有精神坦荡。潇洒活在当下，哪管地狱天堂。秋色霜重菊花落，春风又吹玉兰香。平平淡淡度日月，快快乐乐看夕阳！

四、深深的祝福

辛勤园丁栽桃李，浩荡师恩永流芳。校园岁月无限好，老师音容永难忘。老师的辛勤付出，成就了我们的希望；老师的谆谆教导，铸就了我们的辉煌。此情此谊，我们对老师道一声"谢谢"；此时此刻，我们祝老师身体安康。

人有悲欢离合，事有好坏差强。时间在推移，年龄在增长，昔日的同学，有的依然健在，有的去了天堂。因为意外英年早逝，因为恶疾走得匆忙。我们深深地祝福，默默地瞻仰：逝者英灵长安息，墓区朝朝紫气长。

2020，又是一串美丽的符号，50年重逢，一直是我们久久的盼望。然而，因为新冠肺炎疫情，我们难以如愿以偿；因为珍惜，我们只能异地相望。但是，我们的心，一样在同学群中贴近、碰撞；我们的情，一样在血液中交织、流淌。

让我们举起双手，庄严宣誓：不忘初心，一如既往。活好 80 岁，是我们必须的承诺；活到 90 岁，是我们必然的期望；活够 100 岁，那才是我们真正的梦想。

我的妈妈

年年都祭母亲节，及至来时念最深，儿时不思娘辛苦，长大才知母恩情。

我的妈妈姓闵，塆里人都叫她闵大婶。妈妈嫁给我爸爸两年后，在生产队里劳动，因为轧甘蔗时不小心，右手被轧断了三个手指，从此就成了一个左撇子。但她仍然是一个勤劳持家、自食其力的家庭主妇。插秧、割谷、喂猪、种菜、做饭，仍然是一把好手。

我妈为人善良，乐于助人，从我懂事的时候起，就从没有见过她与人红过脸、发生过争执。她与塆里的人，尤其是与同龄人相处得非常融洽。正是因为她的随和善良，村民都爱来我家借农用工具及生活用品，每天晚饭后，也爱来我家串门聊天，自然也少不了喝茶、让座，吃花生、嗑瓜子。

我妈非常好客，记得我小时候，爸爸是大队书记，区里、公社里的干部只要到大队驻点、包队或其他事情，那一定就会住在我家，因为他们习惯了我家的清洁环境，习惯了我妈的热情态度。我妈从不吝啬，也从不计较，总是将最好的东西拿出来分享给他们。那些干部只要来到我们大队，总免不了一句话：走，今天去王书记家搞一餐（吃一顿）。

我妈孝顺公爹公婆也是出了名的，我的爷爷奶奶总共有三个儿子、两个女儿，二爷是国家干部，细爷是做货郎生意的，两人家庭条件都比我家好，可是爷爷奶奶到了轮流被抚养之年，他俩却常年赖在我家不走，想长期住下来。无非我妈脾气好些，照顾周全些。他们也住得开心些，吃得好些，油水厚些。记得我奶奶 82 岁那年，中了风，瘫在床上，屎尿都往床上拉，我妈任劳任怨，洗擦天天有，吃喝送到口，长年累月，毫无怨言。

大家别以为我妈这么大方，是因为我爸是大队书记，多吃多占了，完全不是。谷麦棉油都是小队里的，大队里除了一间破屋、一个破桌、几条木凳，别无他物。农民年底才有一次预分（工分兑换）。我妈这么大方的来源，其实是来自对自家人的"小气"。过年时小队里分得的几条鱼，到食品店里买到的两三斤肉，我妈都会节流一大部分，将它们做成腊鱼、腊肉，挂起来，等到来年，那些驻队开会的干部干事、走亲串门的亲戚朋友自然就有吃的了。然而，这可苦了我们几个孩子，我们想吃肉吃不到，想喝汤没处尝。就是客人吃剩下了的肥肉、鸡蛋，我妈仍然舍不得给我们吃。吃饭时，有好吃的菜，我妈老往客人碗里夹，回过头来又敲我们的筷子，叫我们不要抢，懂礼貌。记得我七岁那年，我爸爸过生日，家里打了很多糯米糍粑，糍粑可是我最爱吃的食物，当时我心想这么多糍粑，我可要吃个够了。谁知当天来了几十个亲戚朋友，足足四大桌，酒足饭饱之后，我妈把所有留下没有煮熟的糍粑都给客人回礼了，气得我大哭一场，还把客人骂了个遍。

我妈还是一个很"偏心"的妈妈，小时候，家里但凡有好吃的，总是给爸爸多些，给我们少些，妈妈总说我爸爸当干部，到处跑，很辛苦，需要营养。到了"双抢"季节，吃白米饭时，妈妈又偏心，说姐姐是大人，要割谷插秧，总是盛满满一大碗饭给姐姐吃，而给我盛一小碗饭。更令我生气的是，有一次妹妹上山打柴，妈妈居然把家里的两个熟鸡蛋全部让妹妹带走了，一个也不给我，还骗我说明天再煮给我吃。明天？明摆的骗人啊！果真，到了第二天，我早就把此事忘到九霄云外了。但那时有一点我不明白，不知道为什么，我们垸里大人们总是开玩笑说我妈太偏心，只爱儿子不爱女儿，经常把好东西留给我这个儿子吃了，我认为那些大人是"睁眼说瞎话"。

我妈不仅是个良母，还是个贤妻，她非常爱自己的丈夫。在我小时候，我爸爸因为是大队干部，常年在其他小队驻队，几乎每天晚上半夜才回家，无论是寒冬，还是暑夏，我妈都睡眼蒙眬地从床上爬起来，为我爸爸做一顿消夜，而我只能在一旁眼巴巴地望着。早餐除了跟我们大家一样的吃喝外，妈妈总要单独煮一个鸡蛋让我爸爸带出门。到了吃午饭的时间，除了正常饭菜外，我通常会看见我爸爸碗里有一块熟猪油。长大了我才知道，饭里蒸一块猪油，油水厚了，自然就会变得强壮。我很佩服我妈，一个农村家庭妇女居然能想出这么个别具一格的饮食滋补秘方。想想看，一个家庭有这样一个深爱自己丈夫的妻子，做丈夫的在睡梦中也会笑醒吧。我只想问一下我妈：每每看到爸爸吃好东西，你就不馋，肚子不饿？每天寒冬半夜起床，你就不怕冷，不打瞌睡？长年累月，辛辛苦苦，你就一点也不觉得累？难道你天生是一副铁打的身子？

让我难以忘怀的是，我妈的一生不光是在辛劳中度过，"痛"字也跟她结下了不解之缘，伴她一生。我不明白，因为当时生活条件的限制，苦也就罢了，但是痛——钻心的痛，为什么也要跟一个柔弱善良的农村妇女过不去呢？在我未出生时，我妈因为生产劳动，轧甘蔗轧断了三个手指，当时的痛可想而知，因为十指连心啊！我上小学二年级时，我妈的大腿上长了一个拳头大的脓包，公社卫生所的赤脚医生在没有任何麻醉的情况下，把瓷碗打破，拣了一块锋利的瓷片，直接在我妈的大腿上划上几道口子，脓血排放了一大摊，我妈当时的叫声，简直是声嘶力竭，那个痛苦不堪的样子惨不忍睹。在我参加工作那年的下半年，我妈在田埂上放牛，不幸摔断了左胳膊，她没让我知道，自己叫了一个所谓会治跌打的农村人给她接了骨，前后折磨、疼痛了两三个月，最终留下了左手腕不能弯曲的终身残疾。我工作的第七年，我妈的私处不知为何长了病毒性带状疱疹，惨痛了半个多月。懂得医学的人都知道，带状疱疹的疼那是无法形容的，真是痛如刀割、坐立不能，而且没有止痛和治疗的好办法。

在这里，我还要特别说一下我妈生孩子的痛。听我妈说，她生孩子，包括流产、死胎、夭折、存活的，前后有十几个，健康活下来的只有三个，我、妹妹和弟弟（当然还有一个抱养的姐姐）。生育过的女人应该都深有体会，生孩子是怎样的一种痛。但是不知道为什么，从我懂事开始，从来就没有听见我妈在生孩子时发出过疼痛叫声。这个女人也太能忍、太坚强了。记得我妹妹出生于凛冬的一个深夜里。当时的情境是，房间里没有接生婆，没有邻居亲朋，我爸爸就用稻草烧火取暖，我妈坐在小木凳上，胯下面放着一个木质洗脚盆，我和我姐躺在铺满稻草的床上。我看了一会儿，没有听到我妈的叫声，蒙蒙眬眬地到了第二天，家里就添了一个妹妹。我妈生我弟弟的时候，那就更不可思议了。那是一个漆黑的夜晚，晚上八九点，我爸正在灶间做饭，我和姐姐在灶门口烧火，突然听到我妈在房间里喊："你爸，快来。"当我们赶到房间一看，在昏暗的煤油灯下，我妈坐在床踏板上，胯下是一个木质洗脚盆，有一大半盆血水，我妈怀里抱着一个小肉坨坨——我的弟弟。真奇怪，整个过程中，我们都没有听到我妈的痛叫声和弟弟出世的哇哇声，这也太邪乎了，母子就这样默契？每每想起这件事，我都心有余悸，不寒而栗。倒不是因为我妈没有喊痛，而是这个苦命的女人，怎么在生孩子之前，也不叫一个接生婆或者找一个女邻居帮帮忙啊，怎么不让你的丈夫守护在你身边，跟你一起分担一下痛苦呢？我可怜的妈妈！为什么啊！

最让我久久难忘的是，老天很不公平，居然把我妈放在疼痛的刀尖上死死不放手。青年受伤挨痛也罢了，怀孕生子疼痛也算了，壮年生病疼痛也忍了，可是到了晚年享福的时候，疼痛怎么还要无休无止地纠缠着她呢？为什么还要让胃癌的疼痛使她痛不欲生呢？痛就痛吧！为什么就不给止痛药呢？为什么不让她活到七十岁呢？那是让我不堪回首的一九九六年夏天，身为医者的我，面对痛苦的妈妈竟然一筹莫展，眼睁睁地看着这个苦命的女人在胃癌的折磨中匆匆离开人世，她享年才68岁啊！

虽然我的妈妈已经过世了二十余年，但至今她那慈善的面容、柔弱的身躯、残缺的右手，一直在我的脑海中回荡，永生难忘。她那坚强的意志、美好的心灵，教会我如何做人。我很感慨：世界上的妈妈个个都可爱，但在我的眼中，还是我的妈妈最好，最伟大，谁也比不上。

2021 年 5 月 9 日

乡 愁

乡愁是一段牵肠挂肚的记忆，也是一抹怅然若失的伤感；乡愁是一张重返故乡的车票，也是一枚永不过期的邮签。人在天涯，终归思乡还故。离家万条路，回家只一条。

故乡是妈妈宽阔温暖的怀抱，也是孩子无忧无虑的天堂；故乡是祖宗精心打造的老窝，也是后辈念念不忘的归宿。儿行千里，终究落叶归根。子孙代代有，父母恩最深。

我的故乡是一个让我从小魂牵梦绕、至今恋恋不舍的小村庄，它坐落在山之间、河之旁、畈之边。早迎红霞，午披丽日，晚沐夕阳。我的乡愁饱含着扑面的慈祥。故乡有我见面一脸笑、开口一声"伢"的村邻，那里有起床叫喳喳、进门笑哈哈的伙伴，还有那天真烂漫、如梦如幻的童年。

我的故乡是一幅千姿百态、美轮美奂的原始画卷，四季山清水秀，披红挂绿。年年五谷丰登，六畜兴旺。金黄的田畈，雪白的棉岭，绿油的菜园，静谧中透露着喧哗；火红的枫树，清澈的古井，静静的河流，古朴中蕴藏着优雅。儿时的一草一木、一山一水、一鸟一虫至今历历在目，往日的童声叟语，牛哞狗吠，雀喳蝉鸣，依然喧于耳鬓。厅前的燕巢，塘边的水车，脚上的泥巴，永远记忆犹新。

清晨，我们迎着浓雾，怀着春风，跨过田野，蹚过小溪，漫步在上学的路上。傍晚，我们脱下布鞋，卷起裤腿，扑通扑通地跳入圻阳河中，捉花翅、追参条、移沙扎子①。放学之后，我们忘不了儿时的乐趣，拍蝴蝶、捉知了、掏鸟

---

① 有透亮花纹的小鱼叫花翅，扁身长条的小鱼叫参条，钻到沙里面的滚头鱼叫沙扎子。

窝。每到周末，我们跟大人一样，系上草鞋，肩着枞担，顶着星月，踏着霜露，到人烟稀少的深山老林拾柴火。三角山、牛皮寨、百丈冲，曾经是我们辗转的战场；龙潭岩、歇里厅、磨儿石，处处留下了我们的足迹。虽然冒雨迎风，忍饥挨饿，但我们无怨无悔，习以为常。农忙季节，小小的我们又成了生产队里的主力军，插秧割谷挑草头，摘棉薅田打道场，锄地看水送公粮。一身力气，一脸汗珠，一天疲惫，还有一路欢声笑语。休息的时候，坐在田头地角，喝着开水凉茶，吃着香喷喷的手擀面，开怀品饮，津津乐道。茶足饭饱之后，三三两两来到树底下，翻托儿、抓石子、派儿草，嘻嘻哈哈，好不惬意。傍晚收工之后，又不知疲倦地聚集在塆门口、稻场中，一起滚铁环、打弹珠、跳房子。想怎么玩就怎么玩，要多开心有多开心。真可谓忙时帮生产，闲时逗乐趣，白天看大雁，傍晚看彩虹。

我的故乡也是一个自产自足、永远饿不死人的富饶之乡，无穷尽的山珍野味，数不清的土特生鲜，让人垂涎欲滴。糍粑、油面、豆糕，那是我们的最爱，刺猬、猫头鹰、啄木鸟，那是我们常见的朋友。

我的故乡有三宝：茴香粽、雪花粑、黏米丸。茴香粽小巧玲珑，集糯米、红豆、茴香、肉丁于一身，香喷喷，甜滋滋，咸淡可口。雪花粑，系黏米、糯米之混合品，按一层米粉、一层芝麻精制而成，两者比例多不可，少不得，手工入微，蒸工了得。看着白花花，夹起筋拽拽，入口甜蜜蜜。黏米丸更是独特的美味佳肴，做工烦琐，过程复杂。先将大米浸泡，磨成粗粉，炒至橙黄，加入素肉、渗入肥油、辅入香料，再磨、剁、拌、调、揉、掐、搓、蒸，连环相扣，一气呵成。软硬相济、里嫩外酥，圆溜溜、热乎乎，看着不嫌多，吃着还嫌少。

我的故乡有三老：下田庙、古枫树、江西桥。其下田庙，一进三重，坐南朝北，聚九十六社之气，显四面八方之灵，大佛顶天立地，高香常年缭绕，拜客络绎不绝，屡屡指点迷津。其古枫树，直高千尺，干大根深，任凭严寒酷暑、不畏箭雨刀风。遇春光而吐绿，迎秋风而添黄，抗冬雪而泛红。虫儿叶上漫步，蝉儿枝下乘凉，鸟儿权中做窝。日日茁壮，月月茂盛，年年争艳。其江西桥，乃江西人建造的小石桥，由清一色、大小不等的花岗岩大理石精工砌成，静静地横跨于圻阳河上，五梁七墩。多少年来任凭洪水冲击，飓风敲打，固若金汤。放眼望去，犹如一道亮丽的风景线，过了桥还忘不了回头一眸。

时光一去不复回，往事只能常回味。2015 年，年逾 60 岁的我，退休离职，落叶归根，终于回到了久别的故乡。但是，此时的故乡早已物是人非，不堪回首。故乡犹如他乡，儿事成为憾事，乡愁已然烦愁。慈祥的父母走了，泥香的土屋塌了，肥沃的菜园没了，童年的记忆变了。曾经摧毁的下田庙虽已重建，却没有过去的古色古香，如今的佛像已经新不复老，早已失去了往日的灵气仙踪。古老的江西桥，由于利益的驱使，一些人挖沙赚钱，掏空了河床，动摇了桥墩，导致桥梁垮塌；如今又因为河道改造，小石桥的踪迹早已荡然无存。唯一幸存的古枫树虽然依旧挺立，叶茂枝繁，也因为树底下成了死人的祭悼场地，常年烟熏火烤，显得根枯皮烂，伤痕累累。

昔日的故乡悄悄远去，往日的映像渐渐消磨，曾经的记忆慢慢封存……

光阴似水，岁月如歌。几年后的今天，因嫌弃家乡衰落而长居闹市的我，忍不住久违的思念，再度回到了故乡。然而，眼前的新颜别貌、多姿多彩，顿使我目瞪口呆。国家政策力度之大，社会建设速度之快，农村脱贫变化之迅猛异常，让我始料未及，意想不到。眼望一山一水，亲眼见证此情此景，用日新月异、今非昔比来形容一点都不为过。昨日萧条的圻阳河已然是宽桥阔路新杨柳，弯堤曲水成直流，以往荒废的山岗田畈又变成了果圃茶园、肥垄沃野；曾经破旧的小村庄都实现了家家新楼房，户户新汽车，人人新面貌。细数每景每物，无不欣慰万分：光伏发电站、百姓大舞台、垃圾转运点、家畜养殖场、户外公厕所、村组公路灯，目不暇接，随处可见。不禁感叹：村，还是那个村，却是新光景；人，还是那些人，却有新精神；故乡，还是那个故乡，更让我流连忘返、依依不舍；乡愁，还是那种乡愁，竟然使我久久站在村头，牢牢记在心头。

啊！久违的故乡，缕缕的思念，啊！无限的乡愁，满满的情怀。

2021 年 4 月 6 日

罗柳川作品*

横竖撇捺即人生

　　现代人把写文章或从事文字类的相关工作，叫码字。偶尔，我也进行类似的动作——把自己认识的汉字排列组合起来表达心情，我把它叫"练字"或者"写字"。

　　最早写字是为了识字，老师要求抄写多遍，直至记住会默写，这是写字的基础；然后开始学习最简单的组合——造句：先学会用单句来表达一层意思，再学习用复句来表达多层意思；最后才学写作文，用比较长的篇幅来表述一件事或多件事，同时表达自己复杂的心情和感受。

　　不知从何时起，开始迷上了写字。原因很简单：因为那横竖撇捺之间能表达很多的意义和情感，感觉真的很神奇、很不可思议！初始，拼命写：忧伤时拼命写，苦闷时拼命写，迷茫时拼命写……并不在乎写得如何如何，只是一种情感的宣泄和寄托，很多字写完了就没有再去看了。

　　写字也需要开窍的，语文老师仿佛是高僧，但学生的悟性参差不齐，有些人早早就开窍，有些人学一辈子都不能悟到。我高中的语文老师说过："文学就是情学，没有了情感，文字只是个空壳。"也不记得是从哪天开始，突然学会了按自己的思维方式和语言习惯来写字。当这样做的时候，就不自觉地字随意走，感觉淋漓畅快无比！笔和纸亲密接触之后，喜怒哀乐如花朵般迎风绽放，在枝头孤独而美丽着。我不知道这算不算开窍，到了高中才明白一点点意思，算不算太晚？

　　最近整理以前写的文字，发现过往的喜怒哀乐和逝去的日子并排着，安静地躺在日记的书页里，字迹模糊，有了尘埃的味道。记忆，却鲜活依旧，在那些万籁俱寂、无星无月的夜晚，与风共舞，飘飘荡荡挥之不去……

　　字写多了，虽然谈不上很好，但横平竖直倒也齐整、流畅。后来不需要用

---

　　* 作者简介：罗柳川，女，壮族，广西凤山县人，70后，大本学历，师范生，文学爱好者。愿做人生拾荒者，将岁月里走失的，安放在文字里重逢。

笔写了，只需敲键盘，恩一下鼠标左右键就可以完成复制粘贴，省时省劲，突然发现自己的手指越来越灵活，脑子却越来越笨。手离了键盘就找不着字，有一次竟然把"棉"字的部首写成了"鬼"字，这样的"鬼"见多了，心里着实慌乱起来，终于下决心重新拾笔。

前些日子，到文具店买回两瓶碳素墨水，一瓶放家里，一瓶放办公室，重新起用那支全银派克钢笔。横竖撇捺之间，仿佛又回到年少时光，只是文字间的喜怒哀乐都披上了面纱，仿佛雾中的山水，似近却远。这，也许就是成熟吧。

两个春秋的粉笔人生

人生中许多事，仿佛冥冥中自有安排。大学毕业前，曾梦到被分配到一所城郊中学任教，结果梦竟成真。

报到前夜，下了一场很大的雨，学校操场中央的大榕树被劈掉了一半。校长说："劈了也好。这学校是个四合院，中间长着棵树，岂不是被'困'住了？"

自然地，我成了一个不城不郊的人。在城里人眼中，我是乡下人；在乡下人眼中，我是城里人。城郊之间，我来回奔波了两年。两年时间我经历了很多事，感受到了生活的多种滋味。

学校只设初中，全校的孩子都是我的学生，初一、初二上生物课，初三上化学课。校长进修时和我是校友，并同一年毕业，他教初三语文。新学期第一节课，他布置了篇作文：《给家人的一封信》。几乎所有学生都在信中提到了我，有个女生的作文短小精悍：

亲爱的爸爸妈妈：

你们好！这学期我们学校新来了个化学老师，她高高的身材，盘子似的脸，课上得很好，我们都很喜欢她。我在学校一切都好，请别挂念。

祝你们身体健康！

女儿：××

××××年××月××日

至今我都很感激这位学生，在她惜墨如金的家书中，竟舍得用过半的文字向其父母隆重介绍我。身材娇小的我没料想到，自己在他们心目中的形象如此高大。备课时每每欲偷懒，这篇作文总令自己汗颜，又重新提起精神来。

那篇作文也给我带来无尽烦恼，硬是照了好几天的镜子，到底看不出自己的脸和盘子有什么相似之处，问了几位朋友，他们只顾狂笑，说不出个所以然。好几次课后想向这位学生求证，但又怕伤其自尊，不忍开口，直至她毕业都没问出喻体和本体间的关联性。最后自我安慰道，也许她家的盘子像我的脸盘吧。

我的宿舍是平房，里外套间，里间当厨房，外间有半堵墙隔开，一半当卧室，一半做客厅。条件和校长、主任的一样，和我一同分配去的男老师只能住瓦房。我宿舍里唯一配的家具，仅有一个没门的水泥橱柜，放碗筷极不方便。

恰好校长请了个木匠，修理学校损坏的课桌椅，我顺道请他来安了个橱柜门。那会儿看他很面善，就给他买了两包"刘三姐"烟。抽了烟他话就多了起来，说很多老木匠只要愿意，都可以让经手的家具开口"唱歌说话"。到晚上，木门会发出声响仿佛有人在叩门一般，窗户无风也会吱吱呀呀地叫。

听着吓得不轻，瞬间整个背脊凉飕飕，如冰层覆盖。然后，小心翼翼地问："那，您会吗？""嘿，那不是很容易的事儿吗！"难怪老一辈人都说，要善待盖房起楼做木工活的匠人们，不然，所起的房会住得不踏实，打造的家具会用得不好使。自己在心里暗自庆幸，还好给了他两包烟。

但到晚上不免惴惴起来，还好，一整夜除了蛐蛐在墙角小声固执地呜咽，蛙们在田间地头合唱，风在旷野上散步外，我的橱门也安静地睡了，而且直到我离开那所学校也没唱过歌。

学校有个代课老师，姓黄，极爱文学，教语文，为人耿直忠厚，平时话少，一两口烧酒下肚，所有具有代表性的文学人物全在他嘴里舌尖上跳舞。他与我们三位新分配来的老师关系甚好，那会儿我们几个一起搭伙吃饭，他们轮流下厨，我包洗碗，分工明确，日常生活充满乐趣。

有段日子，他养了几只小鸡，分别给它们起名：大咕咕、二咕咕、三咕咕、小咕咕。一天晚自习，他跑到班上，扒在桌下瞎嚷嚷："你们看到我的小咕咕了吗？"他两手捂在嘴边做喇叭状，自顾自呼喊起来："小咕咕，小咕咕，在哪儿呀，我们回家吧，天黑了。"学生们忍俊不禁，之后全校师生都知道他的"咕咕"丢了。第二天问起，他却全然不知，原是喝醉了。

有一次酒后他哭了，很伤心，说自己没用，一个月拿的工资不到百元，让自己老婆到广东打工养活自己。他命运多舛，长我们不到十岁。高考时，连续两年都报考了北京政法学院，却因体检发现肝脏偏大，没能如愿考上大学。后南下广东打了几年工，又在家务农几年，因不甘心过日出而作、日落而息的生活，最后选择当一名代课老师，近十年都是在小学校点奔走。校点条件很苦，没电没水，山中的旧粮库就是他的宿舍。点着煤油灯伏案备课，仅星点山风相伴，"雨中山果落，灯下草虫鸣"即他那段时光的写照。

他极爱路遥的《平凡的世界》，常以孙少平自比。我也觉得他们有相似之处：无论历经多少磨难，依旧热爱生活，依旧坚持追梦。残酷的现实与富足的精神世界无时无刻不撕扯着他，前者的艰难让他尴尬，而后者让他有归属感并且放松，因此他更喜欢泡在那个精神世界里。他常说，"我是个没钱的富翁"。

苦难是一笔巨大的财富，让他对生活的感悟比我们深刻得多。在城郊，供电是极不正常的，天太热会停电，雨太大也停电。有一次我们正吃着晚饭，突然停电，折腾了半天才找到一截蜡烛。他端坐桌旁慢条斯理道："只要心中有烛，哪里都有亮光。"如参悟禅道一般，我们都愣住了。

2005年清明回家祭祖，我在县城遇到了他，久别重逢让他很开心。"我已经转正了，工资也提到了近一千。"言语中透出满足。记得那时，我的月薪都不到三百元，他代课更少了，如今能转正提薪也是守得云开见月明了。可见，命运总不会亏待一直努力的人。

那两年，曾因为一个成绩颇好的女生没返校，赶了来回两个多小时的夜路，和同校两位老师一起去家访。原来因为家里太穷，为了能让她哥哥到城里念高中，只好选择让她辍学。我们仨没多说什么，把身上所有的钱都掏了出来，她父亲流着泪同意让她继续上学，并连夜和我们一同返校。那夜，无星也无月，但空气很清新。

有位读初一，长相与巩俐有几分相似的女生，才上了半年学，家人就把她嫁了，据说得到的彩礼钱能让家里盖一幢新房。她出嫁那天，路过学校大门，天灰蒙蒙的，大雨欲来，我没勇气去围观。

清明时节，也曾和几位老师一起，沿着山林防火线一直登上学校附近的峰顶。黄花遍野，透着青草芳香的氧负离子，刺激得我们兴奋异常，那"一览众山小"的感觉真好！人不可能一直站在山巅，人生难免起起落落。

第二年，和毕业班学生拍完照，我也离开了那所学校。据说走后不久，校园中的那棵榕树又被雷雨劈掉一半，只剩下四分之一。再过好些年，国家整合教学资源，那所学校也就撤了点，我的同事们也如星点般散落在各所学校。

那两个春秋，我的青春，在那里流浪过，有讲台，有粉笔；伴有山风，有虫鸣蛙叫；心中有爱，亦有烛，有烛就有希望！

母语是一支流浪之歌

张枣在《诗人与母语》一文中写道：

> 母语在哪儿？她就在我们身上，她就是我们，是我们挑起事件的手指，是我们面临世界的脸孔。对于个人而言，活着的母语从来就不是一个依附于某个地理环境的标志，是附体于每个人的。而我们就是每个人。……对于一个永为异乡人的个人而言，母语是一支流浪的歌。

当我们背井离乡，像蒲公英种子在世间随风飘荡，被吹到哪儿就在哪儿生根发芽、开花结果的时候，那个异乡便成了第二故乡。

跟随我们流浪的还有母语，大部分孤独的时光，只能在心里自话自说，所以特别愿意参加"同学会""老乡会"等聚会。就自己而言，有两个时期对母语的渴望程度特别强烈：一是初到异乡的奋斗期，二是在异乡扎根多年后乡愁泛滥时。

在第一个时期，努力探知家乡的音信，以此安抚孤独漂泊的心。"君自故乡来，应知故乡事。来日绮窗前，寒梅著花未？"故乡的草木，哪怕寒冬时节，枝头那一小抹吐蕾的红，都能让人心安。

母语也会因长时间不用，导致说出口时有些含糊与酸涩。甚至一些词汇短时间内，明明那么熟悉，一直徘徊脑中，却无法精准找到，就像在堆得满满当当却久未启封的仓库里，寻找某一物件而不得法。

《尘埃落定》书中有一情节，讲到麦琪家的傻儿子"二少爷"，面对那嫁去英国的姐姐的召唤，未能及时回应，家人都认定他又在犯傻，他在心里的自辩，很准确地描绘了这种窘迫：

"其实，这不是我犯傻，而是她说自己母语时，舌头转不圆了。她完全知道那句话该怎么说，可舌头就是转不过来。"

然而，毕竟是根植于血液中的母语，所以三五句后，很快又能运用自如，那种畅快令人迷醉。

第二个时期是扎根于异乡，生活多年后，清晰认知到心中故乡已永远回不去。发现逢年过节回乡探亲时，自己已然成了乡亲眼中远道而来的"客"。

"遥知兄弟登高处，遍插茱萸少一人。"借故乡的一草一木安抚寂寞的乡愁。这时，故乡的一条河、一座山、一棵树，认识的某一人、一种小吃、一个老电影院、一段家乡戏……都能抚慰漂泊感，让挂空的心暂时落地。

多年前到北京出差，一故友召集了几个老乡相聚小酌，席间戏称自己是"首都人"而非"北京人"，不免聊起在异乡生活的感受：明明是从家乡带回的物产，母亲种的蔬菜和养的猪肉，却煮不出家乡的原味。

这种状况，《晏子使楚》一文能给出答案："橘生淮南则为橘，生于淮北则为枳，叶徒相似，其实味不同。所以然者何？水土异也。"

母语也一样，没有了故土的滋养，就会失去原有的滋味。母语它存在于"一切境未起时，一切哀乐未中时，一切语言未造时"，故乡才是它繁茂的土壤，当我们漂泊于异乡，它应了拔根之后的灵根自植。以前接母亲到城里与我暂住，虽每天能与我说着方言，但她没待几天就闹着要回去，除了生活习惯，语言环境也是主因之一。

她一定特别不适应，这种感受白先勇先生在《台北人》中就有说明："英文不是我的母语，用于创作就好像左手写字，有说不出的别扭。"

普通话对于长期使用母语的母亲，无异于"英语"。

母语中的一些词汇，随着生命中某个亲人的故去而死亡，比如母亲在世时会称我为"勒哈"，这个词在壮语中是父母对孩子的昵称，为"我亲爱的孩子"之意。母亲去世后，这个词汇于我今生便永远尘封。我无法用它来呼唤我的孩子，因为汉语才是他的母语，他无法感知这个词汇的内涵。在他小时候，我用壮语与他交流，他因为听不懂，很着急："妈妈，你不要和我说英语好不好？"壮语于儿子就像"英语"。

对于华侨，中文是他们的母语，是他们"面临世界的脸孔"。

我先生是侨属，家族中有很多生活在东南亚各地的亲戚，离开祖国的时间越长，中文的词汇表达和语调变化越大。因为缺乏语言大环境，到华侨第三代，他们的中文水平只停留在会说不会写的阶段。祖辈父辈们坚持在家中说着中文，只是对"根"文化的一种执着，但在异国大环境中显得那么脆弱。

公公婆婆是归国华侨，十年前，随他们回印度尼西亚探亲。年纪与他们相仿的长辈，说中文还算流利，但其间也夹着印尼语或英语才能表达准确，与我们同辈的很少会说中文。

印度尼西亚属典型的热带雨林气候，没有四季，只分两季——雨季和旱季，播种稻谷一年 365 天哪天都适合，至于何时播种全由播种者的心情而定，所以你能观赏到稻谷各个生长阶段并存的奇观：这家在播种，那家在收割，绿绿黄黄、高高低低交错，总是那么生机勃勃。

因气候和劳作时间高度自由，在巴厘岛上，随处建着各种风格的"凉亭"，供人纳凉、休息、发呆，我们请的导游是华侨第三代，他将"凉亭"称为"发呆厅"。而当地一特色菜烤土鸭套餐，直接取名"脏鸭餐"，原因是鸭子在水田里生长，身上沾泥，很脏。这种表达应该是两种文化碰撞的结果，虽然不够纯粹，却也生动有趣。

《诗的八堂课》对母语做了精辟总结：

> 语言是向着黑夜和空无的祈祷与召唤。在人类无家可归的今天，乡愁仍在继续，只不过已经不再指向一个直接的具体的所在，而只是一个乌托邦性质的引力场，一个神话般的心灵现实。而唤起我们乡愁的，不是这个被物化的世界上被物化的语言，而是清净不染的方言和母语。

魏丹焰作品*

长江从这里变宽……

——为中泠一石所摄甘露寺组照而撰

中华民族的母亲河——长江，从青藏高原唐古拉山的沱沱河绵延而下，横贯华夏大地，流经下游至富沃的长江三角洲，这儿便是美丽的古城——镇江。长江由此，开始变宽，江面由中上游的几十米、几百米，扩展延至近千米，水波浩渺，水天一碧，浩浩荡荡，顺势而下。镇江，便是长江三角洲的起端，长江从这里开始具备了它应有的气势。镇江，一座美丽的江南古城，这儿有流光烁烁的金山、宛若浮玉的焦山、玉露滋润的北固山，还有绿翠如茵的南山；"日出江花红胜火，春来江水绿如蓝"便是此地胜景；"天下第一江山"御名于此；"一片冰心在玉壶"孕育于晶莹的芙蓉楼；还有穿越历史的西津古渡；这儿有《文心雕龙》，有《梦溪笔谈》，有米芾、吕凤之，名文名人灿若繁星，还有那隐秘的未知的动人故事，说不尽、道不完……

毛泽东曾飞经镇江上空时，用手指着下面说："下面有个辛弃疾。"并挥笔写下了辛弃疾著名的《南乡子·登京口北固亭有怀》辞赋："何处望神州？满眼风光北固楼……"

镇江，一处"红了樱桃，绿了芭蕉"的胜景之地，一个令人迷醉的地方。

时下，镇江掀起了一场"产业强市"的热潮。在 2020 年 4 月 28 日举办的产业强市大会上，马明龙书记已发出令人振奋、催人奋进的动员令：镇江，跑起来，跑起来！

一场提振精神、激励斗志与苏南、苏北各兄弟城市的竞争角逐，弯道超越的战斗已经打响！

镇江要在美得让人吃醋的风韵古城基础上，拿出山水城市、山林城市的长

---

* 作者简介：男，江苏镇江人，学历：大学。笔名暖色如玉、秦雪鸿雁，写有《友论》《东西方思维结构辨析》等文。座右铭：爱，是温暖人类的太阳。嘤其鸣矣，求其友声。交文人贤士，知己挚友。同时本人对经济金融也颇有兴趣，有自己的见解和研判，望和好友共襄繁荣。

江奔腾、浩荡之气势！振奋精神，打破局限，形成大视野、大格局，在速度、项目、环境、服务、人才等要素方面打下扎实的基础，要有行之有效的详细的具体计划，久久为功，终究会有起色，会有大成绩、好成绩的！

奔腾的长江就依傍在我们身边，盛名富庶的三角洲就是从这儿开始的，镇江没有理由落后，更没有理由掉队！镇江要像一颗璀璨的明珠，永远镶嵌在美丽的长江之边！

让镇江在浩瀚的长江中，百舸争流、千帆竞发、乘风破浪、扬帆远航！

努力哟，镇江。

黄金璀璨的世界就在前面！

友　论

友者，性情相随，志趣相投也。友多益善，然真友难寻，尤为大道之友，难乎其难。鲁迅有曰：人生得一知己足矣，斯也当以同怀世之。

姬昌遇到姜子牙，建立了旷世的周朝，东、西二周绵延七百多年，迄今为止还未有朝代超过。从此，华夏民族进入了源远流长的古文明时代。

商鞅遇到秦孝公，戏称：你为峻峰，我为松柏。两人合璧推行变法，虽当时未成功，却为后来秦国的富强指明了方向，奠定了中国古代的政治制度基本格局，结束了自春秋战国以来诸侯分裂割据的局面，使秦国成为中国历史上第一个多民族融合的中央集权制国家，开创了统一的新局面。

马克思遇到恩格斯，创立了社会主义思想理论体系。在马克思无收入的情况下，恩格斯无偿地资助他生活和工作经费近二十年。在他俩默契无私合作的努力下，终于完成了巨著《资本论》。马克思生前完成第一册，恩格斯整理修改完成第二、三册，并在马克思生日当天出版。他们在思想和理念上的高度契合，实为罕见，他们的友谊，如日月经天。列宁曾说，马克思与恩格斯是千年一遇的朋友。

齐白石遇陈师曾和徐悲鸿。齐白石是家喻户晓的画家，是美术界的泰斗，而在成名之前只是湖南湘潭名不见经传的一个木匠。他经家乡启蒙老师和好友指点来到北京，在京城期间，处境窘迫艰难。此时，他遇到了第一个贵人——陈师曾。陈师曾是当时京城的著名画家，有相当高的地位。在艺术道路上，陈师曾指出了齐白石绘画方面的不足，并为他指明了方向，这才有了齐白石"衰年变法"。直到现在绘画界还对此津津乐道。至此，齐白石进入大师的行列。不仅于此，陈师曾还把齐白石的画带到日本参加他的画展，向世界展示齐白石的才华。在这个画展期间，齐白石的画被收藏家抢购一空。从此，齐白石摆脱了缠绕自己大半辈子的贫困。一时间洛阳纸贵，齐白石一画难求。齐白石遇陈师曾，是他一生最大的福报。齐白石遇徐悲鸿是偶遇。徐悲鸿在了解齐白石后，力荐他到北京大学艺术学院做教授，然遭到极力反对，工作做不通后，徐悲鸿愤然辞去院长职务。新中国成立后，徐悲鸿再到北京大学艺术学院任院长，再聘请他为教授。在徐悲鸿等人的推荐下，齐白石成为中国美术家协会第一任主席，从此走向了人生的巅峰。2012年，在中国巨匠评选中，美术界仅有两人上榜，这就是齐白石与徐悲鸿。这两个朋友的伟大名字，被镌刻在中华世纪坛的青铜鼎上，永远被人们仰望铭记！这就是弥足珍贵的朋友价值。

这样的例子不胜枚举，各个领域、各个行业都会有这样的朋友。

这些性情相随、志趣相投的朋友，有着共同的信仰和价值观，一旦相遇，在明确了自己的定位、确定了方向后，便义无反顾，紧紧抱团，从此相互支撑、相互帮衬、唇齿相依、肝胆相照，向既定的目标奋然前进。他们身上已没有狭隘的嫉妒和凡夫的世俗，他们不断地修炼自己，提升自己；相互勉励，包容原谅对方的不足和缺点，心中眼里盯着的只是前方的大目标，已无小我，融进社会的大局，自我修养达到至高的境界。

在向既定目标前进的过程中，遇到意想不到的困难和窘境，他们很少有抱怨，很少有气馁，在对境遇做出客观分析后，迅速决策，继续前进，决不中断，即使濒临生死绝境，也决不含糊，力挺在先，以壮士一去不复返之勇气，舍生取义，浩气荡然。在经济上，只要条件允许，一掷千金，对钱财视如敝屣，这些挚友主要是在精神层面上的高度契合，非常人之所运。经济的取舍，是考验朋友极为重要的一面。

朋友可遇不可求。子牙遇文王已七十二，姬昌碰太公只是一瞬间。大道之友，大势矣，命矣。如遇，极其珍惜！

人的一生，有两大福：一是知心爱人、和睦家庭；二是知己挚友、事业有成。有此一福，已是福人；有此两福，乃为贵人。

大道之友，是生命中最宝贵的资本和财富。

好友、益友、挚友、诤友、大道之友，有一位足矣！

献给月亮

（一）

农历，八月十五，秋，夜晚。

这晚，是一年中最美的一个夜晚。

这一晚，是属于月亮的。

那，柔柔的月色，淡淡的银光，薄薄的雾霭，洒向静谧的大地，夜色显得分外的凄美……

举头抬望，一轮如玉如盘的明月，高高地悬挂在繁星点点的夜幕上；她，圆润而玉泽，宁静而安详。

（二）

呵，月亮，我的爱，我的情……

激起欲动的翅膀，穿越时光的隧道，腾越而去……

须臾，已跃上了，那美丽的广寒宫。

呵，这儿还是和儿时记忆的一样：玉树、嫦娥、白兔……还有吴刚、桂花……

不，今天有些别样。你看，那临风的玉树、窈窕的嫦娥、洁白的玉兔，显得分外的凄美。

（三）

嫦娥好像发现了我的到来，辗转过来，问道："君，你怎么来了？""想你了！"我答道。

"君，还好吗?"

"还好。"

"那儿怎么样?"

"多了些祥和、安宁，少了些纷争。最近人类举行了一次宏大的盛典，华彩无比!"

"我看到了，在长城边，很美。人类要和平，不要战争……"

"天上如何?"我问道。

"天上有无限的灿烂、无边的广袤、无数的秘密、无尽的寂静……"

"哟，带几个秘密回去。"嫦娥说道。

"玉环和隆基，现在住在银河系的天蝎座，这儿没有什么皇帝，只有三郎和玉环，他们恩爱无比，缠缠绵绵，不思凡间了;

貂蝉，还是孤寂一人，居住在银河系边上的双鱼座;

文君，已到人间有个叫长白山的地方，仍然文采洋溢，富足盈余，生活得有滋有味;

西施和范蠡，现在生活在杭州的西湖边，开了个青花瓷店和药店，很富有，很美满……

还有李清照，在你们命名的那颗行星上，仍然创作着她永久不朽的诗篇。"

"他们还在?"我问道。

"只要内心有足够的真挚、真诚、真情，都会感动上苍，天际会给予无限，月亮会看着、记着。"她曰道。

我有点恍然，噢，原来是这样……

"回去吧，天上冷。"嫦娥说着，卷袖舒展，轻驰而去……

(四)

回眸望去，这，素华皎月，还是如水般的清澈……

啊，这千古的明月，见证了多少人世间的沧桑，爱恨情愁，悲欢离合!

还有那永恒的爱情绝唱。

我们还仿佛听到:

"在天愿作比翼鸟，在地愿为连理枝。"

"天长路远魂飞苦，梦魂不到关山难，长相思，摧心肝。"

"衣带渐宽终不悔，为尹消得人憔悴。"

"三更雨，不道离情正苦。一叶叶，一声声，空阶滴到明。"

"山无棱……天地合，乃敢与君绝！"

……

这些感人肺腑的爱情佳句，至今还在无数有情人心中萦绕回荡！

（五）

明月啊，你是人间圆满的象征，是人类的寄托和希望，每当中秋佳节，不知有多少人，用最美的语言、最美的歌声、最美的心情去赞美你、歌颂你；你不光有玉泽的外表，更有那善良的美德，你住进了无数人的心间……

月，高高地悬挂在空中，用它纤美的柔光，照亮了这秋夜的大地！

呵，十五的夜晚——醉人的月。

人间的爱，我的爱！

写于南徐北广场

画的意境

喧鸟曲

对于我来说，每一幅画都是一首诗、一首乐曲，而每一首诗、一首乐曲又是一幅画。诗情画意，画似乐曲，这是尽善尽美的艺术情境，也是我创作中国画的标志。竹林，会常有无数的鸟儿在枝叶间挪腾喧叫，在清风中、在明月里、在春雨后。整片竹林交络蒙翠，多么美的画意，一道碧色的屏风。我心之为动，挥就湖州笔翰，铺开徽径白宣，尽情挥洒，犹似五线谱流畅的构线，叶声鸟鸣如音符有节奏、有旋律地荡然其间，这哪是一幅画，分明是一首"竹林喧鸟曲"！作品画面的构图新异而沸动，是音乐给予我的灵感，感谢音乐女神！

晨　语

荷兰冷抽象大师蒙德里安的作品，用一纵一横交叉形成的十字线，以最精简的构成指向了无限。中国画也是以少许胜多许，作为文人水墨画的重要审美理念。我一直在思索如何用最少的笔墨完成最精彩的构图。在风格的探索中我有意识地将蒙德里安的冷抽象几何结构与中国画的典雅意境结合起来，力求做到寥寥数笔，形神兼备。"晨语"作为现代构成，传统意境，用笔虽少，节奏感却强，犹似一曲昂然的狂奏特别动听。我欣慰之，又做了一次探索性尝试。

风梢舞空烟

"一曲新词酒一杯"，我常沉浸在宋士大夫们雅集园林的生活形态中。苏东坡、李公麟……词客画士在柳荫竹翠、鹤白鹂黄的悠悠绿园间，闲情逸趣，美酒一杯，啸然雅歌，琴瑟悠出，对花吟语成新词，挥翰落墨出奇画。他们各予其怀，畅极兴致，多么惬意！这是人们向往的生活。正如林语堂所说的，中国宋士大夫园林生活是最理想的生活方式。对，艺术是最好的生活，而生活的极致便是享受艺术、创造艺术。这幅"风梢舞空烟"图就是追怀宋士大夫生活情境的思绪之迹。

婆娑摇影

"东风里，朱门映柳，低按小秦筝"，少时在家里常听琴、筝、箫、笛之声，听到动情处，总是默默地流泪。琴的洋溢，筝的深沉，箫的悠远，笛的清脆，不同的音律，是那么的曼妙，那么的令人心醉。有了如此的美妙之声，生活才显得更加鲜活。无怪乎孔老夫子曰："兴于诗，立于礼，成于乐。"人间最美的情感、情愫都在悦耳动听的乐曲中完成了，人类向往的社会必然是和谐礼乐的社会。孔子的伟大正在于此。我在作画时，总是置身于各种旋律之中，努力寻找和画面相和的音符，并享受着那流淌的美妙。"婆娑摇影"的画面我要求发出的是摇曳悠缓的古琴之声。

独　吟

大艺术家，必大孤独。伟大的诗篇、伟大的乐曲、伟大的画作大都在孤寂的时空中完成的。我最爱"人闲桂花落，夜静春山空"这样的诗文意境。我爱婉约胜于豪放，我爱李煜胜过陆游，这幅《独吟》图是借用唐孟浩然"微云淡河汉，疏雨滴梧桐"之境完成的，这是一首静曲。

竹荫鸟声声

风声、雨声、鸟声……在无数美妙声中，我最喜欢鸟声，因为有了鸟声，世界顿觉生动了起来。为什么"鸟语花香"这类词语流传至今，因为它代表了美的情境、美的情怀及理想的生活状态。在鸟声中我却又最偏爱平凡的麻雀声，成天到晚叽叽喳喳，但不躁耳，不论你走到哪里，大江南北，世界上处处有它的身影和叫鸣。一次写生归途中，看到数百只麻雀集聚在丛林中，一片哗然，它们那似杂而又整体的叫声，犹如鸟语交响曲，穿透了傍晚的天空，令人心惊。麻雀是快乐的，因为它从不和白鹤、孔雀、黄鹂比美，它自安其乐，自由自在。我喜欢麻雀朴实快乐的特性，笔由心声地绘出了一幅"竹荫鸟声声"图。

为画家丹驹作文

屈国雄作品[*]

吃瓜种豆

王力宏曾在歌曲《大城小爱》里唱道："……千万不要说天长地久，免得你觉得我不切实际……"听过后不禁感慨：恋爱时，彼此也会考虑面包；婚姻口，玫瑰其实也很重要。

时至今日，我虽为单身，且谈不上什么幸福，但也没有那么不堪！于世间，也已一个人走了很久很远的路。此期间，也会一个人出去看看日出与大海。到头来，便学会好好地与孤独和好如初。正如王尔德所言："爱自己，才是终生浪漫的开始。"

有时觉得，一个人的生活完全可以活得更具仪式感，亦可过成远方的诗那般模样。此生虽不够讨人喜欢，但时至今日，却独享自由。时而冥思，只身一人之时，行走于地表之上，游荡于苍穹之下，那也是一种与地球的约会方式。时常感慨，在这寒冷的寂寞沙洲之上，虽桃花不必盛开，但得种着自己的玫瑰。冬去春来，寒来暑往，纵使其无人问津，仍要独自盛开，孤芳自赏。如果可以，暂且一个人生活，又不是不行；如果允许，静静地期待遇见，慢慢地好好生活。

其实，单身时最好的状态便是怀着他/她明天会在某个转角处出现的心态去期待，与此同时，亦要抱着他/她永远都不会来的态度去生活。无心关乎风月，只为钟情于青春，一个安静属于个人的青春。虽与其说将就互为宇宙，倒不如自己自成人间，因为单身的他/她，毫无猜忌可言，更无患失而愁，无须歇斯底里，更没有辜负的背叛……如果一旦彼此遇见，即使很晚也要心念，白马王子一定会骑马带着白雪公主去往那座爱情的城堡。

* 作者简介：屈国雄，笔名秦枫，硕士研究生及准博士研究生，自 2018 年毕业以来，便在国内某高校担任教师一职，且从事外国语言文学类学科的教学二作。

玫瑰花的葬礼

生即是痛，死则为乐，倘若真的有前世今生，不愿再轮回，愿化作一粒尘、一滴雨，都好过这世上人。

——前记

虽为世俗凡人，但求世界美好。唯生只愿：每朝清晨梦醒时分，阳光仍然明媚；每宿熄灯睡梦时刻，月光依旧皎白。翌日的一切皆以温柔而待，这便是我期待的未来。人世间，不知为何，总要待到花瓣凋零谢落时，方才嗅起它的芬芳，发现它的美丽，从而开始思念它曾经绚丽绽放过的模样！

不知从何时起，日子的盼头，越发平淡，未来生活中的期待，已无过多的惊喜。其好像实在而又空虚，迷茫且又清醒，一边在撕心裂肺地崩溃，一边又在安静慢慢地自愈，或许这大概就是人间生活所要经历的烟火吧！

岁月渐深，于时光致岁月，于经历对曾经。诸多以往所不以为然的，现也已信以为真，譬如：命运，缘分，轮回，因果……一旦懂得不期许、不强求、不要求、不强迫，日子则便会变得缓慢而悠长，心有清静寡欲，岁月山河安恙！

岁月光阴稍纵即逝，日子生活五味杂陈。情绪这个东西真的不好控制，在开心的时候，就连空气都充满甜甜的味道，而当心烦之时，甚至连呼吸都觉得十分困难。然而，怡情才是治愈的一剂良药，何以委屈亵渎生命的张力？遂不畏将来，不念过往，活在当下，因为要相信世界上每个角落的玫瑰都会为你盛开；要相信这个世界的美好也会属于你自己；要相信繁星之城的万家灯火都在为你照亮！

最绝望的从来不是死去，而是清醒克制地活着。这个世界上有太多人一边绝望一边希望。只是可惜人类的悲欢并不相通，快乐不会传染，悲伤也不能分担。黑夜也许会走，但总会有人倒在黎明之前。

正如《我想我是海》里的歌词所唱的："我的心像软的沙滩，留着步履凌乱，过往有些悲欢，总是去而复返。人越成长，彼此想了解似乎越难。人太敏感，活得虽丰富却烦乱。有谁孤单却不期盼，一个梦想的伴，相依相偎相知，爱得又美又暖。没人分享，再多的成就都不圆满。没人安慰，苦过了还是酸。

我想我是海，冬天的大海，心情随风轻摆，潮起的期待，潮落的无奈，眉头就皱了起来。我想我是海 宁静的深海，不是谁都明白，胸怀被敲开，一颗小石块，都可以让我澎湃。"

生而为人无罪，你不需要道歉。

——后记

爱的过去时

从未曾想过我们之间也会像电影里一样，这么快潦草地收场，亦分不清彼此究竟是为了赌气，还是真的不想在一起而选择分离。或许是低估了双方想要陪伴走下去的决心，或许是高估了在对方心里的位置，但无论如何，一开始我们就真的不应该去认识，如果最后还是注定要离开，那一开始便不要来，因为现在都无法面对如此的结局。

故事以打扰开始，而从多余结束，始于怦然心动，却终于不欢而散。请把快乐还给彼此，既然得不到回应的热情，那就让它适可而止吧！直接删除好友，总比信息已读不回要来得善良百倍。真正爱过的人，绝对做不了朋友，所以，要么一生，要么陌生。并不是那一刻不爱了，而是在那一瞬间，释然地放手了、不再挣扎了，因为人总要与自己牵不了手的他或她，说一声：再见！

本可以好好地生活，却偏偏如小鹿乱撞般闯进彼此的世界。说实话，着实无能为力，错在爱昏了头脑。这辈子最大的遗憾就是互相认识，然后再彼此失去，最后还要苦苦地瞒着所有的人继续爱着。爱情着实痛苦，美式咖啡怎能与爱情的滋味相提并论，所以，再也不要遇到很喜欢却没结果的他/她了。

于是提出了分手，缘由是真的感受不到来自他或她的那股热爱了，便果断地做那个先逃跑之人。分手后可能会心痛流泪，但要相信：时间或许会令人逐渐地淡忘一切，再后来亦渐渐地想通了，就当这一次的爱从未发生，又或者是对方从未爱过而是假装出来的。这一次决定真的放手往前走了，这一路上也试着敞开心扉与别人开心地聊天，本以为会忘记这一切，包括他/她，但是夜深人静的时候，却发现并未把他/她完全忘记，反而越发让人思念他/她。

恨铁不成钢，甚至无法控制自己，是出于喜欢，还是出于不甘，好像都不是。无话可说，就是突然间觉得那义无反顾的劲儿好多余。其实我早就知道，一旦放手，我们之间就真的结束了。就像一句话说道："你我本无缘，合不合得来也没有关系！"其实，也没有什么遗憾了。因为欢喜过、牵手过、拥抱过、哭泣过……所以应该也没有什么遗憾了。要说有遗憾的话，那就是没能好好地看一场电影，没能最终走到一起。

一想到不会再有人像我这样爱着他/她，便就觉得舒心一点。不过也没有关系，谁会后悔失去一个不再相爱的人呢？但我已然不是当初那个傻傻爱过的人了，这就是分手之后成熟的意义。愿往后余生安好，互不打搅。你好好过，我慢慢忘，或许有那么一天，放下所有的执念，带着稍许的遗憾，过着没有你的生活，是爱过，是释怀，也是放过……

京夜闻笔

自己的人生轨迹不一定要复制别人的模式，因为人一旦失去了自己的生活态度，日子便会变得逐渐随意。我希望未来的日子里，自己能够看着太阳晨起夕落，吹着巷子里的晚风，听着窗外的雨滴，嗅着娇羞含蓄的花朵，努力而温柔地生活，真诚而浪漫地热爱，平淡而简单地活着。

我虽生而平凡，光辉不了岁月，亦无痕于时光，但仍要像飞蛾扑火般驱向太阳，因为内心一直深信：只要有光照进的地方，方能闪闪高光从而得到一丝丝温暖。纵使无法如愿以偿地消亡，仍要坚持沐浴着阳光，终而化作三毛笔下"天上飘落一粒沙，从此形成了撒哈拉"。

勿念于过往，亦毋庸扰于未来，只管沉浸当下，世间总是存在着出奇不料的意外，正如并非每一条溪流都会涌入大海。世界上有些东西就像沙子，无论你如何渴望，怎样的十指紧扣，它仍然从指缝中溜走，终究无法拥有。遂在人生的沿途中，我们只需努力去听风的方向，大可不必芥蒂质疑它的声响。从年轻到老去的过程，或许我们曾荒废过时间，颓废中也有过迷茫，好像人生大概就是这样，不过也许在某个瞬间就学会了成长。

北方的秋，依旧如约而至，她从未或迟亦早地来，总是如此地守时节令。

南方的夏，却漫长遥遥无期，她一直迟迟不愿离去，照常般烈日灼热、电闪雷鸣。

秋后的冬，还在静静地等候，默默地关注着春，唯愿与春有一场完美邂逅。

雪后的春，早早地俏皮起来，忙着给大地穿衣装扮，低调存在却不失内在奢华。

而我亦会偏心地对这个世界说："春来夏往秋收冬藏，经历该经历的，遇见该遇见的，并希望有所偏爱。愿所有的悲伤，都被温柔地眷恋。你若灿烂星辰地欢喜，定会奔赴一直心念的远方。未来可期，来日方长！"

时光机里的追风者

儿时的记忆犹如《从前慢》中的歌词："记得早先少年时……从前的日色变得慢，车马邮件都慢……"而今夕，却无比顿觉时钟走得好快！在这时间的一维性里，我们与多少人擦肩而过？又和多少人邂逅重逢？漫漫人生路，有些过客走着走着就散了，而有些人却一直陪伴左右。

在时间永恒的长河里，它一直在为你不断筛选着身边的一切：人或物。其实，正如宫崎骏所言："请记住那些对你好的人，因为他们本可以不这样。当陪你的人要下车时，即使不舍，也该心存感谢，然后挥手道别。"

有些人说一辈子好长。其实不然！你如果问一个人什么时候他的心智开始成熟，他的答案或许是：从以前凄凄哀哀每天抱怨到现在热爱生活，为幸福的生活而奔波劳累、努力奋斗时；看着襁褓中自己的宝宝天使般的面孔，听到他们叫一声"爸爸妈妈"时……

有时候我们的日常生活，也未必全是那些柴米油盐酱醋茶，诸如此类茶余饭后的话题，而应更多地感受生活中诗意的浪漫。当你在夏日的雨后，抬头凝望一弯彩虹时，会情不自禁地感叹"彩虹是云朵的梦，我们是此刻撞进梦里的小幸运"；当你正在就餐，尝到美味可口的食物时，会幸福地回味"吃到一道好菜肴，想到一位思念的人，这就是很美好的联系"；当你闲庭漫步，等待着想遇见的那个人时，会满心憧憬地期待"这个世界上最幸福的事就是：你等的那个人，也在等你。你想念的那个人，也在想念你。你爱的那个人，也正好爱你"。

因此，趁时光正好，你依然未老，为爱之所爱，不将就不迁就。因为也未曾有人说过："很多人一辈子只能遇见一次，擦肩而过就是杳然一生！"

孙龙梅作品 [*]

陈涛电影院

陈涛电影院开了四十多年，在那个没有电视的时代，给我们老家人带去了无数欢乐。

一部新电影出来，供销社的门口就贴上了大大的海报。那时还没有彩色宣传海报和剧照，就是一张大白纸，上面写着电影的名字、票价和放映时间，有时是大红字，有时是大绿字。

售票口开在大门南侧，巴掌大的窗口，一毛、两毛的票子送进去，窄窄小小的电影票递出来。那时候，我很羡慕电影院工作的人，可以每天免费看电影。我们小时候家贫，两毛钱一张的电影票也舍不得买，于是，我常常去蹭结尾看。一部电影结束前 10 分钟左右，电影院的大门会开，等在大门外的我们——一帮小娃就一拥而入，看电影的结局。有时，同样的结局看了好几遍也不觉得腻，这对我们来说是莫大的乐趣。

我曾看过哪些电影的结尾也记不清了，反正不外乎就是打仗的红军赢了；侠客们报了仇，骑上一匹白马绝尘而去；特务们最后被抓了；公安局终于破案了；某人千辛万苦，终于中状元了……其实，电影的很多结局都是类似的。对我们小学生来说，总觉得那就是人生完美的样子。

电影结束，灯亮，我们就全部被清场出去了。有时候我好想躲到工作人员找不到的地方——门后边、厕所、后台……希望能够看到下一场完整的电影，可惜我从不敢这样去做。

最初，电影院里的是长条凳子，红漆刷着号码，看电影的时候，人跟人紧紧挨在一起。冬天还好，厚厚的棉衣挡着，一到夏天，紧贴在一起的感觉真是难以表达，很多人带着大蒲扇，空气里充满了汗臭味，但还是一大片一大片的

---

* 作者简介：孙龙梅，1974 年 6 月 30 日出生于江苏盐城，1996 年毕业于江苏外贸学校，在一家台资企业担任进出口业务部主管，后辞职创业至今，自幼爱好写作、书画、唱歌。虽然从未给任何报纸杂志投稿，但一直坚持业余写作。人到半百，写作梦想不变，我写我心，修身养性。

说说笑笑声……不知道从什么时候起，电影院换成了椅子，大家就再也不用紧贴着坐了。

有一次，电影院放《人生》这部电影，因为我在收音机里听过内容简介，所以就特别想去看完整的电影。我缠着父亲很长时间，他终于给了我两毛钱。那时的我大概十一岁，我兴高采烈地买了一张票，又觉得把弟弟扔在家里不好，于是，把他也拉上了。因为儿童不要票，大人可以带小孩进去。谁知排队进场时，检察员不让我弟弟进，我站在门口急得哇哇直哭，不知道怎么办才好。电影快开始了，排队的人越来越少我也越来越着急。忽然，村里一个大姐一把拉过我弟弟，把他带进去了。我欣喜万分，连忙跟了进去，我让弟弟坐在我腿上看了一场电影。如今，我已经记不清是哪位大姐带我弟弟进去，只记得她有两条长辫子垂在胸前。多少年过去了，我一直记得那位大姐的长辫子，那是我儿时遇见的人情味的芬芳。

每年春节期间是陈涛电影院最忙的时候，工作人员年前就把海报贴在供销社门口了，一直到大年初七八才撤下。大年初一，全家人一起去陈涛电影院看电影是一年最隆重的事情。大家穿着新衣服、新棉鞋，女孩头上戴着蝴蝶花夹子，一边嗑瓜子，一边说着家常话，一家人一起步行去看电影。父亲一年忙到头，平时舍不得用一分钱，唯独初一这天一定要买四张票。他陪着母亲、弟弟和我一起去看电影，看完电影再去住在陈涛医院家属区的二伯家坐坐，唠唠家常，有时还会到陈涛照相馆里拍一张照片，然后，一家四口再慢慢步行回去，大家在路上津津有味地讨论着电影里的人物和故事情节……

陈涛电影院同时也是戏院，除了放电影外，还有淮剧演出、歌舞杂技演出，同时也是陈涛乡各个学校搞各种演出活动的地方，电影院里登上那个舞台的人，几乎拥有了莫大的荣耀。

有一次，不知道是哪个剧团来演出《孟姜女》，人山人海，从前到后，坐满了人。其中，有一折戏是范喜良背石头筑长城，演员背着大大的、方形的东西，步履艰难。我那时候一直想不通演员到底背的是什么东西。演出中的"十二月调"几乎老老少少、男男女女都会唱。我到现在还记得歌词："正月里来是新春，家家户户点红灯。人家的红灯明又亮，孟姜女的红灯昏沉沉……"

上初中以后，陈涛中学每学期都会定期包场让所有学生去看电影，以缓解学生学习压力。印象比较深的有《芙蓉镇》和《红高粱》。有一次包场台湾电影《妈妈再爱我一次》，全校师生哭得眼圈通红。最奢侈的一次包场是包场歌舞杂技团演出，我第一次看到演员穿着镶着亮片的红色的服装在台上唱歌、跳舞，激动得满脸通红。演出过程中，有一个女演员唱了《惜别的海岸》，第二天，校园里到处有人在唱这首歌。以至于我们毕业近三十年，大多数同学都记得这个歌舞团，记得这一首歌，这成为我们当时全校学生共同美好的回忆。

电影、淮剧、歌舞杂技等，在不知不觉中为我打开了一扇通向外面的世界的窗户。我至今一直爱看电影、爱唱歌，更爱看戏剧——京剧、昆曲、越剧、黄梅戏、豫剧……我总希望所有的故事都有一个好结局，以至于我将人生中遇到的一切烦恼忧愁，都往好的方面想，这一切都是从陈涛电影院开始的。

后来，电视机越来越普及了，人们坐在家里就可以看到各种各样的节目，还可以省去电影票钱，陈涛电影院就慢慢萧条了，以至于最后彻底关门歇业了。

转眼几十年过去了，当年贴海报的供销社早已被一排小楼取代，陈涛电影院顺应时代潮流，被装修成了超市，变成老家人消费购物的场所，许多历史痕迹被彻底抹去。

岁月流逝，总是有许多美好的时光藏在我们内心深处，往往在不经意间浮现在眼前，那些美好片段仿佛就发生在昨天，成为我们恒久的怀念。

2019 年 3 月 21 日

归　去

父亲和陈涛水利站合作了二十二年。在父亲七十三岁那年，站里因为担心父亲的身体，再也不肯让父亲继续造桥了。

老家陈涛乡的很多河面上，排河、干渠等，包括最宽的中八滩渠，静卧在近百座父亲造的桥下。白色的栏杆，厚实的桥面，粗壮的桥墩，这些大大小小的桥每天和流水一起倾听着人来人往，他们的脚步声、说笑声，拖拉机的突突声，机车的鸣笛声……

领导劝我父亲：这么大年纪，该退休享享福了。

父亲收拾好造桥的各种用具，回家了。

父亲忙碌了一辈子，闲不住，他利用造桥剩下来的水泥板、木头等材料，沿着门前的南河边搭起架子，一直伸到河中央，用铁丝网围住，又拖来几车泥土平摊在上面，栽上青菜苗、辣椒苗、茄子苗、香菜苗……铁丝网上还爬满了绿莹莹的丝瓜藤，父亲把长着野草的河堤变成了一块悬空菜园，菜园里溢出的果实变成了我们家餐桌上的各种菜肴。

很多时候，看着那些造桥工具——模板、钢筋、水泥、石子、绳索、电锯……父亲会悄悄叹一口气，老了！

秋后的一个下午，父亲抱着一张镶框的照片回来，母亲很诧异，因为父亲平时很少拍照片，如今却突然拍照片，还加上框。通过父亲的解释，我们才知道，原来他替自己先准备好了遗像，母亲气得狠狠骂了他一通：哪里就走了，还要过几年呢！父亲也不回答，把照片收了起来。

又过了几天，父亲拿出锯子、斧头、墨斗、铁钉……很快，两条长板凳就安装好了。

父亲曾经做过二十多年的木匠，陈涛街的大型建筑的大梁基本都是他指挥吊装的，打板凳更是不消说的简单功夫。而作为木匠师傅，父亲更是给很多人家捉过财，就是打棺材，为了避讳，说成是捉财，北方人称为"老房子"。村里只要有老人去世了，老人家属就会来请我的父亲去捉财。父亲从早上开始拉线、锯木头，刨子刨平、长铁钉固定。下午，一口财就捉好了，刷上黑漆，就完工了。

小时候，由于常常见到父亲和工人师傅们一起捉财，我一点也不觉得害怕棺材。我们几个小伙伴玩捉迷藏的时候，还会把它作为藏身的工具，掀开盖板，趁大人不注意，猫腰爬进去躲起来。有一次，后庄大哥家的小军也躲进财里面，被他妈妈看见了，一顿教训，吓得我们再也不敢躲到财里面捉迷藏了。

很多子女都会为老人家提前备财，有些老人会主动要求子女为其备财，很多老人还自己一针一线地备寿衣。我记得奶奶在她七十岁的时候就为自己做了一双红色的寿鞋，一直到她八十三岁去世之前，每年夏天都会拿出来晾晒。外婆七十多岁的时候，舅舅们也请父亲去为她捉了一口财，财黑漆漆的，厚实得很。外婆笑眯眯地看着她的财，脸上深深浅浅的皱纹，像一朵盛开的菊花。外婆生前常常把粮食、饲料、种子放到财里面，说这样下来老鼠就偷吃不到了。她老人家在八十五岁的时候去世了，父亲捉的这口财带走了她，外婆虽然故去了将近三十年，她却一直活在我心里。

其实，民间对财还有别样的理解。财的谐音有升官发财之意，很多建筑还会设计成财的形状，盐城和连云港的快速公交车站都是财的样子。这也是希望所有来来去去的人都能升官发财吧。虽然从古到今，真正升官发财的人并不多，但是很多人都希望自己或者子女能够升官发财，大多数人都有这样的一个美好心愿。

长板凳也是这样的形状，两端的桌腿上窄下宽，撑起长长的凳面。家里有十几个方凳子，足够用了。有一天，母亲问父亲怎么打了两条长凳子，父亲笑着说，现在一般人家没有大板凳了，等到他去世的那天，要搁床，孩子们到哪里找两条大板凳啊，他先准备好了。母亲气死了，又狠狠骂了他一通，说他着什么急呢，阎王老爷还没来带走他呢。后来，父亲把两条长板凳放到了角落里。

2014年正月，大伯母去世了。那天，下着大雨，天气阴冷，我穿着厚厚的羽绒衣还被冻得瑟瑟发抖。我载着父亲去新联村专门捉财的戴家为大伯母挑选了一口好财。

隔壁果仁大婶去世，我刚好在老家，陪着父亲一起给村里孙氏本家一家一户地报丧……

玉玲二妈开始着手主持修孙家家谱，她作为孙家的媳妇，对很多人、很多事不清楚，需要挨家挨户走访询问，父亲没有文化，但是知道很多人、很多事，他就带着二妈一家一家地谈，一家一家地问。

我们从家谱中得知，晋代"囊萤映雪"故事的主人公孙康是我们这一支孙氏家族的先人。因为修家谱，我们还得知了我们这一支孙家最早的先祖从徐州迁徙过来，当时有兄弟三人，两兄弟留在徐州，一位名叫孙大功的先祖来到了我们滨海。几百年来，徐州的孙氏族人一直在坚持不懈地寻找我们，他们终于在2017年通过省里的孙氏家谱找到了我们这一支族人，他们派来了代表，父亲负责参与接待了他们。作为先祖孙大功的后人，我们这里又派了厚华、厚道两兄弟去徐州看望他们。他们回来的那天，过道上插满了红旗，铺了长的红地毯，徐州孙氏后人在孙氏祠堂门前敲锣打鼓，舞龙舞狮，热热闹闹地欢迎厚华、厚道兄弟回归。

我无法描述当时是怎样的一种动人的情景，那是流淌着的一代又一代的血脉亲情，刀割不断，火烧不灭，水冲不垮，风吹不走，这是时光也不能遗忘的每一个普通人的寻根情怀。

在父亲讲述这一切的时候，我看到他的眼里闪着光。

二妈说，没有我父亲的竭力帮忙，家谱很难修好。父亲听了只是笑了笑，他说，人不能忘根啊。

从小到大，我看到无数小树长成了大树，小草黄了又绿，绿了又黄，庄稼一茬又一茬地收，四季不停地在变换，熟悉的人在亲人的泪水中离去，新生的孩子啼哭着降临。

去年10月的一天，父亲告诉四叔，他远远地看到二伯了。

彼时，二伯已去世十多年。

11月21日夜，父亲突然胸痛难忍，不断冒着冷汗，他问母亲：难道我们一家要散？那几天，弟弟在盐城带学员考试，母亲告诉弟弟，赶紧通知媳妇来接你爸上医院吧。父亲说，弟媳带着香香，孩子学习紧，很辛苦，这时正是弟媳休息的时候，白天还要上班，等天亮吧。

天亮了，父亲的胸痛缓解了，父亲也说自己没事了。

11 月 22 日夜，父亲的胸痛更厉害了，把所有急救的药都用上了。他挨到天亮，母亲才打电话给我，我立刻赶到家，将父亲送到医院 ICU 病房，弟弟也赶了回来。

父亲吊着水，他清醒的时候，又连连催我快回盐城，因为女儿紫薇一人在家，没人照顾。我让他安心治病，去超市买了日用品，我已经做好了盐城滨海两边跑的决定。

我惴惴不安，在夜色苍茫中匆匆赶回了盐城。

11 月 23 日清晨六点五十八分，弟弟告诉我，父亲走了……

我一人在高速上一边开车，一边号啕大哭。

我看到父亲紧闭着双眼，面容祥和，像是睡着了一样。

我们在老家为父亲办了后事，我在公墓亲自为父亲选择了一处向阳的地方，让他在这里长眠。刻着父亲的名字和生卒日期的冰冷的墓碑告诉我们，这个世界，父亲曾来过。

父亲的魂一定跟着二伯父，一起到离公墓北边数里远的地方去，在去世了几十年的爷爷奶奶的坟前，一定传来了一串轻轻的脚步声，他们七十六岁的三儿子，回去了。

2019 年 10 月 25 日

韩庆山作品 *

出国，再也不是普通百姓的梦想！

我在小时候就听说过外国人，他们有大鼻子、蓝眼睛。

长大后，就很崇拜出国的人，觉得能够出国的人可不是一般人，至少是很有钱的人或者政府公派官员之类，平头百姓能到外国是做梦都想不到的事。可有一日，这个梦想终于实现了，当朋友告诉我，我们这些普通老百姓也能出国时，我觉得简直不可思议！

出国要办护照，这是大家都知道的。所谓护照，过去觉得它很神秘，其实就是出国人员在境外的身份证，证明你是合法的中华人民共和国公民，要受到所在国的法律保护。

办护照很简单，照了两张照片，交上身份证，不到一周，证件就到了我们手里，真是感叹宁波政府部门的办事效率！

12 月 30 日晚上 8 点，我们一行 39 人赶到宁波栎社机场，由导游进行出国前的讲话和指导，并且说了很多注意事项，尤其是让我们多带点钱，说到外国后移民局要检查，如果身上没有三千元，就会按偷渡者身份处理并遣送返回。我心里一直惴惴不安，自己带了五千元，恐出意外，但到上飞机也没有弄明白，外国人为什么要检查我们钱的多少呢？

飞机承载着我的迷惑与不解起飞了，机轮与地面的摩擦声音越来越响，终于达到最大而没有声音了，我知道飞机已离开了地面，城市里的灯光渐行渐远，逐渐地消失在黑夜里，我们已飞向了空中……

飞机平稳地飞行着，在空姐的指导下，我们系好了安全带，关掉了手机，开始享受这从未有过的空中体验。飞机飞得稳，外面的引擎声几乎听不见，从窗口望去，外面什么也看不见，机舱内也关掉了大灯，只有微弱的灯光弥漫在整个舱内，人们都进入了睡眠状态，我想看一下手中的杂志，可灯光太暗，加之花眼看不清楚，索性作罢，也就眯上眼睛，停止了大脑的思考，加入了昏睡

---

* 作者简介：大山，原名韩庆山，籍贯山东省，1963 年生人，现在企业工作。

人的行列。因为我知道，从现在起到达曼谷机场要有 4 个多小时的时间，必须用休息来打发这漫长的空中时光……

啊，到曼谷上空了！不知何时我在迷迷糊糊中听到了人的叫喊声，我立刻醒来，急切地向窗外望云，发现黑夜里闪烁不停的灯光一片，我们已到达泰国，马上就降落在异国他乡了。

因为是落地签证，等待时间比较长，我们只好耐心等待。

在飞机场大厅里，我们静静地伫立着，来往的行人不断从我们身边走过。因为没有座椅，只能站着，墙边有一对老夫妇，见我们说中国话便过来打招呼，一交流才知道他们是来自新疆建设兵团的老干部，也是刚刚下飞机。

正交谈着，领团导游让我们把护照领回去，说是签证办妥了，马上排队过海关检查。我们提着行李，赶紧排队过关。

这时，出了一点小插曲，差点酿成事故。原来，我由于好奇，又是第一次出国，就想多拍一些照，不料刚刚举起手机，就被海关人员发现。误认为我在偷拍，有些违规，将我手机收了过去，惊了我一身冷汗，好在经过检查没有发现异样，又将手机归还了我，真是虚惊一场。

我带着忐忑不安的心走出了海关，和其余 30 多人在中国导游的指导下一同登上了停在机场门口正在等我们的大巴车，驶向了我们出国后的第一站——泰国巴菲特大酒店。

从现在起，我们才真正开始了在泰国短暂而又快乐的七日游……

一个武警战士复员后的家国情怀

——记复员军人韩文新的创业史

在我的印象里，韩文新一直是个小孩子，因为我和他爸爸年纪相仿。前些年，我不大能见到他的面，一是我在外地工作，不经常回家；二是文新一直在部队里当兵，偶尔回来探亲也很少谋面，阴错阳差。

虽然未能谋面，但乡里人对他的评论却很多，几乎众口一致，大家都说这孩子从小就老实忠厚、心地善良，为人处世实在。

这是我早就知道的，因为我母亲在世时就经常跟我提起文新，她特别把一件小事经常挂在嘴边。有一年下大雪，雪停后，人们都忙着打扫自家的庭院，而文新却拿着扫帚来打扫我母亲的门前。老人很感动，屡屡提起，虽然这事过去二十多年了，八十多的老母亲也没有忘怀，可见文新的形象在老人的印象里有多么深刻。

论年龄，文新如今也应该有三十七八岁了。前几年，我听说他从武警部队复员回乡了，他为避免给政府增加麻烦，自己申请在家创业。这让我感到一丝感动，如果没有记错的话，二十年前初中刚刚毕业的他就弃笔从戎了，报名参了军，当了一名边防战士，守护着中华人民共和国的北大门，报效祖国十几年。就算四年前退役回乡，他当兵也有十六个年头了。

我早就想和文新聊一聊，一是我崇拜军人，二是对文新过去的了解只限于表面，而对他内心世界似乎一无所知。

这次终于有一个坐在一起的机会了。

通过与文新长谈，我终于知道，他17岁就报名参了军，从军整整十六年，是中国人民武装警察部队吉林边防总队的一名驻守在长春的边防战士，多次在部队有立功表现，被评为优秀战士。

2016年，他响应中央军委部队进行整编的号召复员回乡，自主创业。

部队当兵十六年，他多次被授予"优秀士兵"光荣称号。2010年，他参加了吉林省永吉县抗洪抢险救灾活动，并荣立三等功。

回到地方后，他先在一家面粉厂从事销售工作，由于工作出色，他不到一年就打开了市场，开创了局面。可是地方的关系太复杂，他是一名军人，在部队十几年，养成了对不良风气看不惯、对坏人坏事刚正不阿的品性。因为不媚俗、不媚上，他渐渐受到了某些人的排挤，他咽不下这口气，一咬牙辞了职。

辞职后的他没有事情做，也没有了收入。他有两个孩子，一男一女，都在上学，花费和开支也不少。而他的爱人在一家乡镇企业上班，工资也不高。

更何况，他的父亲也年近六十岁，终年依靠农业而生，虽然平时会干些小百货买卖，可那也赚不了多少钱。更何况父亲还有腿病，不定时就去医院，会诊费不用说，光药钱就几百块几百块地付。我曾经就陪他父亲去过县城的一家私人中药诊所，回来时，中药就提了几十包。

严峻的事实就摆在面前，怎么办，难道在困难面前退缩吗？不能，绝对不能！在挫折和困难面前退缩不是军人的作风，也不是军人的本色！

他看到一些人在养鸡场干得风生水起、红红火火，他也准备办一个养鸡场。说干就干，他利用部队上复员时的一点补贴和自己积攒的一点资金，加上叔叔的帮助，搞起了养殖。不懂技术怎么办？不懂就学，不会就问，他经常从一些早年建厂的老师傅那里学习经验，终于摸索出了一套自己的经验。他于2017年办起了"雏凤缘"养鸡场。

从三年前一无所知到现在养鸡场的现代化、自动化设备的引进和上机，不知他付出了多少心血，也不知他流淌了多少汗水。

他说，我现在刚刚起步，只有几万只的规模，比起人家来只是小巫见大巫，比我养得强、养得好的比比皆是，我要向人家学习。

这是文新谦虚的表达，也是他务实性格的真实写照，因为我知道在他的周围确实有很多养鸡场正在兴起。一些老厂也在扩大规模，它们的技术和资金都优于文新。

养殖业的蓬勃发展，不但改变了我们这个偏僻乡村多年来一直单纯依靠种植的农耕式的经济，而且使人们逐渐富裕起来，走上商业化、市场化模式的道路。

我期待着我的家乡越来越美丽，我盼望着家乡的人民越来越富足！我更希望家乡的党和政府能够出台一些优惠政策，特别要扶持像韩文新一样曾经将青春和热血奉献给国家而又立志在农村干一番事业的年轻人。当他们走到人生的十字路口时，将其扶上马再送一程。

愿他们的愿望能够早日实现。愿文新的养殖事业越做越大，愿文新在第二次创业史上写下辉煌的篇章！

陈信平作品[*]

午夜漫谈三十岁

流年无恙，浮世清欢。

岁月不曾滞留，它还是来了。

三十岁，我一直翘首跂踵却又渴望它能晚一些抵达。这应该是我们每一个人都会有或曾有过的忧虑。年龄的增长，使得我们轻蔑和害怕。在生命的层面上，你我都一样，享受着平等的权利。年龄是唯一可以摆脱人生内在的差异性而独立存在于我们生命体系里的东西。当一个人的内在运作模式与外部世界不对等时，思维便会产生冲突和混乱，这便是我的矛盾点所在。我想，或许是自己还没有完全做好迎接它的准备。

三十岁，带给我很多未曾有过的生命体验与思考，它使我的内心变得更加坚忍和通透。一个人在成年之后，我们的个人属性应该是属于这个社会的，我们需要摆脱世俗的期待与卑微的人之常情，从虚假的"真理"脱身，倾听内在的召唤，保持独立的思考和生活方式，做回纯粹的自己。同时，扮演好各自的社会角色，承担起应有的责任与担当。任何超出角色本身的要求都是基于情感与道德的绑架，这也是当下社会中必然存在并值得我们每个人深思的问题。

三十岁，我学会了许多生活技能。如独处，它是一门生存艺术，存在于每一个生命体的细胞里。它让我面对孤独时不再恐惧和逃离，甚至对其有了新的认知，孤独不再是生活的悲剧，无法承受它才是。在独处的时候，我利用哲学的思维方式为自己开启了另一个从未触及的新世界的大门。但它让我看到的更多的则是人性悲剧的一面，我也习惯用另一视角来看待自我与外部世界。我明白，有时候这种高处审视人性的错觉，实际上并不能解决生活中的现实问题，反而会使自己在现实的反向虚无主义中越走越远。因此，我常常被迫陷入悲痛

---

* 作者简介：陈信平，笔名信子，90后文艺青年，自由写作者。用读书心得去生活，用生活感悟去创作，以文字解读内心的孤寂。作品散见于"中国诗歌网""豆瓣阅读""青年文学家""诗歌中国"以及"洛川协作"等网络文学平台上。

的境地，兴许是这种痛苦后的孤立无援的想法更显得真实与成熟。

三十岁，爱情与婚姻或许会迟到，但永远不会缺席。我一直在为此努力并准备着，并逐渐克服以往对它的偏见与恐惧。有句话说，婚姻就像围城，城里的人想出去，城外的人想进来。但是，婚姻并不等于围城，围着我们的是，从小被外部世界强加给我们的那套世俗观念。我对于自己未来的婚姻，充满着期待和信心。我不求深刻，只求一切简单与自然。

三十岁，每当我凝望茫茫黑夜而沉思或写作时，我无意中明白，自己也被写下了。就在这非常时刻，是否有人会费力寻找这些文字背后的灵魂呢？我无从知晓。但可以肯定的是，只有自己才能洞察和审视这一切，最重要的东西，别人是无法用眼睛看得见的。

三十岁，来得匆忙，去也仓促。我带上夙愿，裹一身轻装，孑然踏上明日的启程。在一片喧嚣中，留下沉默的印痕。希望在这场睡梦中醒来时，我将成为世界的一部分，并可以豪言：我曾来过，不枉此行……

虚无之境，心不着相

人在自由中能找到的只是虚无，仅此而已。而自由之重也必将存在着压迫，最后你只能通过找到自我，由你自己的选择证明你的存在，并以此刻的存在来对抗虚无。

认识你自己，这对于每个人而言是一件非常痛苦与艰难的事情。它是一个人与生俱来的思想意识，是灵魂的需求。

前不久，我看完了根据《遥远的救世主》改编的影视剧《天道》。在电视剧中，王志文有一句经典而充满哲学意味的台词："你不知道你，所以你是你。如果你知道了你，你便不再是你了。"这句话看似绕口，却是字字珠玑。当你不是你的时候，那么你又是什么呢？这是关于人的基本属性的问题，也是一个明心见性的自我超越的过程，在尔未能直达圣域窥见自己内心的时候，你只是你，并非真实的你自己。

尼采于《查拉图斯特拉如是说》中提出了精神三变理论①。但是，并不是所有人都能够真正实现这三种精神层面的超越，或许大多数人终其一生不过是停留在骆驼的阶段，甘愿沉沦于世俗的桎梏中，失去其原本独有的判断。很多人或许勉强变为了狮子，但对梦想和愿望也仅仅停留在最初的呐喊阶段，并没有付诸实际的行动。而最为难得的便是婴儿的境界，不再抱怨这个世界，以一颗赤子之心面对人生中的得与失，无论好或是不好，都将坦然地接受。

审视当下，现实生活中的我们，无一不是过分执迷于着相②而乏味的生活，早已失去了孩子的那份本真。而作为大人的我们，每天却要为自己的虚伪戴上真理的面具。那么，原本追求的真实必定存在于孩子那部分里。任何违背天性的行为都是丑陋的，你是，我是。我们活在了自己构建的理想主义的污垢中，却满口的真理，其实这不过是一种弊劣的桎梏，也是某种层面上的自我欺骗与安慰罢了。

唯有回归，重返最本真的自我，在干净清新的空气当中自由地呼吸。也只有在这种状态下，人才能真正成为自己，你也才能知道你是谁。在你没有做出选择之前，你就是虚无，就是无意义。也可以说虚无和无意义就是人生本身的意义，只要你愿意，你也可以停在里面去感受。人最终面对的是消失，也就是我们所认为的死亡，很多人可以承受这种虚无感，但却无法承受死亡，因为那也许意味着你再也没有意识。

---

① 精神三变理论：以骆驼、狮子、婴儿来譬喻人类精神的变化。精神会由骆驼变成狮子，再由狮子变成婴儿。骆驼代表的是背负传统道德的束缚，狮子则是象征勇于破坏传统规范的精神，最后的婴儿则是代表破坏后创造新价值的力量。

② 着相：佛教术语，意思是执着于外相、虚相或个体意识而偏离了本质。"相"指某一事物在我们脑中形成的认识，或称概念。它可分为有形的（可见的）和无形的（意识）。

生命的荒原

我在黑夜里仰天长啸
却在白昼中浮沉
一场大梦醒来
我是一粒尘埃
在狂风肆虐中挣扎
我拨弄着青发
生怕吹乱了那未经修饰的潇洒

夙昔的寒风
没能迎见一片雪花
枯树上的寒鸦
在冷空中凄厉地哀鸣
我在孤冷中摇曳
我划然长啸
喟叹生命的荒凉

在这孤寂的荒原
花儿已经凋零
草木已经枯萎
尘埃已经化为泥土

生命的时光
从河流中暗暗流淌

我蜷缩着灵魂
在颠沛与孤独中流浪
在生命的荒原里
生命归于沉寂
你我终将被人遗忘
生命的消亡
并非轰轰烈烈
只是一阵啜泣和呜咽

每一次的挣扎只是徒然
每一次的醒来只是妥协
在生命的荒原里
我一次次地挣扎
又一次次地醒来
生命的消亡
不是轰轰烈烈
而是一阵啜泣和呜咽

山村老屋

如果时光可以倒流
你可以看到他们年少的模样
飞奔在山坳里的每一个角落

那踏遍黄昏下的田埂
那融入泥土里的游戏
那被风亲吻过的麦浪
那袅袅升起的炊烟

每一片瓦砾
每一处石墩
每一抹苍绿
每一个转身离去的身影
每一幅逐渐模糊的画面

都承载着他们的记忆

时间从未停歇
而他们已经匆忙老去
那些残破的土屋
如同他们疲惫的身躯
依然眷恋着这里的一切

老屋残年
草木荒芜
裹挟着时光的记忆
再也回不去的流年
时光穿梭
抬头看人生渐短

姜凤阁作品*

怀念母亲

俗话说："再穷有个家，八十有个妈。"可见妈在家中的地位十分重要，有妈才是一个完整的家。童年失去母亲的家庭不是一个完整的家庭，就是长大成人，娶妻生子，儿孙满堂。倘若有老母健在，也是人生一大乐事。

母亲是在1972年一个晴朗的早晨安然离世的，她走得是那么突然，那么宁静安详。晚饭后，我准备下乡，临行前我为母亲打了洗脚水，母亲亲切的目光注视着我。事后我怎么也没有想到这一盆水竟是我最后一次为母亲尽孝，母亲的亲切目光，竟成了对我的最后一次关爱。

8月5日清晨，我在老乡家睡得香甜，在朦朦胧胧的梦中，母亲牵着我的手，轻轻地呼着我的乳名，……突然有人把我叫醒，说母亲病重让我速回。在返回的路上，我忐忑不安，一边疾步如飞一边安慰自己，母亲不会有事的，因为昨天晚上我走的时候母亲还是好好的，没有一点病状。然而，当我火速赶到家时，母亲已经安详地"睡"了，"睡"得那么安详，仔细看去，嘴角还流露出一丝苦涩与惆怅，不难看出，母亲不愿意离开这个美好的世界，不愿意离开她千辛万苦营造的温馨的家。我泪流满面，哭喊着："妈妈，您为什么走得这么突然，这么匆忙。"没吃儿女一片药，没喝儿女一碗汤，假如您是突染顽疾，让儿女为您煎上一碗汤，熬上一服药，也算儿女为您尽了一份孝心，可您连让儿子尽孝的机会也没给。

我的母亲是一位普通的母亲，也是一个伟大的母亲，她和天下所有的母亲一样，对儿女爱得那么真诚，对儿女的成长是那么关爱。中华人民共和国成立

* 作者简介：姜凤阁，生于1939年，原籍吉林省松原市，现定居海南省三亚市。1956年随姐姐南下去武汉读书，毕业于武汉钢铁学院，1962年国家三年困难时期因政策精简，回乡从事农村工作。改革开放后，下海经商。2000年退居二线，从事大健康产业，重点研究意念力养生健身方法。经过20多年的理论研究和实践总结，自主首创《姜氏中医意念养生法》，并撰写论文：《姜氏中医意念养生法的确立与应用》和《意念力学的发展与应用》，并分别发表在《健康前沿》2016年第一期和第二期。

前，一个普通的农民家庭并不富有，但母亲常对我说，现在解放了，穷人家的孩子也有了受教育的机会，这是多么幸福的事啊！

母亲读书不多，但知书达理，她深知读书必有用处，常给我和弟弟、妹妹讲孟母择邻的故事。要我们努力学习，再苦再穷也要把书念好。那时农村的教学条件与现在相比真是天壤之别。在村屯只能读完小学四年级，五年级以上就要到乡中心小学就读。

我家离中心小学足有六公里，那时 10 岁的我，每天步行六公里去乡中心小学读书。我没钱买书包，母亲就给我买二尺白布，把崭新的课本，文具包好，再用别针别好，另外装好干粮系在腰间，早晚我奔跑在乡间的小路上。母亲为了使我念好书，她吃稀的，穿破的，却总是把我打扮得干干净净，尽量让我吃得好些。她怕我迟到，总是天天早起做好饭菜送我上学，晚上常有母亲的身影伴我回家，油灯下母亲常叮嘱我要努力学习文化知识，将来长大了为乡亲们做点好事。

几十年来，母亲的教导就像一盏永不熄灭的明灯，在我心中，照亮我前进的路。我没有辜负母亲对我的教诲和期望，我顺利地从小学读到中专，从农村走进城市，坚定地走着自己的路。

人人有母亲，人人都会老，愿天下年轻的母亲，学会做个承上启下的好母亲；愿年老的母亲都能延年益寿，乐享天伦；愿天下的儿女为健在的母亲多尽一份孝心，对已故的母亲多一份依恋，多一份怀念。

细读人生

记得一位哲人这样说过："人生像一本书，愚人哗啦哗啦地翻它，而贤者潜心细读。"

有人说，人生是一场戏；也有人说，人生是一场梦。我都不赞同这些观念，戏是演给别人看的，梦是虚无缥缈的，摸不着，看不见，而人生是实实在在的，酸甜苦辣尽在其中。其实人生就是一本书，而且是一本自己书写的书，尽管不一定成文。

我也常听到有人抱怨："人活得真累。"而有的人却从来没有这种感觉，他们总觉得人生是件快乐的事，要活得有作为、活得轻松自在、活得有滋有味、活得健康快乐。

人活在世上要学会感恩报谢。一位朋友在谈到人生时，曾感慨地说道："父母虽然没有给我创造什么财富，但能把我孕育成一个生命并带到这个世界，就这个恩德是我一生也报答不完的。"

清晨和煦的阳光洒满大地，土坡上一群蚂蚁从各自的洞穴里出来，朝着不同的方向爬行，有的拖着食物，有的拖着草根，还有的还拖着人们看不懂的物体，奔跑着、忙碌着。从表面看蚂蚁很盲从，其实它们是各司其职，各有所为，各有所求，各有所得。

蜜蜂是人类最亲近的一种昆虫，与人类友好相处和谐共勉，在人们的驯服下过着井然有序的集体生活，他们组织严谨，分工精细，各司其职，和谐团结，勤奋无私，它们的辛勤劳动给人类以启迪，它们的劳动成果为人类的身心健康做出巨大贡献。

从这些动物和昆虫的身上我们感受到，它们虽然没有文字，其实它们每天也在书写它们的生活经历。

细读人生，犹如品尝一顿丰盛的美食，只有细嚼慢咽，才能品味出人生的酸甜苦辣，只有这样才能真正品味出属于自己的人生价值。

大千世界，滚滚红尘，浩瀚太空，万物生灵，浪迹人生。宇宙之大，星球之多，世界之美，人生更美。

人类是宇宙的高级生命，有秀美的体态，聪慧的大脑，活跃的思维，美妙的灵魂，自有生命那一天起，就活跃在宇宙中。

人类源于宇宙，然而，如何认识宇宙，如何认识自身，如何认识世界和自身以外的多维空间，则是摆在人类面前的新课题。

人类不知从什么时候起创造了"宇宙"这个词，它把有限的生命，无限的空间，概括得淋漓尽致。

宇宙是人类的摩天大厦，是生命转换的圣地，容纳人类和人类以外的高级生命和超高级生命。宇宙集生命全部智慧于一身，它的能量永远取之不尽，用之不竭。宇宙是由阴性物质和阳性物质构成，阴阳组异成同，合为天地。

人类源于宇宙，源于自然，应以自然之道，养其自然之身，采天地之灵气，吸日月之精华，与自然和谐相处，乃是人类养生保健，延年益寿的根本途径。

地球是宇宙的一个重要组成部分，它是连接日月星辰的纽带，是人类高级生命向超高级生命转换驿站。高原山川象征人类的骨骼；河流溪水象征人类的脉络和血液，我们的意志应像高原山川一样坚实不朽，我们的身心应像河流溪水一样永远流畅。

绿色象征生命，绿色体现健康，绿色充满活力，绿色给人希望，让绿色融入我们的生活，让绿色为人类健康导航。

大海是宇宙的一面镜子，他虽然永远处于低位，但能映照日月星辰，容纳江河溪水，实可谓清浊并包，善恶兼容，永做欲弃先得，欲得先施，得道多助，失道寡助的典范。

太阳是银河系核心的一部分。没有太阳，地球就没有绿色与生命；没有太阳，宇宙就失去光明与希望；没有太阳，人类就无法繁衍与生息。我们应像太阳无私无畏，燃烧自己，普照环宇，光照人间。太阳永远是无私奉献的楷模。

我们的思维应像宇宙一样浩瀚广阔；我们的体态应像山川一样刚健秀美；我们的胸怀应像大海一样坦荡明澈，我们的灵魂应像太阳一样无私无畏，否则，难以认识自身，难以认识世界和自身以外的多维空间。

宇宙无涯，人心无境，知人者智，自知者明，智者尽言，国家之利。纵观宇宙千万年，横看人生一瞬间，细读人生从何起，有为健康永向前。

其实，细读的前提是细写，愿天下所有细读人生者，挥毫泼墨"书写"美好人生传奇。你经营生活意境，生活才会呈现美景。

感　悟

感之有道，
悟之有理，
道是宇宙的规律，
理是心灵的溪水。
宇宙无涯，
眼前只有一片蓝天；
太阳虽大，
大海完全可以包容。
大海的胸怀广阔，
映日月星辰纳千川百流之水；

太阳的精神无私，
普照环宇燃烧自己光照人间。
宇宙浩瀚，
大海深邃，
蓝天广阔，
山川雄伟。
我们应像大海，
我们应像太阳，
用大海的胸怀去拥抱世界，
用太阳的精神为人类导航。

家有爷爷真好

爷爷虽然年事已高
但身心健康不显衰老。
年过七旬仍神清气爽，
追逐时代步伐紧跟时代新潮。

人生何以延年益寿，
爷爷身体力行率先踱步。
衣食住行嘴先管住，
才有今朝好身肚。

七十敲键盘、学电脑，
游走鼠标，国事家事看不够。

养生保健屈指为首，
清淡寡欲诸事不贪求。

生命在于运动，
爷爷总是闲不住。
作诗绘画养花种草，
挥笔耕耘勤奋防衰老。

著书立说留下精神财富，
其乐融融亲情永驻。
家有爷爷真好，
诸事有参谋，生活没烦恼。

杨海兵作品*

冬天的秘密

经过春的奔放，夏的惬意，秋的洒脱，迎来了冬的宁静。一朵花，一个轮回，一个世界。于是才知晓，世界是多么的大，日子是多么的长。我们要等待多久，积攒财富多少，经历多少，才能够换来一道靓丽的生命风景线，才能够明白生命其实都一样？所谓的出生贵贱，所谓的生命轻重，原来都是我们的一厢情愿。我们的内心愿景不同，所以每个人看世界的眼光不同，对世界的期待亦不同。然而，世界不会因我们自己的愿望而改变。沧海桑田，我们都只是岁月长河里的一粒尘埃。

冬天，是纯洁无瑕的，而它的阳光也让我们感到温暖，给我们一个好心情。雪花，从苍穹飘飘而下落地而化，会使人想起生命的终结，但它赐予了这个世界不一样的风采。那飘落下来的雪花掩埋了多少黑暗，又激起了多少人对美好事物的向往和渴盼？当寒风吹乱头发，当六棱花瓣飘落在我的梦里，当阳光普照大地，聆听鸟儿们的鸣唱，它们不畏惧冬的严寒，展开丰厚的羽翼在天地间飞翔。思绪飘落在风里，在暗香疏影的寒梅里，在飘零的六棱花瓣里，在冰雕玉砌的山城里。听，冬眠的精灵们呼吸的声音，万物皆有不变初心，感受着冬天的美丽。冬天的秘密，并不烦琐，也不复杂，不过存在于那些能感受到小确幸的时刻。

冬日晴好时，是闲坐树下的慵懒；落叶飘零时，是屋里的清茶袅袅；漫步街头时，是转角飘来的故乡小吃香气；大雪纷飞时，是孩童们堆雪人、抛雪球、打雪仗的嬉戏画面。美好，就藏在生活的点点滴滴中。冬有冬的香甜，无论是细嚼慢咽，还是大快朵颐，皆可收获满心的欢喜。冷暖是最深刻的感受，不是在肌肤上的，而是心情上的。当人们谈情说爱时，想听情话，想写情诗情词，

---

* 作者简介：杨海兵，男，51 岁，山西省阳泉市人，1971 年 4 月 19 日出生，大专文化。全国大学生创业导师，文化摆渡人，爱心使者。圣农（天津）集团有限公司法定代表人。爱好文学，旅游，运动，不求功名利禄，只求点滴的善举传遍世间角落。对生活充满热情，敬畏大自然。

裁成小小的碎片。加一点点酒，慢慢化开，方能体会情醉。情到浓时，需用烛火慢慢烤，再加点咖啡，让人上瘾。

北风刮起，雪花飞落在田野、城市与村庄，洁白染遍大地。是谁雕玉树，是谁雕刻时光的宝石？大自然的儿女欣赏着一个个传奇故事，聆听着冬天的秘密。冬天或许是一个很好表达爱意的时节，寒冷不过是温暖的借口，爱的出口。深夜时分，为心爱的人煮一碗热粥，是再好不过的了。在寒冷的街头，可以借着寒意，心安理得地把手放到对方的衣兜里。在白雪皑皑中，一起携手到白头。这何尝不是冬天最温柔的秘密。冬日再不温柔，人间谈何浪漫。时光清浅，唯愿我们有所爱，所爱皆温暖。

每每到了冬日，只有踏雪寻梅才能实实在在触摸岁月。古人的冬天，是画《九九消寒图》的雅趣。从冬至开始，画上一枝素梅，共有梅花九朵，一朵九瓣，正是九九八十一瓣。一天一瓣，画好梅花之日，便是春暖花开之际。现代人的冬天之趣，却是去花园折明黄色的蜡梅、鲜红的天竺果，在白雪中，生机盎然。曾以为透明意味着虚无，却渐渐发现其中糅合着淡淡的色彩与内涵。透明的黄，透明的红，透明的喜悦与忧伤，淡定从容的心情。曾以为透明是脆弱的象征，如玻璃一样的易碎。后来，却渐渐悟出，它是如此坚韧，充满了单纯的快乐和自由的宁静。它如同那自由自在的闲云，那牵动我心的水晶天竺果，那站在风中凛冽而清凉的纯净感觉。而我在冬天却喜欢一个人午后独坐窗前静思。

我在静思中啜着茶，看着窗外，寒梅悄然绽放在树梢上，犹新的记忆却挥之不去。万物冬藏，人亦会随之安静下来。人贵有静气，方有闲情逸趣。冬天的秘密，或许不只是某一个节令给予我们的惆怅，还在于我们为每一个小日子增添的小情趣。这个秘密可静可动，可欢腾，可独处。冬日，万物静默成谜。天公翦水，宇宙飘花。有时愿一颗素心面对红尘纷繁，有时贪恋着一头白发的浪漫。雪林初下瓦疏珠，昨来冰颗乱黏须。看千峰堆玉，万壑铺银。白雪镶红墙，碎碎坠琼芳。飞雪有声，唯在竹间最雅。浮香阁畔一梅仙，岁岁开花韵梦牵。看玉树参差，看冰花错落，看一点娇艳将冬天装点，满心也是欢喜。忆起曾经，嘴角带着微笑，感叹一声"岁月忽已晚"，愿我们有自己的欢喜。在沉默的冬季里，找寻到属于自己的乐趣。也许我们不懂风趣，不解风情，但我们一定知道，做什么事会让自己更开心，做什么事会让爱人更感动，做什么事会让生活更有趣。这就是冬天的秘密。

游盘山

四月暖春宜悠闲，
文人墨客定相见。
远离尘嚣山水间，
天地合一碧波连。
万物复苏一瞬间，
皇家文化永不变。
奇峰异谷流水潺，
意境实景赛江南！

致自己

有时候，
我读懂了时光，
才知道自己到底需要的是什么。
原来，
千般跋涉，
只需蓦然回首；
万种找寻，
只需临渊止步；
终会发现，
自己的心才是灵魂的居所，
识得进退，
懂得回归，
终能寻到生命最初的简单，
获得真正的平静与安宁。

叶远东作品[*]

古巷中的猫与鸟

大街小巷遍布在古老而新兴的海滨城镇松门。

在松门老街，穿插着一条小巷。小巷虽小且狭长，但熙熙攘攘的人流，使其躁动而闹腾。流动的小商小贩，四处摆摊，日出开始，几乎一直不知疲倦地吆喝到日落。

从去年下半年开始，这条有些岁月年头的小巷，一位长着翅膀的"不速之客"不请自来。

看过来，看过来，邪是一只小小小小鸟。这只不知名的"天外来客"，几乎每天都会光临我家蹭喝蹭吃猫食。

从去年下半年开始，这只奇特活泼的小小小小鸟，不知为何喜欢上了我家猫吃的猫食。

有时，这两只不同牧种但颇通人性的小家伙，站在不同的位置上，彼此欣赏，时不时地你瞅瞅我，我瞅瞅你。它们不需要大鱼大肉，不在乎剩菜剩饭，好奇地打量着对方，分享着这尘世间纷纷扰扰后的片刻的宁静。它们发呆，默默无语，一副高冷的模样，却又像是两位有文化、有水平、惜字如金的学究学者。它们互相揣摩着对方的来意，一副若有所思的样子。它们从不说一句多会的话，无关请客吃饭，无关嘘寒问暖。

它们邂逅于丁酉，相知于戊戌。双方一直以来和平相处，没有冲突和骚动，有的只是彼此注目和仰望。

我不由得觉得境由心生，小动物的那种率真和单纯，不知强于多少擅长虚伪和贪婪自恋的人们。人与人之间，总是玩着套路，彼此缺失信任。

这份趣味，为这古巷带来了几分灵动之气。

---

[*] 作者简介：叶远东，男，56周岁，浙江省温岭市松门镇人，台州市收藏家协会会员。书画诗词、民俗、文学、红色文化、良渚文化爱好者。喜欢花草树木，与友一般并自号"松门花友"。

观 9 号超强台风"利奇马"有感

话说人间，世事纷繁。日出日行，日落日息。天灾人祸，如影随形。单说台风肆意海上生，不认人来不认财。指挥着辖下的所有虾兵蟹将，带着滔天罪恶和汹涌的波涛，从海上咆哮而来。

它蓄谋已久，缺乏基本素质教育和文化涵养，聚失德于一身，它的坏脾气、暴力本性暴露无遗。它歇斯底里打出的"一招一式""一拳一掌"，带着狂风暴雨分分秒秒的呼啸声、撕裂声，无不让大地人间颤抖，人们受伤，大自然受灾，蒙受"不白之冤"。

台风过处，视线中出现满目疮痍的城市。严重冒犯和扰乱了公共秩序，践踏了人权及私有财产。许多被台风蹂躏摧残的厂矿房屋倒塌了，花草树木被不礼貌地放倒了。然而，一些被拦腰折断的大树，虽正在承受着无比苦痛，但依旧屹立不倒，生命力犹如巨人、高人、超人般"坚强"，它们令人瞩目，让人肃然起敬。

台风，本可以温柔一笑，轻轻吻上我的脸，且不忘露出那可爱迷人的小酒窝，吟风弄月，摇曳起舞。通过国际漫游，呼叫转移，咏古抒怀，高歌一曲，不断诠释和幻化成唐诗、宋词、元曲歌赋那悠扬柔美的动人韵律。诗和远方，风轻云淡，应演绎唐代伟大的浪漫主义诗人——指点江山，笑傲江湖的"诗仙"李白，随口吟唱他那慷慨激昂，天地皆震动，千古不朽的诗，古往今来，高山仰止，名闻天下，他赢得生前身后名，拥有无数崇拜者。北宋文学巨匠，以诗为词豪放派的"国民男神"苏东坡，一曲《念奴娇·赤壁怀古》，气吞山河，引起人们的精神共鸣，千古传诵；宋代婉约词派代表李清照，妙笔生花，自成一家易安体，被誉为千古第一才女，她那凄美伤感的词。读来山河破碎，漂泊流离，思念漫山遍野。精金良玉，让人无法抗拒。飘花词落地，"知否，知否，应是绿肥红瘦"，让人在惊艳之余，留下了无限的妙想遐思。南唐后主李煜，卓尔不群，把花间词派成就推向了艺术巅峰，成为空前绝后的千古词帝。那哀婉悲怆的词，读来国破家亡，江山易主，花开花落，生不逢时，仰天无望，最后留下遗憾无数。这种高超的文学写作艺术功力，堪称人间绝妙。

台风去凌厉，清凉到人间。强强相遇，字字珠玑精妙，句句华丽深邃，是何等拨动心弦、精美绝伦、具有深入人灵魂深处的天籁之音。在高山仰止圣贤的同时，也深切地感受到和领略到了中华民族灿烂古老的文化艺术的精髓，何等高尚的风雅与情怀。

往事随风，愿通过台风，化作一缕缕尘香的情思。

风则袭裳，雨则御盖。

台风，本可以柔声细语，吹来了一阵阵清新又凉爽的风。谈笑间，风生水起，调节和活跃一下当前在学习、工作及生意中的紧张和压力，调侃或者说一些不痛不痒的风凉话、漂亮话。闹闹小情绪，耍耍小脾气，点缀一下，幽默一下，风趣一下，也可善意和顽皮地吹吹牛，当风轻轻飘过。但是，台风，却这样执着地站在了广大劳苦大众的对立面，肆意骚扰人民。

台风，一旦"川剧"变脸，顿时失去理智，变得十分狂野和粗鲁，毫无绅士风度，有失国际水准，罔顾文明礼貌。

人生如戏，全凭演技。风痴，你本可以虚伪一把，打扮自己，隐藏自己，粉饰自己。你大可不必露出这般狰狞可怕的面目，瞬间变成了一股疾风、暴风、飓风，道德品质彻底沦陷了。

身在此地独发声，不是风痴是疯子。冒冒失失，呆头呆脑，肆无忌惮地惹是生非，对房屋无端进行欺凌指责，对村木无端进行蹂躏践踏，对人类无端发动人身攻击。花草美丽为谁开，一时一刻变模样。风雨凄凄，一阵阵苍凉的呼啸声、咆哮声、撕裂声，似乎在声声地嘲弄和狂笑人类的无能、无力、无奈。你尽可能这般展示出色演技，面红耳赤，喜怒哀乐，让人不寒而栗，心有余悸，整夜无眠。

啊，我还不断地掩盖暴力行为，利用一切机会和手段为自己辩解并标榜自己：并非高调做事，并非有意冒犯。

最后，你还不忘潇洒一把，时不时地掏出"手机"，留下了一张张炫耀的"自拍"。

曾经，无数次幻想，你的"海归"。台风也可以温柔地转化为全心全意为人民服务的一股正能量、闪光点，像学长、智者、圣贤一样，豪情壮志，教导人们，为人们传道授业解惑，吟诗作赋，望闻问切，吹拉弹唱，摇曳起舞，诗情画意依然美丽。不想，你毫不在意，你到此地，不只是游山玩水，走马看花，学习调研，虔诚取经。小桥流水，与你无关；花香鸟语，与你无关。你不仅带着恫吓、威胁，耀武扬威，花样百出，而且肆意破坏，颠覆秩序，扰乱社会治安，似乎为征服全人类而来。你大可不必如此大动干戈，就不能低调做人，低调做事，谦卑谦卑再谦卑吗？

风痴，你还时不时这般高冷，这般耍酷，这般任性。风里来，雨里去，你的脸色给谁看，竟然丝毫不顾江山如此多娇。夏花如此绚丽多姿，秋月如此柔情似水，生活如此美好幸福，都被你莫名其妙地一一惊扰。你知不知道，你这是严重地侵犯了人权、民主、自由。难道，你就一点也不在意你的"光辉形象"吗？

台风，别怪我们不尊重你，你竟愚蠢到如此无可救药，何所抱怨，何所牢骚。确切地说，你被不幸地列入了不受欢迎的黑名单里：谢绝登门拜访，谢绝参观报道。

今后，还望拜托一下，台风，不要不请自来，没完没了，一次又一次地恣意妄为，前来骚扰原本安居乐业的广大劳苦大众了。

七夕·相思

明月落眉上，相思生脸红。
七夕架鹊桥，织女会牛郎。

清　明

清明人间连绵雨，不见神仙不见君。
天若有情天有情，不念今人思故人。

江南春色

春来雨潺潺，烟水犹如雪。
天下一家春，情义似花枝。

雨中即景

春来烟雨水缠绵，似珠似雪又似玉。
方知江南春颜色，人间天堂无绝景。

崔连英作品*

相思凝眉

人生浮浮沉沉、快快慢慢、零零散散地交错着，总有遇见，总有并肩。

遇见对的人，就像是遇见传奇。茫茫人海，眉目如画，风情旖旎，恰能牵上彼此的手，成就山海契阔的佳话，就如同撩起晨曦的迷蒙，尘缘的舞絮。

遇见是一种幸福与感恩，相知是一曲高山与流水，相恋是一种深情与缘分。心湖涟漪悄然而至，清澈见底，远观近看，都想要纤尘无染渍，都想要成全内心长长久久的那份奢祈……

一念起时，万般嗟叹，苦绪如樱瓣悄然飘落，情海蕴浪千朵，诗句也无华简约，任凭泪眼恁多婆娑……

一场相遇，一折相思，情愿作茧自缚，搅得心绪纷纷乱乱，不苦不休，不甜不休，不畅不休。

一场蚀骨的尘烟美得可以勾勒如许：

缕缕相思凝集成了阳光明媚，

漠漠心田缠绕进了涓滴雨意，

黯黯日子萌化成了丝丝温润，

行路上所遇皆是不知所措的奇迹！

有时候，

舍与守都一样地没了底气。

也会问世间情为何物？千山暮雪，几番寒暑，是谁种下了爱的蛊，是谁历尽了千辛和万苦，是谁听过说过的信誓历历在目，千秋万古，相思一样是闲愁！

是谁诗字如昨如回音在河谷：

烟尘漠漠，与君遇。

岁辙年河，与君语。

---

* 作者简介：崔连英，一直喜欢诗词、散文，也一直喜欢将自己的感受诉诸笔端。愿能认识同样热爱美好文字的朋友老师，找到另一番文字美！

比肩天涯，与君共。

若素铅华，与君笑。

落日裹霞，与君老。

错过了花开，花落时分也想要精彩绝伦！

爱一个人爱到了明明白白，爱一个人爱到自虐在尘埃，爱一个人爱到耐心地等待下一季梨白花开，爱一个人爱到原谅道德世俗的本来，爱一个人爱到自己编织出如云的未来……

虽然自己对那个未来也不够青睐，

但还是心甘情愿为这爱，背负一生一世的情债。

叨　扰

余生长长，还有很多未知的缥缈，还有很多的缘聚缘起缘深缘浅的美好。

有份温暖在怀抱，就不会是一个人的天荒地老，就不会再是一个人的孤灯冷月清照，就不会再是一个人黄昏里细细长长的单调。

余生路漫漫，岁岁可见，春日的槐角，杨柳依依袅袅，海棠妩媚妖俏。江南烟雨蒙蒙的清早，侧畔女儿娇滴滴的燕语微笑……

廊桥迂回的繁闹像极了来路的沉沉浮浮、弯弯绕绕！

生活给的，照单全收了。

管它给了多少纷扰，多少撕扯的勾勾描描，多少芳华渐逝的不依不饶！

华发早来，皱纹也操劳。

岁月给的刻刀，是刀刀刻在心尖上的颤颤搅搅，是谁也替代不了的彻骨萧条，是一条全首全尾生命的颠覆换道。所有的一切，都只能当作生命轮回里的在劫难逃！

又是一年春来到，又是一年花含苞，

又是一年对岁月的叨扰，

又是一年看似风平浪静的外套，

又是一年桃红梨白的风在轻摇，

又是一年燕儿忙衔春泥的停靠，

又是拔锚起航的清早，海岸线静得还好，祈祷无风又无浪，一切都平平安安，淡淡的，活着过着……

这样，就刚刚好。

雪掩尘埃

这一场雪，不大也不小，公园里少了往日的喧嚣，更多了几分沉静和空灵。

那一池荷塘倒是平添几分沧桑，静默得如同参禅入境。残荷枯叶餐风饮露，一身布衣轻裳，自成和寡，一曲待赏。

池边柳树随风摇曳，雪簌簌而落，似雾似云弥漫。飞鸟几声掠过，屋檐几束冰挂，阶前白雪上几片枫叶散落，隐约透着童话般的轮廓。旁边树上零星挂着小小果，红得妖艳无比，时常引得鸟儿来此觅食。

这一切，却没有惊扰到荷塘的一池安宁，兀自拥着独静唯美世外一城，任风再娇纵再犀利再柔情！

羡慕她世界里的空白和内涵，许是历经世间的繁华和落寞，一切归于平淡归于沉寂归于自然归于禅意。她越过色彩斑斓的季节，静静地，一身素裹，在夏秋的渡口，等下一个花发春暖！

如果说世间万物皆有荣衰，那就有必要成就一场配有独白的雪舞。

游走在百态街口，看罢舞台兴与谢，就当是赏了四季的柳绵莲雾，一层层金黄栾树。倘若意犹未尽，那就来这里独赏一场落雪掩尘埃吧！

又见新燕

雪落无痕
梅谢无音
风来雁过
绿柳林荫深
点朱唇，罗云锦
紫藤道，两袖香尘
烟雨几重入琼杯
默染双鬓

合欢花瓣
残红露靥
菩提树下
桃引蝶飞乱
杏花雨，今又见
梨花簪，别满南山
折扇弹尘掩卷
恐惊新燕

遇见今生

遇见
是一场前世同心结的纠缠
遇见山那边寺庙里菩提参禅
遇见尘世席卷而来的落寞伤感
遇见烈日残阳夏花秋果的几度轮番

遇见爱情
遇见幸福
遇见陌上花开红遍
遇见江南雨巷的油纸伞
遇见凄婉清丽的爱琴海蓝波斯湾的炫
遇见莲开心间的一缕缕轻烟
遇见飘落尘间聚聚散散的仙

遇见朝霞送露珠红裳千般缘
遇见夕阳送晚霞潋滟繁星冉
遇见挚念此生对酒当歌的缱绻
遇见身披秋烟漫嗅梅香折桂酿酒的广寒
遇见青丝挽起云愁千万遍

遇见大千世界的流年
柳遇上春，燕遇上柳
暗香醇厚，低飞着啁啾
云遇上月，蝶遇上花
诉说了银河，注定了婆娑
池塘遇上荷
成就了传说

葛旺作品*

一名普通铁路工人的表白

我是行车工种岗位上一名普通的铁路工人。在制度面前，只有不折不扣地执行和实实在在地落实。面对列车，面对信号，面对不断重复的规定用语，有时厌烦，有时孤独，有时无奈……然而安全最重要，我必须咬紧牙关保持清醒，必须全神贯注地把所有精力投入工作当中……哪怕一点点的失误，也许就会酿成事故。

小时候，师长们的教诲始终让我铭记于心——"干工作忠于职守，爱家庭勇于担当"。几十年了，我的青春已逝，随之而逝的还有许许多多的机遇，能够让我唯一坚持的就是对工作的真诚与执着。真诚而执着地干好自己的本职工作，真诚而执着地热爱自己的家庭，以淡然之心面对纷杂的世俗之争，拒绝一切妒忌之美而独享恬然之乐，这就是我。我没有升职，没有三产，只靠这单一的工资维系着家庭的温饱，虽然在同学、朋友面前矮了许多，但这并不代表我没有理想，没有追求，我知道自己适合什么，不适合什么，喜爱什么，珍惜什么。并不是所有的士兵都能成为将军，也不是所有的百姓都能够成为富翁……在平凡的工作中做最优秀的自己，同样是一种自我价值的体现。

难道不是吗？在全路和我一样的职工有几十万，甚至几百万，他们每天坚守在自己的岗位上，寒来暑往，日复一日，他们的价值没有体现在他们的钱袋子里，也没有体现在他们风光的表情上，而是体现在了列车的安全运行和旅客的欢声笑语之中……

风流倜傥，高雅超然，官运亨通，风光无限，诚然是众人所为之追逐的，而我注定在平庸之中安度此生。岁月不会停留，列车不会间歇，做一粒铺路的石子有什么不好，那飞驰的旋律也一样唱响着我内心的欢乐。

---

* 作者简介：葛旺，河北省承德市滦平县人，出生于 1965 年 6 月 24 日。从小热爱写作，曾参军三年，退役后就职于北京铁路局承德车务段，现在是一名车站值班员，在平坊站工作。

进入 21 世纪以来，奉献一词似乎已不再时髦。在一些人看来，现实与利益才最重要，而我仍然固执地认为，新时期依然需要奉献，需要奉献精神。我们铁路工人素有铁的纪律，铁的干劲，铁的意志，铁的精神，这种精神是一盏不会随风而熄的明灯，是我们铁路人永恒的追求和内心之中永不枯竭的力量源泉，是光照着我们的永远的太阳。

让我们把各自的忧伤与不幸化作岗位上的动力之源，不图蝇头小利、一己之私，能够博得光彩的一生自然是好，做一个"平凡之人"也有别样的风采……

只要无愧于自己，无愧于时代，足矣。

但愿惜取亲情在，莫负当下好时光

滦平很美，道路宽阔，高楼林立，绿树浓荫点缀在各建筑之间，错落有致，相得益彰。一条牤牛河穿城而过，有数道橡胶坝拦截了大量河水，形成了多个首尾相连的人工湖，放眼望去，烟波浩渺，波光粼粼，像极了南方水城。到了夜晚，林荫内，楼宇外，桥沿下，河岸边，各种彩灯交相辉映，霓虹璀璨，异彩纷呈，仿如人间仙境一般。

置身于如此美丽的小城，我的内心真的有无限感慨。还记得我是 2002 年从乡下搬到县城里来的，十八个年头过去了，我亲眼看见了滦平的飞速发展。诚然，这得益于党的改革开放发展政策，得益于滦平县委县政府的正确领导，得益于滦平人民的创造创新和辛勤劳动……

感叹的是，我的父母已经无法感知滦平的发展变化了。在我少年时期，家里贫穷困难，母亲生了重病得不到有效的医治，使得她早早离开了人世。那个时候，我的老父亲，为了能够让我吃上两个馒头，喝一碗粉条菠菜汤，用单轮车推着我走了二十多公里，来到滦平的大众食堂满足了我这一愿望，现在一想起来，总会潸然泪目。

风儿悠悠，时光漫漫。如今我也成了父母，想想和他们在老屋的院子里嬉戏打闹的场景，仿佛还在昨天，而实际上和他们早已阴阳两相隔了……真的是光阴逐人老，少年不再来。

成长告诉我们，只有珍惜当下，才不怕时光之水匆匆流逝。因为当下才是此生不可复制的黄金时刻，当下才是我们有生之年最为年轻的一瞬，当下是昨日的期盼，是明日的回忆，是我们最最不可辜负的美好时光。一个人，不管你有多忙，请在当下抽出点时间，多陪陪老人，多陪陪孩子，多聊聊天，多领略一下眼前的美丽风景……

人在旅途，没有哪一个季节不可逾越，没有哪一种困难不可克服，只有逝去的亲人让我们终生怀念——但愿惜取亲情在，莫负当下好时光。

军人本色写意战友情怀

——写在"八一"战友联谊会

容颜易老，青春易逝。转眼间我们都已经五十出头了。回忆起流年似火激情澎湃的年代，我和我的战友都把壮美的青春献给了火热的军营，虽然只有短短的三年时间，但我们接受了世界上最深刻的爱国主义教育。人生的意义，青春的价值成了当时我们讨论得最多的话题。牺牲与奉献，在我们的骨子里义无反顾地成长了起来。还记得当时最喜欢的一首诗就是王昌龄的《出塞》："秦时明月汉时关，万里长征人未还，但使龙城飞将在，不教胡马度阴山。"

现如今，三十几年过去了，我们依然怀念那个火热的年代，那个永远都不会忘记的流金岁月。因此，每年"八一"便成了我们战友聚会的日子。我们虽然脱下了军装，但是我们的军魂还在，我们的爱国主义信念还在，我们的军人情怀还在……

今年的"八一"是在酷热的煎熬中到来的，我们选择了"金茂大酒店"，这里冷气足，环境优雅，一共来了四桌人，分属于不同的连队，有的熟悉，有的认识，还有的不认识，是"八一"这个专属于军人的节日将我们紧紧地联系在了一起。这一天我穿了皮鞋、西裤，精心挑选了一件靛色的半袖衫。我知道，我的容颜已不再年轻，但是我的心依然与年轻紧紧相连。这一天我们同时收到了滦平县委县政府发给的一封慰问信和一百元现金。我真的有点"小"激动，真的感谢党和政府没有忘记我们，对于我们曾经的付出给予了充分的肯定与褒奖。

在酒店演播大厅的大屏幕上，我们的组织者打出了"北京军区二工区滦平八四年战友庆'八一'联谊会"的字幕（原来的七大军区已改为五大战区）。

我们共同合影做了留念，还有几人单独合了影。之后酒席开始，组织者做了简短的讲话，大家鼓掌致谢。都是久别重逢，欢颜聚会，你我嘘寒问暖，话题自然离不开军营里的生活，同时彼此关心关爱着对方的成长历程，家庭情况等。

时光总是绵绵不息，尽管我们有太多的留恋与不舍，但分开是不争的事实。一杯酒端起是懂得，一杯酒饮下是领悟，人生不过短短几十年，战友的相处也不过只有几年的时间，但是它与朋友、室友、歌友不同，它是经历了军营大舞台的洗礼，它是忠诚的象征，它是灵魂的象征，它是生死的象征。我们当中的大多数人没有参加过战斗，只有少数人参加过老山轮战，在他们的意念里，只有祖国最可爱，只有战友最可靠。

我们彼此留了电话，做了通讯录，下午各自回到了自己的岗位。我是一个从不张扬、个性低调清浅、缄默淡雅之人。我知道，军人除了英武豪迈之外，还有"诗和远方"的浪漫柔情。愿我们彼此安好，将心底的夙愿在平静的生活中写满流年，让这朵美丽的花嫣然绽放，芬芳你我，温暖家庭，溢彩社会。

谈震作品 *

丰碑下的足迹

华灯初上，绚丽的霓虹灯凸显着东方明珠的辉煌，外滩的洋房、黄浦江上耀眼的光芒让人在这座城市中流连忘返，无论是极目远眺或是徜徉其间，都能感受到一种刚健、雄浑、雍容华贵的气势。

脚步停留在人民英雄纪念塔下，抬头仰望，三根拔地而起的擎天巨柱，宛若无言的丰碑，追念着为上海解放而英勇献身的革命先驱。三根巨柱象征着永垂不朽，这是根据上海市人民政府为书写碑文而定的。粗壮的塔身巍峨雄伟，每当人们置身塔下，仰望塔顶，一根根挺拔的线条垂直向上，将人们的思绪引向天空，引向无限，使人产生崇高的敬意。

思绪远去，1993年后，我们邮社成立伊始，就接到黄浦区政府的一项重要交办项目。当时黄浦区建设局局长陈希安转达了区政府的指示，让我们承担外滩人民英雄纪念塔落成纪念章的设计制作工作。

我们邮社全称为"上海市黄浦区八方邮社"，经营邮票、纪念章、金银币等项目，当时属于黄浦区运输公司的工会资产，注册资金只有3万。从业人员全部是兼职，法人代表是工会主席，财务和出纳都是工会同志兼任的，设计由工会的宣传干部负责，我就兼任了业务经理的角色。店面就在九江路河南路口，大约十个平方米，两个营业员也是下岗人员，麻雀虽小倒也五脏俱全。

当时，黄浦区应该是全国数得上的袖珍区，才4.5平方千米，人口26万左右，但因地处外滩，兼有"中华第一街"南京路和人民广场的市政府而举足轻重。

1950年，为庆祝上海解放一周年，上海市人民政府为了追念为上海人民革命斗争而献出宝贵生命的人民英雄们，决定兴建上海市人民英雄纪念塔，并在黄浦公园举行了奠基典礼。1987年，上海市人民政府根据市第八届人民代表大会第六次会议提案决定在原址（黄浦公园），着手筹建上海市人民英雄纪念塔。

---

* 作者简介：谈震，八方邮社总经理。

1987 年 11 月 17 日，市政府召开上海市人民英雄纪念塔建造动员大会，当时企业和个人热情高涨。从 1987 年开始，社会各界，三千多个机关团体、企事业单位和个人，捐赠建造资金达一千一百多万元。

区政府要求对捐赠者赠送人民英雄纪念碑落成纪念章，这对于我们刚成立不久的八方邮社是一个不小的挑战。

首先是初稿的设计，怎样体现主题？

我们邮社几易其稿后，定稿一套 2 枚。2 枚正面均以高耸入云的三根擎天巨柱为主体，背景搭配是黄浦江的海鸥展翅翱翔，1 枚底部以硕大的白玉兰（上海市花）及祥云映衬，1 枚底部以黄浦江的翻转巨浪映衬，既体现了纪念鸦片战争、五四运动、解放战争历史的庄严肃穆，又兼有浦江潮、白玉兰等上海本地的特色元素。反面采用黄浦公园《浦江潮》的青铜人像雕塑，人物扬帆起航，迎着扑面而来的巨浪，奋勇搏击，形象动感强烈，表现了黄浦江工人的大无畏精神，也喻义上海是工人运动的发祥地。

纪念章一套 2 枚，铜制 24K 镀金，圆形直径 3.3 厘米，红色底盘映衬。整个设计高端大气，完美的设计博得了区政府的好评，据说还送到了市政府。

其次就是找知名设计师和制造单位。

我作为负责业务的经理，首先想到的是上海造币厂，当时正值毛主席 100 周年诞辰，上海造币厂加班加点制造各类纪念章和纪念币，根本没有档期和设计者。再者即使有，我们也无法承担高昂的费用，时间紧、任务重、经费少，怎么办？

天无绝人之路，当时我们党办有一位姓郭的女秘书，她知道我喜欢看书看报，每当书刊报纸要分到各科室前，总偷偷地让我先大致浏览一下，我在一张报纸的不显眼角落里，看见上海南汇一家社办工厂制作纪念章的文章，但既没地址也没电话，几经辗转联系上报社，才知道了大概的方位。

当时去南汇也是一件复杂的事，先乘摆渡到浦东，再坐长途汽车，一路辗转颠簸几个小时。下车后走小路来到社办工厂，刚好碰到了他们的厂长和厂里聘请的上海造币厂著名设计师白文均老师，当时盛行星期天工程师，也就是利用业余时间帮助乡镇企业工程技术人员。沟通中得知白文均老师和我一样也是回民，也正是这一点，他以极低价格承担了设计工作并说服社办厂厂长插队排进其生产计划。

重点说明一下，设计工作其实相当不简单。一套模具也只能生产几千套的成品，要完成几万套的产品必须要备几套模具才能完成，经过各方面的共同努力，在短短的一两个月内，终于在上海英雄纪念塔落成揭幕时，我们的纪念章交付完成。

纪念章发行成功，接下来是赠送发放工作。纪念塔的宣传和捐款工作始于1987年，涉及三千多家单位和更多的个人，单位问题不大，个人由于流动性大，我们花费了大量的时间和精力，终于完成了发放工作。

余下不多的纪念章，和上海一大会址联系，得到了当时邱作健副馆长的支持，放在一大会址的商品柜台处销售，深受党员同志们的欢迎，很快销售一空。

触景生情，看着眼前高高矗立的人民英雄纪念塔，灯光璀璨的外滩，回忆起当时的情景，历历在目，心情十分激动。我见证了黄浦区的发展，上海市的发展，中国的发展，日新月异，国富民安！同时也引以为自豪的是，我们八方邮社成立于1993年，至今已有28个年头，仍朝气蓬勃！

飞鸟有影，岁月留痕

时间都去哪儿了？君不见高堂明镜悲白发，朝如青丝暮如雪；君不见黄河之水天上来，奔流到海不复还，时间都去哪儿了？

当年指点江山的男生，当年稚气美丽的女生，当年风华正茂的老师，你们好吗？似乎我们只顾在人生的道路上奔跑，无暇旁顾周围的风景，只有在接近终点的时候，我们才会环顾四周，只有我们步入黄昏才懂得黎明，往往只有逝去，才会珍惜。

流逝的青春岁月像一条沉默已久的小溪，耐心地等待我们内心的发现；流逝的年轮芳华像尘封已久的宝藏，等待我们去挖掘。今天我们九江中学1974届全体学生群策群力，终于找回了打开溪流的闸门，终于找到了开启宝藏的钥匙。瞬间让时间穿越，将我们重新置身于那令人心驰神往、梦游千回的中学时代。

那是历史的幸会，命运将你、我、他，在同一时间，同一地点相聚，变成了我们，变成了1974届九江中学师生。我们有幸在九江中学相约，我们有幸和恩师良友结缘，几度春秋。我们学文、学武、学工、学农，共同演绎了此生最青春、最华彩的一章，这正是我们阔别四十多年又重新相聚最充分的理由！人生一世，难道还有比这纯洁天真惦念难忘的友情更珍贵的吗？

四十多年，沧海桑田、物换星移；四十多年，你我各奔东西、辛勤耕耘；四十多年，阴晴圆缺、人情冷暖；四十多年，历史一次又一次把我们的理想碾碎，我们又一次一次努力地重拾理想。然而无论何时何地，童年、母校、青春那些深深镶嵌在灵魂之中的人生多彩记忆，终究和我们的生命共存、融为一体。

今天，在奋斗的道路上，不管你是人生得意风景独秀，还是你走过大半路程依旧行囊空空，我们都拥有同样的青春年华，我们都拥有共同的名字——上海九江中学 1974 届的同学，这在许多人眼中无足轻重的称谓，在我们的眼中却无比珍贵。在昨天的往事中，重要的不在于得到或者失去什么，而在于经历过，因为我们痛苦过，笑才灿烂；因为我们挚爱过，回忆才斑斓，彩虹总在风雨后。

年轻的岁月，简单而美好，年轻的岁月虽化为烟云，但刻骨铭心，十六岁花季的梦，有着我们时代特有的乐趣和故事。回忆过去，惦念别人，同时也被别人惦念，这是一种幸福，在今后的日子里，我们互相把彼此的嘱托放在心上，珍惜每一个不经意的邂逅，因为历史就是如此写成的：别人在你的世界里，同时你也在别人的世界里。

我们不再拥有很多的明天，但我们至少内心深处保留着这份美丽与纯真。

同学们，真情无价，生命无悔，青春万岁！

清　明

窗外的雨和眼中的泪，
这一天总是不期而遇，
缠绕在一起淅淅沥沥，
淅淅沥沥地流淌下来，
即便忍住眼中的泪水，
但窗外的雨依然下着，
恰如我们眼中的泪水。

堤上柳丝和心的思念，
这一天总是不期而遇，

缠绕在一起蔓蔓延延，
蔓蔓延延地伸展开来，
即便忍住心中的思念，
堤上的柳丝依然飞曳，
恰如我们心中的思念。

忍得住忍不住还是流泪，
忍得住忍不住还是思念；
其实不必忍，这是流泪的日子，
其实不必忍，这是思念的清明。

远风作品 [*]

北京周边的山

北京地处华北平原的北部边缘，因此不想从北京往南走，可以一路高歌。离北京不远的北边（包活东北边、西北边）和正西边，便是燕山山脉和太行山脉，也许正是因为有这两大龙脉护体，加上东临大海，才使这块地方成了建都的风水宝地。

燕山山脉和太行山脉在北京的交界处据说是居庸关，也就是所谓的"左手一指是太行，右手一指是燕山"，但不严格，显然敌中有我，那周围的一群山已经既不是燕山，又何谈太行。

燕山山脉和太行山脉风格不太一样，总的说来，前者更为蜿蜒，起伏不大，而后者则更为陡峭，多奇峰异岭。

北边，包括西北边和东北边的山，也就是燕山山脉，适合修长城，也是，西边太行的崇山峻岭，敌人爬都爬不过来，何必多此一举。

北京城西北边的香山，山不高，因满山遍野的红枫而闻名，每到深秋季节，霜打后的红叶，赛过二月的红花，惹得来山上看红叶的游人，密密麻麻，比红叶还多；游人的秋装，花花绿绿，比红叶还艳。

北边和东边的松山、盘山、雾灵山，与南方的山差不多，森林茂密，草木丛生，早晚风景优美，春夏气候宜人，怪不得乾隆皇帝生出"早知有盘山，何必下江南"的感叹。除此之外，西北边延庆一带山高水长，也值得一游，难怪有人在那里搞了一个百里山水画廊，比张家界的十里画廊长了十倍，据说在山的峭壁上还发现了恐龙的脚板印，谁知道呢。听专家说，好像是几千万年前，生活在那片湿地上的恐龙发现地壳慢慢隆起，于是奔跑逃离，留下了慌张的脚印，后来，在隆起的过程中，那片柔软的泥土变成了坚硬的岩石，也就有了现在峭壁上的痕迹。

西边的山就大不一样了，很多山上没有太多的树林，薄薄的一层植被盖在

＊ 作者简介：远风，男，重庆人，已退休，现住北京。喜欢码字。

身上，就像新娘的盖头，只需一层轻纱即可，典型的北方风味。

从一渡到十渡一路走过去，你将看见一座座耸立的山峰就像一个个威武的士兵站在那儿，高低不等，参差不齐，列队千里。站在七渡孤山绝壁脚下的拒马河河滩上，一股"山川载不动太多的忧伤，岁月经不起太长的等待"的感叹会禁不住油然而生。

灵山是北京周边的最高山，海拔有两千多米，可奇怪的是爬到山顶，即使是酷暑六月，上面都是寒风凛冽，当然，山顶上的那一片草原，完全可以和甘南草原比美，厚厚的草毯，和蓝天白云一配，端的是风光无限，不过不知道冬天这些草还在不，应该是"一岁一枯荣"吧。

其实，北京周边最美的山应该是百花山、野三坡、白草甸一带，山上山下，到处都有不知名的野花在不厌其烦地开着，从春天一直开到秋天。离白草甸不远处有一段名叫红井的路，其百转千回可以比肩贵州的 24 道拐，这里被称为北京的最美山路。

在这一片山区游玩，特别是秋天，气候干燥，云雾时聚时散，又没有茂密的树林遮挡，因此视野特别开阔，不像行走在南方的山里，总被云雾和树叶遮挡，睁不开眼睛。登顶后环顾四周，好一个天高地阔，心旷神怡。其中，特别值得一叙的是，站在白草甸的脚趾丫山顶，往百花山那边看过去，百花山藏在云雾缭绕的仙气之中，在蓝色阳光的照射下，若隐若现，让人神不守舍，浮想联翩。

真可谓：不用远处寻仙境，北京城边有神山。

游走在梦幻般的西部之鸣沙山、月牙泉

不知道是鸣沙山成就了月牙泉，还是月牙泉成就了鸣沙山，鸣沙山和月牙泉这一西部边陲的绝佳梦幻组合，终于闪亮登场，走进了我们的眼里，最终，也留在了我们的心里。

"登高观日出"这门旅游盛典中的必修课，成了我们游经敦煌的第一声上课铃，因此鸣沙山便成了首选。

早上五点多（晚近一个时区），急急忙忙起来，赶到公园门口，那儿早已经是人山人海，"莫道君行早，更有早行人"，此时体会最深。估计有人夕阳西下后就待在了那儿盼着日出，当然也就没有比他更早行的"君"了。

刚进大门，一股浓浓的动物园的味道扑面而来，原来是一群骆驼正趴在那儿等待游人们的租赁。除了景区门口的灯光外，四周一片漆黑，什么也看不见，骑上骆驼陆陆续续消失在夜幕中的人群早已不知去向，我们也就只好前赴后继，"砥砺"前行了。

慢慢地，随着东方渐渐泛白，视线开始逐渐清晰起来。到半山腰后，前后一看，络绎不绝的驼队正行走在茫茫的沙漠上，像一串串流动的褐色珠子在沙滩上滚动，而穿在人们脚下防沙用的、橘红色的筒靴正好为这堆珠子增添了靓丽的色彩，应该说，"那道优美的风景线"用在这儿才是最贴切和最恰当的。其实，抛开游玩的心境，把驼队想象成远古时代的商队，行走在漫无边际的大漠古道上，那应该是一种苍凉、漠然、孤独和忧伤的感觉。

登上鸣沙山，太阳还没出来，东方的地平线照例被一片云层挡住，显然要真正看到旭日时，应该至少是日上三竿了。不过游人们并没有因此而痛哭流涕，一是都在预料之中（十有九次如此），二是大家早已被眼前的景色迷住。登高一望，跟我们脚下一样的、由细沙堆积起来的、比一般丘陵稍高的小山，在这片荒漠的戈壁滩上，延绵起伏数十里，迎风一面的山坡，像少女的面庞一样，光滑而又细腻，没有任何坑洼和斑点，而山坡与山脊交汇的地方，轮廓则非常的坚挺，简直与刀锋没什么两样，这实在让人称奇，一粒一粒的小沙子聚在一起，居然能堆积成这个样子，其难度系数绝对直击9.8，堪比聚沙成塔。

山与山之间的山坳下，由于风的回旋，形成了各种形状的小沙丘，有的像漩涡，有的又像海螺，并且在随风缓慢地变动着，当真是一幅流动的沙画，只是画面变动得比时间还慢。而也正是由于这些各种各样沙丘的存在，当风经过时，山，便发出了低沉的蜂鸣声，鸣沙山应该是因此而得名。

终于，太阳从云层中蹦了出来，已经没法直视，不过，阳光照射下的流线形沙山，犹如涂上淡黄色的粉底，比先前更养眼了。

从山上下来，游人们便"连爬礼拜"地直奔月牙泉而去。哇，真想不到，在大漠深处，竟有如此精湛的山水园林风景！

一汪月牙形的湖水在三面沙山的环抱下，泛着微波，荡起涟漪，好像在向人们诉说着沙漠深处那亘古不变的故事。整个湖水，由浅而深，清澈见底，风平浪静时，湖面如镜子一般照耀着那蓝色的天空以及从天上日复一日划过的骄阳，其实，想想晚上，深邃而寒冷的星空留在湖面上的倒影可能更有味道。

湖周边郁郁葱葱的芦苇、树林以及被树林包裹着的庭院楼阁，简直就是一个微型大观园的翻版，既有颐和园林的大气，又有苏杭园林的清秀，因此显得更加的雍容、华贵和空灵。

　　显然，这群天边飘来的建筑、茂密的绿荫配上那一汪蓝色的湖水，不管从风格上，还是从色彩上，与周围细柔、平滑和金黄色的沙山形成了强烈的反差，而正是这种反差使整个景色呈现出一种难以置信的、梦幻般的画面，真的是鬼斧神工，如果不是亲临其境，完全有理由相信，这个画面是虚拟和臆造的。

　　显然，在茫茫戈壁上，一潭清水滋养一块绿洲，千年不竭，万世不覆，本身就是一个奇迹。

滕王阁

　　南昌一隅，有一群亭台楼阁，长江边上，好一幅瑰丽奇观。

　　雕梁画栋，层层叠叠，廊桥九转，绿水成川。

　　主阁霸气外漏，内藏天下雄文，惹得芸芸众生，南来北往，东去西还。

　　依槛眺望，思绪万千，真可谓，挡不住江风扑面而来，留不下人生快意而姗。

　　颂一句"落雷与孤鹜齐飞"，容得下，唐宋古韵；

　　朗一声"秋水共长天一色"，镇得住，万里江山。

　　罢罢罢，

　　诗文三千，抵不过阁中一序；

　　赋词八百，只剩得骈文一篇。

陈从志作品 *

情生万物，爱满人间

序言：阳光明媚、万物复苏的春光里，看到侄子带着孩子，推着轮椅上的老母亲，在田野里漫步，睹景思情，有感而发，作以文。

天越来越蓝了，风越来越柔了，呢喃细语的小燕子也陆陆续续地回家了。

广袤无垠的大地像刚睡醒般似的，缓缓地恢复了活力，处处透露着朝气、显露着生机。茸茸的草儿，水灵灵的，长得越来越旺；娇嫩的花儿，香喷喷的，开得越来越艳。放眼望去，田野里的麦苗绿油油的，春风吹过，仿佛大海波涛似的，起伏连绵、汹涌澎湃、一路向前……

春天来了，生命的又一个轮回开始了。远处，乡间的小路上，一位年轻的父亲带着孩子，推着轮椅上的老人，随性地漫步在田野间，他们欣赏着美妙的春光，享受着无限的春色，沉醉在风光旖旎的世界里。

乡下的春光是醉人的，尤其是故乡，美不美，家乡水；亲不亲，故乡人。故乡的一山、一水，一草、一木，可记得有多少次出现在你的梦中，让你泪洒枕巾、魂牵梦绕？隔壁的二婶，对门的二蛋，他们的音容笑貌，有多少次让你常常想起、时时难忘？还有村前的那条小河，就是你儿时的天堂，它像母亲般的慈爱，任你在它的怀抱里，嬉戏、玩耍、成长。还记得你们一块玩游戏，跌得头破血流、哭得泪流满面的阿宝吗？还有那个夏天的晒场上，夜晚给孩子们讲《哪吒闹海》的老爹吗？这些，是不是让你还常常想起、深深思念？当你低首怀念往事的时候，会不会悄悄地流泪、默默地哭泣？"慈母手中线，游子身上衣"，为你操碎了心的父母，会不会让你常常感到大恩难报、心生愧疚呢？故

---

* 作者简介：陈从志，男，1956 年生，安徽淮南人，某国有企业工作。幼贪玩，不知世事艰辛，及长，有所悟，乃发奋。性真，不善矫饰伪作，曲意逢迎。苦闷无聊之际，便舞文弄墨，聊以慰藉！

乡——饱含着亿万人的爱，纠结着无数人的情，这里有伤、有痛、有爱，有泪水，有欢乐，它埋藏着你美好而又苦涩的童年、少年，又孕育过你未来的梦想和希望。那里有你太多的留恋和记忆，令你常常遐想、思念、追忆和神往。

漫看四周，春光灿烂，阳光明媚。荡漾在这美妙的春光里，银丝白发的老人愈发慈祥，蓬勃朝气的后生更显温顺，天真无邪的孩子也越加可爱，他也在一旁推着轮椅，稚嫩的学得有模有样。在这春日的暖晖里，这是多么美好、温馨、和谐的一幅画面哟！此情此景，真是情深美如画，画美似情深！

情生万物，爱满人间。在这春光烂漫、万物复苏的季节，一代又一代的爱，在延续；一辈又一辈的情，在滋生、成长……

忆青涩年华

——初中同学春节聚会有感

时光渐行渐远……

蓦然回首，三十多年，恍惚一瞬间。同学相聚，缅怀漫谈逝去的日子，年少的一切渐渐地浮现。远去的岁月，变得朦胧模糊、更觉悠长遥远。青涩年华，感觉温馨浓浓，留恋一片、一片、一片……任由无端的思绪尽兴地飘荡在往日的岁月长河里，如情似梦，泪水涟涟……

那是花一样的季节，那是梦一般的年代。"郎骑竹马来，绕床弄青梅。同居长干里，两小无嫌猜。"情愫初开，懵懵懂懂、天真无邪。一群天真烂漫的懵懂少年，生活在一个自然、单纯的年代里，过着犹如童话般诗意的日子。

那是一个淳朴的时代，那是一个情真意纯的年代。在贫瘠的土地上，过着简朴的生活，没有猜疑，没有争斗；没有阴谋，没有暗算。你带个瓜果给我，我摘个桃李给你；你送我一支笔，我给你一个本，是那么真诚，是那样地自然。没有伪装，没有假笑，只有真，只有纯，只有发自内心的关爱。一切周而复始，简简单单，日出而作，日落而息。偏僻的乡村里，生活着一帮顽皮、朴实而又善良的孩子。

那是一个拼搏的年代，那是一个梦想起步的时代。"三更灯火五更鸡，正是年少读书时；黑发不知勤学苦，白首方悔读书迟。"在老师的殷殷指导下，读书、读书再读书，学习、学习再学习，同学们静下心来，沉浸在知识的海洋里，刻苦学习，你追我迁，为将来有个更好的生活而拼搏、去奋斗。

那是人生分水岭的时代，那是个雏鸟展翅的年代。离开母校，有的继续上学，有的开始上班，有的起步创业。生活把每个人推到不同的角落，潮起潮落，起起落落，在生活的海洋里，磨炼成长。三十多年岁月的洗礼，有的显得有点胆怯而落魄，有的变得更加成熟又坚强。言谈举止，一颦一笑之中，依稀又看到昔日单纯天真的模样。

花开花落，岁月沧桑；抚今思昔，情深意茫。

时已易，情未变，诉衷肠。相见不相识，欲语泪沾裳。

噫！往事不堪回首，逝者已矣，来者难追；青春已去，容颜亦老。歌曰："君不见高堂明镜悲白发，朝如青丝暮成雪；君不见长江后浪推前浪，人老怎能转少年！"惜哉！那远去的时光；痛哉！那魂牵梦绕的岁月。

神飘魂荡，身心俱忘；信笔所至，不觉泪水行行……

谨以此文追忆青涩的年华——那一去不复返的懵懂岁月。

荣欣作品 *

海 殇

对海的恐惧，源于几十年前的一次噩梦，至今仍清晰记得。

那是一个残秋的黄昏，我站在海边的礁石上正兴致盎然、心旷神怡地畅然眺望着！不一会，海面上突然刮起飓风，刚才还平静如镜的海面上，立时形成一个硕大的漩涡，随后竟离奇般地出现一个巨大的无底黑洞。此时一艘巨轮正航行至此，巨轮的顶部带了一个很大的、不知做何用的方形气囊，其边长大约与船体长度相当，猛然间被海风吹落在海面，紧接着，又被湍急的漩涡卷入那阴森可怕的巨洞里，瞬间不见了踪影。我正恐惧地诧异，耳边又传来"轰隆隆"的疯狂声响！我忙抬头寻声望去，只见在微红的天际边，一长串高高的排浪，犹如千百只怪兽咆哮着，张牙舞爪地正向我所站立的岸边礁石迅速地、恐怖地袭来……猛然我被惊醒了！

直到现在，回想起那噩梦中的情形，仍然心有余悸！

打那以后，我好像色盲了——再看夕阳映照在天际边橘色微红的余晖，不再是暖色调了！是惨白的！是冷酷的！也再不愿意靠近那广袤无边、浩瀚无际、仿佛翻滚着千万只怪兽脊背的大海……

于戊戌仲秋　湖北境内

---

* 作者简介：荣欣，山东淄博市张店区，大专，1961 年生人，男，61 岁，现已退休，做过编辑记者，爱好文学、书画、摄影、音乐、陶艺、手工制作等。在省、市、区等艺术比赛中数十次获奖，文章发表数百篇。

山 殇

　　小时候跟着爸爸去看山、爬山，那是何等高兴的事呀！且不说那光滑的石板，各种叫不上名来的山花、野草……单就那高低起伏、梦幻般的山脊线，就着实让孩提时代的我，产生一种向往而神秘的感觉，甚至还荒唐地认为：那可能就是"天边"吧，这美好的想象一直伴我长大。那时，我还想着将来长大了一定要去"天边"看看，亲手触摸一下那遥远、神秘的地方。

　　斗转星移，时光荏苒。许多年后，我应家住山区的一位故交之邀，为他家画映壁墙上的山水画。忙忙碌碌一整天，晚饭后，天色已是很晚，我骑着崭新的"长征"牌大链盒自行车，乘着微微酒意和习习的晚风，很惬意地穿行在山区蜿蜒的小路上，哼唱着当时的流行小曲……不经意间，一座幽黑的大山映入眼帘，在深蓝灰色的天空映衬下，我分明看到的是一尊巨大怪兽的黑影，我走它也走……胆怯的我诧异起来——这不就是我小时候向往而神秘的"天边"吗？它原本是很美好的呀，怎么就成了这般模样呢？此时，我酒也醒了，顾不上再哼唱什么小曲和享受那夏夜里的习习凉风，赶忙低头往家飞奔。从此，有些山，我不敢再直视。

　　尤其是：那冷卧在半夜空中的黢黑的山。

于戊戌秋月　桂林

云 殇

　　孩提时代夏夜，拿着凉席跟着大人们去村头空地乘凉，大人拉呱，孩子们便躺在凉席上看空中的云：他们一会儿变幻的好似大海的排浪，一排接着一排；一会儿又演绎成万里戈壁的大沙漠；一会儿化为七仙女下凡或万马奔腾；一会儿又展现成了农民辛勤耕耘的万顷麦浪……还有那云间时而露出的眨着眼睛的小星星。

啊！这是一幅多么美丽难忘的童年画卷。

几十年后的一个夜晚，我忽然忆起那幅美丽的童年画卷。于是，拿着凉席饶有兴致地来到阁楼宽大的露天阳台上，希望能再次欣赏到儿时美丽的夜空！我惬意地躺在凉席上，远处吹来凉爽的夜风，好不心怡。此时，我满怀期待地睁开眼睛，哇呀！吓死了——只见当年空中海浪、仙女、万马奔腾，还有那麦浪……怎么变成了一个个恐怖狰狞的怪兽，张牙舞爪的，瞪着凶猛的眼睛，恶狠狠地注视着人间，好像顷刻间就要吞噬掉人间的一切。那眨着眼睛的小星星也失去了明亮的光泽，云间里更像是一个个令人毛骨悚然的巨大的无底黑洞。

我不禁打了个寒战，紧紧地闭上眼睛，不敢再看这个世界。

于戊戌初秋　桂林

周彩霞作品 *

教师节的回忆

这是我第三十次过教师节。作为教师，在这个节日里收到的是至纯至真的敬爱与祝福，是来自孩子们心灵里的温暖，是人间最珍贵的礼物，是用任何金银财宝都无法换取的敬礼，也是没有当过教师的人难以感受到的感动。

三十年是一个教师很美好的年华，自己也从一个青涩的、年轻的老师转变成了一个真心热爱教师职业，能在工作中感受到快乐，能将全部精力投入工作中的老教师，透过经历的风尘，瞭望岁月里的自己，亦算是无悔的吧。

我微微闭上眼睛，站在眼前的竟然是二十二岁的自己，那是度过第一个教师节的情境，那时的自己穿着发白的牛仔裤，黄色的卫衣，白色的旅游鞋，一头短发，多么阳光帅气，潇洒的给初三（四）班的学生讲一堂流利的英语课，随手挥笔在黑板上书曰："条条大路通罗马，望同学们各显神通，向更高的学府进发！"

当我刚宣布下课，突然万缕彩丝向我飘了过来，好大的惊喜哦，全体同学一边鞠躬一边齐声道："祝周老师教师节快乐！"

老师和学生之间的情意是非亲人之间的会延续一生的情意，每到教师节，我也会想起曾教过我的老师，他们中有的人已经不在人间，有的自从我离开校园再也没有见过，可是留存在我记忆中的仍然是他们年轻俊朗的模样，依然站在讲台上出口成章、意气风发、神采奕奕。我心里依然升腾起对他们深深的敬重。

除了记得第一次教师节，还记得我刚调入南街小学时那个冷清的教师节，那天在新的学校我没有听到一句祝你教师节快乐的话语，虽然能理解是因为陌

---

* 作者简介：周彩霞甘肃敦煌人，高级职称英语教师，笔名 漫天白雪，用心灵写作是我选择的生活方式，源于对《红楼梦》的喜爱我写了 61 万字的网络小说《宝黛姻缘续》，40 万字的校园言情小说《爱若烟花翩跹》，青年作家网的签约作家，出版了合集《岁月之歌》《劳动者之歌》，多篇散文发表于《阳关文学》公众号，获全国散文一等奖，书信大赛三等奖，几十篇论文获奖发表。

生，可还是有些莫名的伤感。

那时，我的女儿刚上小学一年级，她要我和她一起去买教师节的礼物，我以为她要送给她的老师，便陪她去了，她买了一幅卷轴，上面写着"教师节快乐！"，当她从售货员手里接过来之后，她双手递给我说："祝妈妈教师节快乐！"我记得，当时我哭了，现在想来，我其实很在意、很重视教师这个职业。

做了三十年的教师，我的女儿一直以妈妈是教师而骄傲，我自己也一直以教师这个职业而自豪，因为一直以来教师们的思绪是忙碌而充实的，每位教师在教导孩子们的路途中，极大限度地引导自己的思想念头始终保持公平、公正、正直、无私，保持自己大爱无疆，保持自己清醒的头脑。

在临夏州支教时的教师节也令我记忆犹新，是与和政县龙泉小学四年级办公室的老师们一起度过的。我喜欢写文字，想记录自己与陌生的人们在一起工作的感触，教师节那天，我将自己从敦煌带到龙泉小学的印着飞天的丝巾，送给了办公室里的十四位老师，她们都是二三十岁年轻又漂亮的知性女子，收到我的礼物，大家都特别兴奋，我收到她们的谢意亦是喜悦的，原本这样就够了，却意外收到了祝周老师教师节快乐的声声祝福。

那天，是个晴空万里的日子，放学后，她们都没有回家，把我拥上出租车，带到了一家和政县的特色餐厅，十四个人围坐着一张大大的餐桌，桌子中央放着一个大大的花篮，在异乡被这些漂亮的年轻老师们热情洋溢地围在正中央照的那张照片，于我是多么珍贵的回忆啊。

我喜欢把生活过得有仪式感，然后用文字记录下当时的心境，闲暇时徜徉在回忆的意境里享受那份被岁月留芳之美。来自心灵里的真情与感动，需要留存，它们像美丽夜空里闪烁的星星，在我的心灵里熠熠生辉。

去年的教师节，也将成为我教师生涯中永久的美好回忆。那是我三十年教师生涯中最后一年当班主任，教师节那天，我让第一组的同学给语文老师制作节日贺卡，第二组同学给数学老师制作节日贺卡，第三组给英语老师制作贺卡，第四组给音乐老师、美术老师制作贺卡，第五组给体育老师制作贺卡。

那年三（二）班的语文老师和音乐老师即将退休，我将同学们的贺卡一一粘贴在黑板上，每个同学精心制作的贺卡非常漂亮，当各科老师来上课的那天，我让手捧鲜花的老师站中间，花朵般的孩子们站周围，用相机留住那些美丽的瞬间，并将照片制作成美篇，和大家一起很享受地度过了教师节。

今年的教师节，我更是心怀感恩地度过，因为我收到了意想不到的大礼，我只是做了一个普通班主任该做的小事，老师们竟然推选我为市级优秀教师，这对我是多么珍贵又闪闪发光的礼物，我身边敬业、多才又优秀的教师有好多好多，我觉得我做得还不够好，却在满三十年教龄之际收到如此令人兴奋的礼物，怎能让人不心怀感恩。

今年我深深体验了难以割舍至哽咽的一次别离，我这样的感触是有原因的。更年期的我，有些心虚，担心自己力不从心，技不如人，怕难再担负班主任的工作，却是孩子们渴求的眼神给了我莫大的鼓励与自信，我竟然发现了二十年前的自己就站在我的心里，那种勇于拼搏，带领孩子们勇敢前进的劲头还在。

感恩教师节里，这些留存在我记忆里的美好，深深地向每一位从事教师职业的同仁们送上一句祝福："教师节快乐！"

那些年，那所学校，那些人

> 2010 年，我怀念的那段韶光，那所学校，那些人都永远定格。谨以此篇，重拾我的回忆，惦念那个给我留下美好回忆的学校，感谢那些陪同我度过美好时光的人。
>
> ——题记

2002 年，我确切地记得，我是那年七月离开那所学校、那些伙伴、那些学生的，我的灵魂也是从那里得到成长以至成熟、自信的。我生命旅程中记忆最深刻的时光在那里度过。穿过时光隧道，那里韶光璀璨，有风华正茂的我，有那些集俊朗、美丽、才华、严谨于一身的同事们。在那个芳华正盛的时空下，我们，回忆里的我们，拥有堪比电影般的美妙时光。

长了一颗浪漫的心，便渴望有一个梦幻的世界来容纳它。那时的我们也是追星的，常常把自己想象成那时最喜欢的节目主持人，电视里的李湘长发飘飘、言辞简敏、美丽睿智，我看着镜中的自己，亦长发披肩，眼似秋水。在给初二（一）班的学生上英语课时，喜欢打扮的我，也学着节目主持人似的，常常淑女裙高跟鞋，流利的英语在空气中震动、流转，穿过依然青葱年少的学子，散落在窗外的柳树枝上，连树上叽喳的小鸟也似台下的观众。

垂柳曼妙摇摆的身影，小鸟叽喳的赞许与唱和，给了我不少自信，个头只有一米六的我，每当意气风发、口吐玉珠、激情演讲、奋笔疾书之后，在学生敬仰的目光里我分花拂柳而去。经过春芽初绽的柳树，听着小鸟的欢呼；仿若观众对主持人给予的掌声赞许一般；然后直腰双手环抱教案，以意犹未尽的成功感、欣喜感、骄傲感交织成的傲人之姿踏进办公室。

此刻，这间砖瓦盖成的小平房，在那个年代被称之为办公室的地方，正因为这些俊男靓女幽默风趣的言辞，使得枯燥零碎的诗词歌赋、典故成语、民俗哲理变得文学化、艺术化和知识化，年轻的男中音、清亮的女高音、温厚的男声、柔和的女声，声声回荡过室内的角角落落，飘出窗外形成悦耳优美的旋律。

那是个人人都热情似火的时代，作为教师的我们更是干劲十足。在这里，每个外表年轻，风趣幽默的躯壳里都驻足着一颗勇于拼搏的心灵。师力强则生力强，带领少年行进在学习的征途上，闯过道道难题关，练就强劲的毅力，拥有超能的思维是我们的责任，我们从无怨言，在艰难中用幽默风趣化解压力，用表面的轻松锻造内心的强大，用外表的美丽彰显智慧的魅力，用更胜于其他的热情筑就我们的职业情操。

年轻的思想、仁善的心灵、扎实的学识、理想的信念、燃烧的热情、纯粹的敬业精神鼓舞着美丽青春的我们。下班后，大家都是骑自行车回家，那时马路上还没有私家车，偶然才会有公家的车辆经过。半小时的路程，我们总是四五个人并排骑车聊天，那是很快乐的事，尤其还有美景相伴。那时只有杨家桥村民房前的那一条路经过中学，勤劳爱美的杨家桥人，家家门前老早就种植着一颗颗、一排排杏树，在每年冬雪消融、春回大地的时节，春风一吹杏花便轰然绽放，这条路便成了香雪海，我们这群住在城里的乡村教师经过时，路边农闲的村民们总是把我们当成风景，带着淳朴善良的微笑向我们投来艳羡的目光，我们便在花海里，怀揣虚伪的虚荣心，轻快地踩着自行车飞驰而过，仿若电视剧的女主角一般。

杏花的花期很短，春风稍稍一用力，花瓣就随风形成杏花雨，纷纷扬扬的在行人的头顶上飘飘荡荡，花瓣飘落处留下阵阵微微的、淡淡的馨香，每当此时，我便放慢动作让自行车慢悠悠地行驶，盼望花的香气穿过衣服、渗入肌肤流过我的五脏六腑，让我变成一个香气袭人的杏花仙子。

杏花落枝，绿杏枝头跃，又见一番喜人的景象，绿杏常常陪伴我们好几个月的时光。女子爱花源自本性，不知不觉中校园里粉色的刺玫花开了，浓郁的花香充盈在校园各处，走出办公室，下了洋灰堆砌的台阶，左手边是一大块花田，满是艳红色、亮黄色的美人蕉，美人蕉花色艳丽但香味浅淡，要想嗅到浓郁的花香，得出了办公室向西行去，经过会议室、初三级的办公室，那里有更大的一块花池，池的四面一人高的刺玫花只可远观远嗅，不可靠近，花枝上站满了尖尖的刺，稍不留神就会被刺到。

刺玫花从春末开艺，弥漫了整个夏天；如同这些记忆一直停驻在我人生的轨迹里。杨家桥依山傍水，杏子甜而早熟，杨家桥中学校园里的杏树上黄黄的杏子是我们上班前的水果宴。骄阳似火的夏天，空调，还没有在这座小城流行起来，中午燥热得难以入睡，而杨家桥中学坐落在朾庄中间树林深处，翠绿的树木，明艳的花朵，光合作用循环往复，带走了盛夏的暑气，留下这片阴凉，清爽秀美的学校深深地及引着我们。同事们都喜在夏日的中午早早集中在校园中心旗杆处的大榆树下　聊新闻、聊生计、聊家长里短，简单却热闹，好一番热闹的大聚会。

"摇、摇、摇"，正值韶华的小伙子双手抓住杏树一发力，树枝上熟透的、黄澄澄的杏子像小沙包似的砸落到大家的头顶、肩上、背上、腿上、脚背上，人们欢呼着，跳着脚，弯腰捡杏，惊异的、开心的笑声被刀刻留在了记忆深处。

那些年的敦煌远不如现在出名，土地是大多数人的依靠，农村的经济作物主要是棉花。中秋节前后，大片大片雪白的棉花一夜之间全部开放，必须在初冬的霜冻之前，将棉花摘取，有些农户家里种了十几亩或几十亩棉花，仅靠自己的双手，难以收回。杨家桥中学的孩子都来自本土本村，从小干着农活长大，帮农户收棉花义不容辞。

2001 年 9 月 4 日，我和另外两位同事带着初一（四）班的孩子们到杨家桥乡月牙泉一队的一个农户家帮忙摘棉花。那天太阳很大，棉花地可能刚浇过水，地面是湿的，热气不断向上翻涌，扑面而来，孩子们人手一个编织袋。学校给每个人规定了斤数，下午 6 点开始过秤，过完秤、点完名、讲完安全注意事项，学生放学，骑自行车回家。可是点名时发现一个小男生不见了，有同学说棉花地边有一口枯井，他听见那里有人喊救命，我们三个老师快速安排其他学生安全离开后，撒开腿跑向那口枯井，手电光搜索过井里的角角落落、喊了几十遍孩子的名字，也没有找到他。邻家一个大婶说，太阳还没落时，她看见一个学生，骑车到小卖铺买了个面包，又骑上车往东去了。那孩子的家在鸣山村，鸣山村正巧就在棉花地的东面，我们三个在亮如白昼的月光下，骑车找到了学生的家，是他爷爷开的门，那时已夜里十一点多了，孩子说他中午没吃饱，太饿了就偷偷跑回家了。见到孩子，我们仨长长舒了口气，仿佛卸下了所有的担子，回去的路上，虽然我们仨晚饭都没吃，但是依然一路欢声笑语，仿佛只要孩子们平安无事，就可以一路向东，向着朝阳、向着希望，永不止步。无论当时是多么的紧张和焦急，在我当日的日记里能看到的只有孩子平安无事找到后的庆幸和欣喜。

　　如同戏文里写的一般，穷人家的孩子早当家，农村长大的孩子都是干活的好手。那个年代冬日里取暖烧的是火炉子，早早赶到教室陪同孩子们上英语早自习的我，一踏进教室，映入眼帘的是孩子们一个个端正地坐在黑烟滚滚的教室里读单词，吓得我手忙脚乱地打开门窗，掀开炉盖将一段大柴根从炉膛抽出来，扔到教室外面的后墙根。足有十分钟后，教室里烟才散尽了，我的心跳似乎也逐渐恢复平静。炉膛里的火呼呼地燃烧着，读单词的声音也规律整齐起来，心静下来的我看着一教室的小花猫认真读书，也是满满的欣慰。

　　白雪皑皑的早晨，我喜欢穿一件大红色的短皮大衣，黑色的高腰皮裤，我不愿辜负大自然辛劳，雨雪风雹、雷鸣闪电、春花秋月，我都想配上不同的衣服给自己的好心情，如冬日里的火光，为这些孩子们引一引路。

　　虽然那地方、那景致、那些人都已被岁月修改，但我记忆中的那时、那景、那人都是我们初时相遇的模样。

冬 之 语

春日里徐徐的轻风，夏日里炽热的艳阳，秋日里美丽的黄叶，这一切都将悄悄地回到过去，而引起我们深论的却是冬日里的萧条与宁静之美。

冬天是一个不需要太多喧闹的季节，冬日里我们的心将得到回归，甚至我们的每个生活片段都将变成白色的梦。冬的神韵，冬的可爱之处并不在于感受到那刺骨的寒冷后舒心的一笑，而是在于那寒冷的风与悠扬的雪共舞的旋律。

冬之语，是在繁华的盛景中饱览了风情之后坦然退却的步子；冬之语，没有欢乐的鸟语，亦没有醉人的花香，但却可以读到四季中独有的单纯。

外面的浮华世界，早已让我们疲惫厌倦，我们之所以不喜欢城市的冬，是因为那里的喧嚣掩盖了原本属于冬的语言——宁静。

冬的世界里是不需要太多嘈杂与喧闹的，我们要学会细品冬之美，城市中再也看不见那美丽的雪，它的热烈气氛早已将空气中飘来的精灵融成水，任由它们四处飞扬，我们为此感到的不只是辛酸与凄楚，还有一声叹，一声怨。

总算有一处地方是让人欣慰的，虽居郊区，但以它的宁静，足以与冬日相媲美了！那就是校园。

校园的冬，是静的，没人给它太多的纷扰。路上，大自然的和风总是拂过学子们的脸庞，使他们泛起阵阵红晕，闪动着火热青春永放的光芒。

我们总喜欢让风吹动我们的发丝，领略侠情的浪漫；我们也喜欢穿着美丽的服饰，可爱而更富时尚气息。冬日的宁静，让我们感到失去了太多太多，但内心的回归，又让我们感到无尽的满足。

冬天有太多太多的美，我们可以观赏到雪光，感受到微弱的阳光带给我们的欣慰。

---

* 作者简介：温耀发，笔名"青錤"，男，生于1989年，甘肃省定西市通渭县人，毕业于天水师范学院美术学院绘画系。现为小学教师。喜作丹青，喜好文学，爱好写作。部分作品发布在微信公众号等。

不经意回头注目，走过的路，也不再有黄色的叶子，只有无数匆忙的脚步；不经意回头注目，望穿秋水，却只有萧瑟的风，冬日的雪；不经意回头注目，是寒风摇曳着孤单柳枝的影，是卷起微波的湖面轻泛的涟漪。

冬语是以其空廖的弦音彰显对生命的感悟；冬语是惨白阴柔的光芒放射的能量；冬语是楼房空隙处晨曦的光芒；冬语是置身高端，俯视一切时发现的宇宙洪荒与自我的渺小；冬语是望不到尽头的山峦孤傲的身影；冬语是微波荡漾的湖面纤柔的摇曳；冬语是偶尔掠过天空时惊鸿的悲鸣……

校园之冬，以其弥漫的书香浓浓，释放着对未来的憧憬，对青春的讴歌。

冬语的升华，已不单纯是鸟声细语，是凝结的冰语，是宁静的梵音，是静静的脚步中流露的温馨，也是寒露中枯黄叶子痛苦的挣扎与沉寂。

冬语无息，心语无声。冬语是心语的寄托，心语是冬语的羁绊，当我们一步步迈向成熟，我们内心深处将响彻起心音，只有在冬的世界里，我们才能够找到心的真正归属。我们也随之成为一个归人。

赶 蝇 记

酷暑三伏，气温高涨。

午饭之后，开门纳凉。适才席上躺下，正欲闭目小憩，忽闻"嘤嘤"之声倏忽逼近，于屋舍之内东游西荡。急睁双目观之，见一黑背飞虫，两眼深红而外凸，其身暗灰如乌衣，双翼薄如纱，两前腿仿佛在揉搓驱寒，此虫名曰"苍蝇"，喜热而尤嗜甜物。当下观其势，肆无忌惮，骄傲无我。

不觉半晌，睡意渐浓，复睡去。方才入梦境，但听"嗡嗡"声，交错嘈杂，往复数次，使我心烦不得安宁。睁眼再观，见蝇携妻挈子，熙攘乱飞，故生怒火，初操衣在手，上下舞动，欲赶其离去，免受粉身碎骨之苦。怎奈三蝇游击迂回，几番藏身，竟不离去。恶虫不明我意，于是起身持拍，这番法器在手，蝇闻动静，于半空飞动划弧，终于落定脚步，似在喘息蓄力。吾瞅准一大虫，手起拍落，毫无姑息，"嗡嗡"声戛然而止，只见一蝇悠悠然落地，肠破腿折。因虫骚扰太甚，心中之怒气未消，于是置其身于拍头上，拖尸数米，弃于纸篓。

剩余母子，隐匿不见，复以衣巾赶之，顷刻，仓皇逃去。

郭伟光作品*

辞美理善

　　抬眼从窗户看去，呼市的大青山就在眼前。远远望去，大青山色与天色融为一体，山上雾蒙蒙一片，虽未置身其中，但也有心旷神怡之感。近看人工河道碧波荡漾，河面的波浪，有时弯弯微动；有时浪风涌动；有时又如一面平镜，没有一丝涟漪，不时有海鸟和野鸭觉得这样的静谧缺少了激情，便在水面拍打出一圈圈波纹。

　　夜晚到来，树上新安的五彩华灯，照亮了河道两岸，河中心的音乐喷泉用自己动听的音乐以及优美的舞姿召唤着人们前来观看。河道两边植物丛生，郁郁葱葱，喜鹊鸣于灌木，蜻蜓飞舞水上，鱼儿不时也会跳出水面凑热闹。

　　漫步在河道边，时有青年练舞，时有母婴推车戏儿，时有人们高谈阔论……这一切，犹如精巧的构造，与大自然相互依存，这是社会健康发展的必然结果，万物共生共荣。

　　100路公交车不时从马路这边驶向那边，乘客早早等在了公交站牌之下，希望能够在下班高峰期抢到一个可以坐的位置。夜晚的楼墙和楼顶上闪烁着各式各样的霓虹灯，从不同的角度人们可以看到不同的画面，这些画面有科学小品、科学史诗、科学诗歌等，它们构成了一部城市发展史，把科学与文艺熔于一炉。

　　来往的行人，只要留心观察，皆可从这些生动的画面中学到不少的知识。

---

　　* 作者简介：郭伟光，原名郭格日勒图，男，66岁，内蒙古科左中旗，高中毕业，警务通信工程师，发表文章数：1篇。退休交警，下过乡当过知青，当过兵，还是一名人民警察。热爱生活，热爱祖国，是一名中国共产党党员。还会画画，爱唱歌。在退休后为人民、为祖国贡献余热。

飞奔的骏马

我是一名英俊的骑手，生活在美丽的草原上。绿色的草原一望无际，牛羊成群如蓝天白云。我骑上心爱的骏马，飞奔在辽阔的草原上。鲜花为我歌唱，锡林河为我起舞。

我是一名英俊的骑手，生活在美丽的草原上。眼望美丽的草原我的家，是中华民族的骄傲。祖国五十六个民族是一家，草原盛开团结花。亲爱的朋友到草原来，人间仙境欢迎您，大草原会让您心旷神怡。

中华颂歌

中国是一只雄伟的雄鸡，
昂首挺立在太阳升起的东方。
每天清晨雄鸡唱着万物歌，
百花盛开，
万物精神爽。
人们跳着歌舞，
迎接着太阳从东方升起。
东方红，太阳升。
万物生长靠太阳。
中国的母亲养育着子孙万代，
新时代的科学开创新生活，
中国人民永远不会有病。
中国人民永远像二十岁一样年轻。
是人类文明发展的新生活。
伟大的中国，
鲜花四季香。
欲穷千里目，
更上一层楼。
太阳天天是夏天，
山河锦绣万万年。

黄罗汉作品 *

难过的爱

讲一件真事。

父亲死时，我才五岁。记得在快吃晌午饭时，婆婆去做饭，她要我守着重病中的父亲。

可能母子连心，婆婆这几天不停地流眼泪，时时唉声叹气。我现在理解了，作为一个母亲，白发人送黑发人，那是一种无法用言语形容的痛，也是无法用言语表达的煎熬！

婆婆已经七十多岁了，她那瘦骨嶙峋的手一会儿摸摸父亲的手，一会儿摸摸父亲的脸，每摸一次都泪流满面，声音哽咽。父亲五十多岁，得了大病，却没钱医治。也许是心有灵犀，他感觉到婆婆的抚摸后，总会动动手，动动身，会吃力地睁开眼睛看看婆婆，那眼神是那样的安静，有无奈、有安慰、有痛苦、有不安。一会儿又转过头看看我，流露着忧愁，之后就闭上眼睛了。婆婆有时会轻轻地喊着父亲的名字，那声音充满了愧疚，看到父亲动了，就安心些。婆婆去做饭时特别嘱咐我，看到父亲身体隔久了不动，一定要去喊她。

我一个人坐在那里有些怕，父亲便睁开眼睛看着我，睁开又闭上，闭上又睁开，突然我感觉到了异样，父亲的眼睛这次睁得特别大，而且好一会儿没闭上。我不知怎么地哭了，而父亲的眼睛睁得更大了，婆婆听到我哭，连忙跑过来，边跑边哭边说："我个宝宝崽哟，等娘做好饭给你吃，到那边也不会饿！……"婆婆看着父亲的眼睛，哭得更厉害了，"我个宝宝崽哟，死了还不放心自个家崽女哟，走得不放心哟。"婆婆抱着父亲的头放声大哭，边哭边诉说父亲受的苦，儿女六个，最小的才一岁，我也是跟着哭。突然间，婆婆掏出老手帕，擦着父亲的眼角，原来我父亲虽然走了，但是流出了很多眼泪，淌下来滴到了婆婆的手上，婆婆以为活过来了，可是父亲全身冰冰的，硬硬的，没有一

* 作者简介：黄罗汉，56 岁，文学诗词爱好者，当过八年教师，"今日头条"生活领域创作者。

丝气息。

　　父亲的那双眼睛，婆婆用手抹了很多回一直都没有闭上，婆婆的声音都哭没了。按习俗，三天入棺，做法场的老道士对我婆婆出了个主意，我婆婆要我们六姊妹全部站在父亲眼前，她一边流泪一边摸着父亲的头哽咽着说："崽呀，舍不得也要舍，他们小，以后会长大，争气做人，你就安心到那边去，保佑他们平平安安长大，只怪你得坏病，命苦，来生投一个好人家。"说完大哭，我们六姊妹全哭，婆婆说："听得么，宝宝崽，来世再见，你安心闭眼上路！"这次，婆婆用手抹了三次父亲的眼，父亲的眼终于闭上了，眼角还有泪！……

　　一晃眼，父亲离开我们半个世纪了，婆婆也走了三十多年了，祝婆婆和父亲在天堂永远幸福！人生真的如梦，写这个故事，我想说，人死后还是知道一些事儿的，那是牵挂，爱的牵挂！

天　堂

静静清荷塘，
亭桥转走廊，
周围映树影，
锦鲤游天堂。

刘志成作品 *

军营感怀（散文诗）

作于二〇二一年十二月二十六日

七十年代，天津市郊，现在津南。市内到葛沽之间，有一公交车站牌。

南有靶场和温泉澡堂，北有一座营房，驻军 593 团。

数十年过去，变化巨大。昔日公路成高速，站牌处已是高架桥转盘。过去的平房营区，已是高楼一片。

原来小岗亭，建成气派门岗房。前横卧大理石上，镌刻遒劲大字：大功团。

别了，火红军营岁月！别了，依稀熟悉的营房！别了，593 团！别了，战友！

致敬，历史记忆中的 593 团！

致敬，仍驻守的大功团！

忆青春年华，红五星，红领章，绿军装。肩扛钢枪，威武雄姿。

战备训练，苦累咬牙。国防施工，如雨挥汗。军歌声声，高亢嘹亮！

一切行动听指挥，为国家，为人民，青春无悔，赤诚奉献！

四十八年挥手间，幕幕往事如云烟。兵来兵去似流水，钢铁浇铸固营盘。军旗鲜红，迎风飘展。

话今日，生龙活虎状态不再。或健康，或身病抱残，亦有者入土长眠。

唯曾军人情怀，战友情缘尚存。

幸有网上微信，相会 593 团战友群。天南地北八方聚，难得集合 333。

足珍惜，常微信，常聊天，常问候，常乐开颜。

致敬军礼，祝福祝愿！

雄狮醒猛，祖国振兴。神龙腾飞，繁荣昌盛。国运泰祥，民富安康！

注：作者曾在 593 团服役，该团现已被撤销。

---

* 作者简介：刘志成，笔名非说，退役军人，职业农民，已退休。

感怀母亲恩

二〇二二年正月初九于杭州

（一）

正月初九生，
感怀母亲恩。
十月怀胎难，
生儿母痛苦！
婴儿哺乳期，
屎尿抱怀中。
日月年呵护，
倾心血抚育。
记忆稀！
儿三岁，
母病故。
出殡时，
拴儿石磨上，
彩色糖棍哄不住！
幼儿声嘶力竭喊哭，
邻居奶奶常说：
小孩遭罪啊！
总是哭要穿红衣妈妈，
对门婶婶常讲：

你妈好心善！
大雪天脱下保暖衣，
送给讨饭的，
为给你积福！
母恩，天高地厚，
母情，海深山重。
儿遗憾！
千千万万……
难留记慈母音容笑颜！
点滴分厘丝毫微，
难报恩德于尊前。
唯有，
刻骨铭心间。
唯愿，
母亲之灵在天国幸福安康！
敬天下母亲慈爱无限，
愿人间子女感恩绵绵。
世间真情重，
最贵母血缘！

（二）

时年花甲有八，
稀发鬓白老颜。
幸逢盛世，
国泰民安。

慰儿女立家业
喜孙辈绕膝欢。
纵得童心常驻，
释怀知足常乐。

诗词歌赋春秋事。
豪情天地山水闲。
仰望碧空宇宙广，
静观夕阳红染山。

乐余年，
悠悠然！
母亲安息！
怀念永远！

夜　耕

作于一九七四年夏

明月高照堰塘中，
鱼游兔跃桂枝间。

群山静立子时夜，
叱咤声声独耕田。

巨石颂/七言

二〇二一年十月

巨石屹立山顶峰，
雷打电击仍从容。
开天辟地尔兰长，
寿比天地日月同。

阅尽世间沧桑事，
不管是非过与功。
朝阳望月星浩瀚，
乐风观雨雪苍穹。

参军感怀

作于一九七四年冬

拂晓乘车启程早，
黎明大地雾茫茫。

一乡男儿怀壮志，
飞刺夜空数剑光。

杭州六和塔/七言

二○二二年五月三日

六和塔立之江边，
北宋开元初始建。
江水滔滔船行远，
岁月沧桑风云幻。

登临塔顶览风景，
钟鸣千载颂诗篇。
楼群两岸数桥连，
春秋依然境空前。

刘占荣作品 *

雨中婚礼

雨后，湿润润的空气中，略带着些新鲜的泥土和青草的气息，就着清爽的味道，这不就是雨水有意的洗浴，使大地脱去了尘埃的日装嘛。

极目眺望，干裂的北方大地，经过雨水的梳妆，披上了翠绿的装饰，此刻安然而恬静，俨然一位跳脱的少女换上了新装的羞态。绿色装饰，众花点缀，像西施浣纱，又似昭君出塞。刚刚恢复自然的壮丽山川，忘了以往沙暴泥石流肆意的悲哀，全然不顾已之尊位，神往而狂醉。

百花裙下，倾吐心曲敞开了心扉。为了环境，保护生态；为了民生，造福人类，愿与君永结金兰之爱。

风儿，吹向了田地，少女拢拢发辫，整了整裙带，大地王子恳切的表白，深深感染着百花少女：我来到世上，何尝不是这般情怀，无奈，人类的滥伐开采，无节制的破坏，早己使雄姿威武的你，伤痕累累，面目全非，也改变了我的初衷，使我无家可归。说着说着少女已是热泪横飞。

而今，人类植树造林封山退耕，才使我容光焕发，又有了往日的风采。

群山欢颜，沟壑相亲，秀丽的山河，如画的江山，吐秀争妍，闪电辉映着露珠，雷鸣叫响了爆竹，雨夸，织成锦被，噼噼啪啪的喧嚣声，也知趣而隐退！

人与山河共饮，山河与人同醉！

---

* 作者简介：刘占荣，男，64岁，山西省朔州市右玉县，高中学历，早年发表过文章。座右铭：有志者事竟成，破釜沉舟，百二秦关终属楚，苦心人，天不负，卧薪尝胆，三千越兵可吞吴。

根，茎，叶

北方，五月的早晨，微有几丝暖意。走出农家小院，清爽的空气中，夹杂着不知名的芬芳，深深地吸一口气，顿时觉得畅快了许多。

猛然回过神来，这是什么香味？奇异而古朴，在好奇心地引诱下，我向野外走去，去寻找奇香的源头。啊！奇了，空气中凝聚着沁人肺腑的爽快，太妙不可言了，在弥漫着奇香的山野，我顿时没了主意。

放眼四周，我决定向深处走去。在一些陌生的花草中，我久久地寻，深深地嗅，终于在极不起眼的草丛中，找到了它。我急步向前，蹲在它的花下，边嗅边凝思，它是什么花，我不知道，也没去考证，暂时叫它无名小草吧。

它并不高大，仅有几厘米高，十多个主茎，间隙相当，疏密有致，向不同的方向延伸着。

紫色的主茎，紧贴地面向前伸长，每隔三四厘米便吐出一节同样颜色的枝干，在主茎的依托中，向上生长，吐出花蕾，每个枝节中，又有毛根扎向地面，像是掌握着主茎的平衡和行使着托着花蕾的使命，同时，又给主茎和花蕾输送着营养。当小枝干都长出花蕾后，主茎便停止了向前伸展，而是集中营养，吐露芬芳。

主茎上的小枝干，在生长过程中，保持着欲放却缓的势头，所有枝干都是那么匀称，似乎在音乐的节奏中协调生长，在和谐中趋向成熟，在互助中含苞待放，谁也不想丢开谁，真是枝繁而不紊，花茂则同心。

小麦般形状的叶子，在每个枝节中吐出，像茎和枝干的卫士，又像是裂开的小嘴，在憨笑中尽责。

花蕾，在小叶子的憨笑护卫中长大，绽开。小花在笑声中相迎，在风中雨下和谐而嬉戏。特有的香气沁人心脾，随着花的绽放，一股脑儿地释放出来，弥漫山野。

吴秋云作品*

思君吟（散文诗）

静夜，风悠月闲。仰望星空觅不见往日星辰；如诗、如画、如歌的往昔也已成空。在那个艳阳深秋，你走了，我们的故事从此画上了句号。那个夜晚悽、惨、悲、戚……

但是无论你到那里，我的诗舟里满载的都是情和爱。该忘却的忘却，该珍惜的我也会加倍珍惜。信守承诺与誓言检验着人们的情操。你已入仙，可以洞察人世间的真与假、美与丑。

对于那段美好的时光，还有圣洁如玉的纯真，我们都应在灵魂深处珍藏。莫斯科不相信眼泪，我确已欲哭无泪！时今少了美景，失了良辰，感恩还有青鸟飞进我温暖的诗林。

今夜，月缺，一片朦胧月光挥洒在我们走过的路上。飓风乍起，有轻盈小雨飘落，激活我往昔的情思，令我想起我们打着红布伞走过的雨季。我们营造一片风景，是何等绮旎。

永远不会忘怀，你步行百里到我身边的那个春日，我原本可以不顾羁缚，等到月圆的日子。那天犹如长河落日圆浑、煌煌，洒落满天绚烂。可我如今也不敢奢望，得到芬芳如昨的今夜。

今夜，月色无眠！

又临枫叶飘丹的季节，心野阡陌，杜鹃泣血，子规夜啼！

谨以此诗，献予爱妻陈鸿秀逝世三周年祭。

* 作者简介：吴秋云，江苏丹阳市人，男，1938年生。中共党员，机械制造高级工程师，曾任国营江苏省金湖县机械厂副厂长，和机械三厂、电机厂、高压油泵滚轮体厂厂长。任职期间积极创新，锐意改革，成绩显著，屡获嘉奖。毕生酷爱文学，经常投稿，有四十多篇文学作品散见于国内报纸杂志。今年受聘中国散文网"高级诗人"之职。

我的小路（前篇）

这是我的乡间小路。夏日，路边的幽草葳蕤茂密，青绿芳菲。野蔷薇充溢着清淡的芳馨。百虫欢愉，交响着深情的鸣奏。钻天榆树参差列队，飒飒着柔声细语，给失意者以亲切的抚慰。如今夜幕四合我衷肠九曲，月神望舒又令我在这条小路上独自徘徊。

时隐时现，节奏飘忽的萤灯给人以遐思，给人以联想。似乎在帮助我在这条小路上寻找我淡忘的、失落的、迷茫的过去；引导我重返那热恋的、疯狂的、辛酸的、欢乐的、凄楚的年代。

我昂首叩问星河边的织女，你可记得，这里贮存着我们那以共同理想、信念、抱负为心愿刻骨铭心的初恋。在这里我们依偎相抱把整个世界都融汇、凝聚、浓缩在这条崎岖小路；我们也贪婪长吻把我们的心志从这里纵伸向无极。彼此以几乎无声的语言相誓、相诺、相许。

我低头和路边淙淙流淌的小溪共话，你也知道在这条幽深的小路上，我们度过了要让高山低头、河水让路的拼命年代；也曾为莫名疯狂的阶级斗争在这条小路上迷茫、彷徨。改革开放后我们欢欣鼓舞地在这条小路上为明天思考、盘算。但韶华已逝、青春不再，连无神论者也不指望再世轮回。

悠悠飚风也伴我行踽行，为我曲折的小路倍添了几许柔情。我默默思辨着世事、人生。是非曲直、荣辱浮沉、成败得失、功过鹭评。我更关注着祖国母亲的辉煌与艰辛，我为香港、澳门的归来幸福哭泣；也为三峡的建成泛起一次次血的潮汐……在这金钱沸腾的时代，我愤懑着腐败之风，像瘟疫一样在母亲身上肆虐。朗朗神州竟还有饕餮在鲸吞公民血汗，竟还有鹫鹰在捕食人类的灵魂。面对祖国，责任重于泰山，我痛苦地求索着战士无愧的人生。

昏星遁去，更替的是熠熠启明。正是在这条细长的小路上，复苏了我少时就向往的瑰丽绮梦。好在心还年轻，我百般情痴追求人生真诚之美，把纯正美好的希冀，向我的缪斯申诉。深信她富丽堂皇、高洁、至善与至美的情影，能鼓舞我攀登上理想的高度。我珍此为武器、旗帜和火炬！

我又转首凝望北斗，深信尽管在这条寻常的小路上有阴霾，也有泥泞，有绵绵阴雨，也有霏霏白雪，甚至有狂风拔地和电闪雷鸣。但不正是这天地灵气在检验着人们对誓言、对信仰的忠贞吗!

我将永远忠于你呀!

——我的小路。

附注：此（前篇）为二十年前旧稿删改。

二泉映月

历经沧桑，越过冰河、沙滩
应手的弓弦显得尤为铿锵
阿炳——仿佛是月光之子
固守一片纯净的丛林凝望
"国之人莫知我兮，
又何怀乎故都!"
每每痴心泣血之后，琴弦

发出撕心裂肺的呐喊
二泉涟漪婆娑的月波
为你共鸣深情的回响
天门应声轻轻为你打开
青鸟也含泪凄切悲鸣
虔诚地把你优美沁魂的旋律
永远播遍千国万邦

注释："国之人莫知我兮……"，取之《离骚》；青鸟，西王母天使。

吴卓芹作品[*]

老 师

　　我偶尔在想，是什么力量可以让一个人一辈子从事一份工作？比如当老师。后来觉得，你可以想象一下，在午后的一堂课，教学生认识五个生字，当你一笔一画地写着，明明很简单，却需要详详细细地讲解，而底下的每一双眼睛都那么清澈，那么向往，那么美好。午后的阳光寂静，随着孩子们的脸庞透入心底，黑板上的字写了又擦，讲台上的书本由崭新到陈旧，孩子来了一批又一批……你会珍惜那一声"老师好"，你会与某些孩子结下深刻的缘分，你会收获爱和感动……很多很多，这是一件你愿意一辈子做下去的事！一件简单的事，愿意如此认真，就变得有意义。

"和"的力量

　　"山川异域，风月同天；寄诸佛子，共结来缘。"
　　天下为一家，你我共相连。一个人的力量不足以引起人们的注意，千百万个人的呢？一个"和"字所产生的力量，将是震天撼地的，而由此所创造的价值，也将是独木所不可比喻的。如果你有这样的胸怀，你的格局也一定是山川海洋之广阔无垠，财富，也不过是囊中之物。因为地德包容万物，而万物也为其所有，胸怀就是一个人的格局。

---

[*] 作者简介：吴卓芹，女，广东汕头人，1996 年生于汕头，毕业于潮南区第三中学，自由职业者。

信　仰

就个人浅见，信仰作为一种精神力量和文明的存在，引领人走向光明，在认知上是很正面的。如何把它与迷信区分开，就需要人们在相信程度上把控好，做到信而不迷。佛理中教导人们要"存好心、说好话、做好事"，更宣扬行善积德是改命之方，提出了"因果循环"，我们的"所做"将成为我们的"所受"，因此"种好因能得好果"，践行重于言谈。而不是整天烧香磕头，形式上做得很到位，生活中却屡屡犯规，做不到尽善尽美，这才让人们对于信仰有了误解，满嘴神也佛也，却依旧这也那也，是非不离口，打着信仰的幌子，为自己不正当的行为披上美丽的衣裳。当我们的物质生活有了保障，精神上能有信仰的支撑，去相信一个美好世界的存在，并为创建美好提供自己的力量，这是一种高境界的修为，凡夫可以追求，但不能过分，真正做到了"佛为心"，世界放眼皆是美好。

生　活

想来，生活还是五味的好。我们总是祈求生活顺遂美好，但若只有甜蜜的一面也就不觉得甜蜜了，像是有赏有罚，有对比才知道好与不好。因为知道了各种滋味，有令人喜欢的难受的，才乐于追求美好的那味生活，但也总是循环品尝，酸甜苦辣咸，都吃点对身体有好处，只贪图一味，对整个人都不会有什么好处。所以，美满的人生不是只有甜，而是相对平衡，心中有所追求，便是真正的幸福了，只是从前幼稚的我们，不懂吃苦是吃补的哲理大道，不知苦后回甘对人的大益处，才对裹着糖衣的炮弹留恋不已，现在懂了，就豁达了，对于其他几味，也能淡然和收获。

回忆读书时

今天在骑电动车去学校的路上，才发现自己有点怀念以前骑自行车上学的日子，简单快乐。连早晨上学时的赖床，都觉得是特有的、可爱的印记！那些感觉，早起空气的清新，路上周围的寂静，刚刚好又是那个时间阳光出来，骑了无数遍熟悉的道路，进学校时每个人都自觉排好自行车，上课时被老师精彩的教学吸引而全神贯注，与同桌、前桌开心地畅聊玩耍，考试时的稍稍紧张，分数高时的欣喜、低时的失落，被老师重视时那种油然而生的优越感和责任感，大家都静静地做题时连思考也不会被打断的课堂，放学一起聊天回家的伙伴……多么多么的美好，这就是青春校园的时光，拥有时不大会觉得那样美好，而当回想，才知道读书的意义，就是为了在我们的回忆里留下不可复制的篇章，值得一再地回味。禾皋学校是我最爱的学校，没有之一，那里有我七年的快乐和一生的友谊！

刘枭智作品*

拥有好的心态

朋友你好，你拥有好的心态吗？在人生的道路上，布满了坎坷荆棘，每个人都一样，我也不例外。不如意的日子十有八九，佛学说每个人都深陷苦海。佛学说这是亘古不变的真理，我们又能怎么办呢？我觉得保持一个良好的心态很重要。

良好的心态就像是生活的调味剂、茫茫苦海的一叶扁舟，会给你保护与慰藉，真心地希望朋友你时刻保持好的心态，积极向上，用爱与包容去面对这个残酷的世界，用理性与虔诚去面对人生的道路。

当越国被吴国打败后，这对于越国人来说都是一个不小的打击，一般人的心早就被沉入冰冷的海底了。但是，越王勾践却能保持好的心态，他不灰心、不放弃、不认输，依旧在心底暗暗地埋下复仇的种子。他在吴王面前唯唯诺诺，俯首称臣，但是在背后卧薪尝胆，积蓄实力。最终，他凭借着超人的坚毅，培养了一支雄壮的兵马，将曾经打败自己的吴国打败在自己的脚下，完成了复国大业。

西汉时期的史学家司马迁，出身史学世家，从小就拥有好的学习环境和好的成长氛围，本来可以风风光光地过完一生，但是突如其来的一场"李陵之祸"让他断送了光明前程。他被汉武帝下了大监，处以腐刑。狱中司马迁的脸上唯有两行热泪，内心中唯有无尽的痛处，但想着自己的家族使命还没有完成，自己的任务和理想还没有实现，他便又燃起了熊熊的斗志，以一个好的心态，去面对接下来的生活。他把悲伤化为斗志，奋发图强，奋笔疾书，从而完成了史学巨著《史记》，这是多么的可歌可泣啊。

好的心态可以助你摆平麻烦，好的心态可以帮你渡过难关，好的心态可以成为你人生所向披靡的战舰，帮你突破重生困境，劈波斩浪，行驶到成功的岸上。愿大家都有一个好的心态。

---

* 作者简介：刘枭智，男，28岁，喜欢唐诗，音乐，读文学作品，登山。只有进步充实才能强大，感悟更多。欲穷千里目，更上一层楼。不断改变自己，不断有新的突破！

西安之旅

在合肥皇冠酒店工作的我接到了一个电话，电话上说，快输入验证码，我们过两天就要出发了。出发去哪里，显然已经不用多说，题目就是答案，目的地是古都西安。我高兴坏了，以前都是跟父母去旅游，多少有点束缚，这次跟着亲姐夫去旅游，我自然是心旷神怡。早上洗漱完毕，我振作精神，跟着姐夫开始了一场美妙精彩的旅行。

在火车上，我有种男儿当自强的风发意气，我将胳膊搭在火车窗前，去西安的途中我一直戴着耳机听着歌。"傲气面对万重浪，热血像那红日光，胆似铁打骨如精钢""相信我不变的真心，千年等待有我承诺""拍拍身上的灰尘，振作疲惫的精神，远方也许尽是坎坷路，也许要孤孤单单走一程"，这些歌曲有点老了，但都是我喜欢听的，特别是那时坐在火车上听，我真是感慨万千。

许多城市在中华民族五千年的历史长河中经历了无数动荡，承载了无数更迭历史，西安古城也不例外。

终于到了西安，我和姐夫肚子也饿了，随后，我们去了肯德基。

当天晚上，我们去了大唐不夜城，那里灯火通明，看得我眼花缭乱。这儿一片红，那儿一片红，我的脚步到哪儿，哪儿就是一片红。那是一个个类似于北京故宫的建筑，是唐朝古建筑的模样，从里而外发出了绚丽多彩的光芒。当天，我和姐夫可以说是打破了平日里的微信步数，走了好长时间。那里的建筑虽然多但好像都有点相似，显得尤其好看，那晚真是一饱眼福。后来，我们在其中的一条街上买了北京爆肚和一些杂七杂八的小首饰、小纪念品以及香袋，等等。真是走马观花看建筑，买东买西饱眼福。

第二天，我们去了西安历史博物馆去看兵马俑。刚进大厅，映入眼帘的是一行一列的陶俑，它们虽然经历了两千多年，但是不失肃穆庄严。有的好像在笑，有点好像拉着一张脸，在想着什么；有的很认真，那时我不由自主地冒出了两个成语来形容他们，即意气风发、飒爽英姿，但有的我却不由自主地咯咯直笑。那些陶俑仿佛时刻准备面对一场战斗，时刻准备着青史留名。这不就是中华民族的铮铮傲骨和不怕死的精神，我当时感到震撼并叹服。

我们在第三天去了西安古城墙，我一开始以为古城墙很短，要走下来不在话下。但上去之后才知道这段路并不是很短，我们走啊走，走啊走，就是走不完。在炎炎烈日下，我全身都湿透了，胸口、裤子还有袜子。但是也不知道从哪儿冒出来的自信和毅力（也许是因为不到长城非好汉，屈指行程二万），我非要走完这十几公里的西安古城墙。当年这儿的守城兵士，这儿有过多少可歌可泣的事迹，我这点苦又算得了什么。在途中我还看到了外国人，我当然要表现得更加不怕困难，让他们看看我们对这片土地的敬仰和执着。"葡萄美酒夜光杯，欲饮琵琶马上催。醉卧沙场君莫笑，古来征战几人回？"我随口诵出了这几句诗。在途中我买了几瓶矿泉水，我维持着消耗了这么多水分的身体。坚持一下，再坚持一下，终于走完了。

这就是这次的旅游经历，到现在还历历在目，古人说读万卷书，行万里路，纸上得来终觉浅，绝知此事要躬行。的确，只有走出去，才能更好或真正体会书中的东西，李白如果不去游历名山大川写不出"飞流直下三千尺，疑是银河落九天"的诗句；王之涣写也不出"白日依山尽，黄河入海流。欲穷千里目，更上一层楼"这样脍炙人口的千古绝唱。

张文栋作品[*]

我想去西藏

经历了一场闭门不出的战"疫"，感怀于这期间八十多岁独居的母亲，虽为儿孙们抢购了一堆西红柿，住同一座城市，儿女们却无法取回而守候半月的经历，我想去西藏洗礼。

也许当今世界上，通往西藏的路，就是通往天堂最近的路。有些旅行者进藏是为了寻找卓玛的故乡，探索李娜歌中所唱的天路，看奔跑在草原上的藏羚羊、静默的牦牛和活泼跳跃的野驴。也有些旅行者是为了观清澈见底的湖泊和极致湛蓝的天空，为了看圣洁的雪山和巍峨雄伟的珠峰。而我主要是想走一走那条朝圣的路。

西藏是一个缺氧但不缺信仰的地方。生活在那里的虔诚藏民，一生纯朴善良，每年都有成千上万的藏民走上转山朝拜的混浊长途，看一眼圣城拉萨，转一圈梅里雪山，这是他们人生中最重要的修炼。

生活在那里的人们，信仰单纯圣洁。转经筒修来世是今生的笃定，磕长头是求得来世能升入天堂。

我想到西藏，在漆黑的夜色里，站在高山之巅伸手触云，与天对话。我想知道为何傲立的群峰在变幻无常的天气面前不悲不喜，不离不弃？

我想到西藏，在阳光明媚的白天，端坐湖边用圣水洗面，与厚土对话。为何生活在这里的人们历经生活磨难依然胸怀坦荡，执着坚定？

也许生活在都市霓虹灯下的人们，尽情享受着奢华生活的时候，一有风云突变，就感烦躁和不安。而生活在山的顶头、水的源头的人们，历经了无数次大风大浪，唯有信仰才是他们从容淡定的精神支柱！

---

[*] 作者简介：张文栋，甘肃省张掖市人，毕业于沈阳建筑大学建工系学士学位。现任张掖银星新材料工程有限公司总经理。

祁连深情

秋来碧草醉晚霞，不吟乡愁咏女华①。
塞外鸿雁循旧迹，亭前老翁品新茶。
长河歌罢千秋事，浩瀚吹过万里沙。
祁连雪山放眼望，炊烟起处牧人家。

草原之恋

碧草如织愿为毯，白云飘来轻罩纱。
山花含羞作君伴，月似明镜斜照灯。
愿将相思凝为脂，唤醒春风拂玉兰。
离别相惜泪如雨，润得芳心细如丝。

诗咏涂料工

涂料粉刷不等闲，肩挑日月脚登山。
忘却红尘三千事，半生风雨莫言欢。
汗透衣衫灰粘面，万丈高楼跑旱船。
花香虽有重开日，老夫何须再少年。

---

① 女华，菊花的别名。

*李色连作品**

沉醉　秋天里的排湖

金柳轻舞柔软的腰肢
眉弯似的梦一片一片飘落
落进泊岸小船静静的怀里
新稻香了
菱角米白了
蟹子黄了
鱼儿在船上欢腾
女人和孩子唱着甜蜜的歌
这是故乡的排湖
秋味溢满酒一样醇香的排湖

岸边的水杉浸染暖阳
着一身锦衣华裳弹奏秋曲
河里的波光跳跃闪亮的音符
涟漪轻漾缓缓流淌秋天的爱情
那是春风吹绿时
河流给季节的诺言
青青的麦苗听过
嫩黄的油菜花听过
赛龙舟的人听过
排湖的秋色

是水乡人热爱的颜色

搁浅的那只小船
纤绳上的荒凉
桨声里的叹息
都沉积成河滩上的泥沙
阳光下风筝在河滩上
串起孩子们的欢笑
放飞童真的梦

两条延伸向远方的河流
用柔美的双臂托举湛蓝色的梦
排湖云天上的梦是湛蓝色的
湛蓝色的梦是水乡人的图画
宁静的排湖有一双多情的眼眸
那是母亲深情的眼眸
淡远的白云醉在翩翩眸光里
轻轻起舞红了漫天彩霞
排湖醉了故乡
故乡醉了秋天里的华章

＊ 作者简介：李色连，笔名山高月小，喜读经典，尤其喜欢读中国古典诗词，听中国古典音乐和旅游。读书，即无忧不扰，故乐此不疲。

我的韶华青春，我的丰润深情的河流

青石板路照着千年的月光
青青杨柳缱缱绻绻春风的思念
灼灼桃花绽放了烂漫
映山红来了
映红了古老的渡口
木棉花开了
照亮山岗上的青松

从你蜿蜒盘旋的远方
从你曲曲折折的岁月
我听到马蹄声碎像浪花一样飞溅
我看到猎猎西风激荡火焰的旌旗
剑气长歌在你的怀里
杯酒肝胆在你长流不息的诗行里
我的韶华不减我的丰润深沉的河流

在你苍凉起伏的胸膛上

在你清澈美丽的眸光里
我呼吸你奔涌的气息
我跳着燎原的生命之舞
繁星一样密集的名字你唱给青山
青山一样的脊梁你唱给光辉岁月
我的韶华不逝我的丰润灿烂的河流

山崖峭壁
一支梅花染香你流淌的春天
你看到北国红日黄河破冰
你看到江南春晓千帆竞发
你看到天涯月明浪花翻卷
用你呈给的甘甜酿酒
把生死相依的岁月唱响
把山河无恙的梦唱响
把母亲泪珠里的温暖唱响
我的韶华青春我的丰润深情的河流

爱在黄姚古镇

　　黄姚古镇像一幅古画嵌在广西昭平的山水怀里，落日余晖给牌坊大门镀上了浓重的色彩。沿街的建筑鳞次栉比，古朴中透着灵气、雅致、精巧的气息，一个转弯，一个大门，或院中有院，或巷里有巷，环环相扣，看似错综复杂，实则巧妙勾连呼应，进一个门，出一个巷口，都会有豁然开朗的惊喜。置身其中，恍如《清明上河图》的某个画面在这里活了起来。这是客家人经历漫长的跋涉后，给八桂大地留下的古建筑群。世世代代的客家人在这片温暖富饶、宁静质朴的土地上安居乐业、繁衍生息。

青砖灰瓦的房舍，漫散千年光阴的颜色，里头藏着客家人特有的古雅情怀。拱门牌匾上多为"德""贵""和"等字眼，这些绵延了千年的儒家文化内核，像阳光雨露一般滋养古镇的过去、现在，也将泽德未来，它是归途依旧的精神家园。

灯笼楹联在古镇的夜里，显得格外醒目，它的存在预示一个家的安宁祥和，也折射这一方土地上的人们守望家园的执着，无论走得多远，灯火总在你的心里常亮。

墙上的花窗、门前的石墩，代表着祥云和瑞兽，尽管时光模糊了它们当初的光彩，但是它们的模样镌刻在人们心里，诉说着此心安处即吾乡。

一脚踏进古镇，曲折回廊是漫长岁月里涛声依旧的山重水复，是柳暗花明的万象更新。

逼仄曲折的青石板路，脚步轻轻踏过，寂静落寞的回响，宛若远归的人轻轻的叹息。镂空的花窗纹理精致，只需看上一眼，便可感受到庭院深深藏着的旖旎风情。而暮色里飘来的一曲清唱，隐隐约约，在曲曲折折的小巷里盘桓流连，使人听之心旌摇曳，恍若隔世。

更让人心动的是排列的古井，它们似乎是黄姚深藏在历史岁月中的眼睛，也是这古老镇子的心脏。这里被称为仙人古井，传说七仙女曾到这嬉戏，此后人们惊喜地发现井水经年不会变质，便在七夕节这天取来井水祈福，约定成俗流传至今，年年七夕有此盛事盛景。勤劳爱家的客家女人，在这里留下忙碌的身影，在清澈的水纹里落下恬静的微笑，她们用圆圆白白的手提水、择菜、洗衣，抚慰臂弯里的孩子，一颦一笑，都是从仙人古井流淌出来的纯净和温柔。

清澈仙人古井映照着古老的黄姚古镇的沧桑岁月，时光永不停歇，冲刷岁月斑驳的记忆，荡涤来来往往最美的人、最真的情和安静的灵魂！

或许小桥流水人家，能满足我们情感世界里对一阕旧词、一曲古音的想象，而让我怦然心动的是弯弯石桥上的古榕树，独木成林，自成王国。它向四面八方延伸的胸怀，它朝高远云天凌志向上的气势，没有经历沧桑的浸染和磨砺，何以拥有如此之境界！它旁逸斜出的枝叶，像母亲丰茂繁密的云发，它道劲有力的枝条，像青春飞扬的处子，它盘根错节的根部，像父亲饱经沧桑的双足。古榕树是黄姚古镇古老而又永恒的风景，是岁月饱蘸浓墨，给这片土地留下的生机盎然的艺术品，也是年深月久的风霜浸透过程中，在跋涉者心里凝结而成的故园乡愁，更是千山万水的征途中膜拜故乡的图腾！

古老而美丽的黄姚古镇，是历史长河遗落下来的一个完美的梦，走过它身边的人，有人枕着它发幽古之思，仅仅是想静下来，静下来，让心灵流向安静的河流；有人玩赏品味，或许，它更像圆润的璀璨的明珠，世已桑田，心未沧海。

杨府作品*

在汉水上

序维丁丑桂月，我自下寺楚墓群游览归来，正赶上由淅川开往丹江口的班船，船大而不华。船上坐满了热闹的客商，或肩背篓，或挎提包。看行头多是沿途的山民，把家养或捕获的猪、雉、獾、兔等活商品带去城里贩鬻。天气尚好，阳光照在水上有些耀眼。瓦蓝的天上疏疏挂几朵云絮儿，风轻得似乎吹不动它。远山近树，分外明白。我想起了辛弃疾的词："我看青山多妩媚，料青山看我应如是。"或许，也正契合了诗仙李白"相看两不厌，只有敬亭山"的意境。人若能与自然互为风景，非为名士雅客，亦是性情中人。船行江中，犁开的水面翻卷如练，在船后抖动，渐行渐远渐扩大，不久就跳跃一片锦鳞。一群水鸭刚露头儿，稍有动静，即瞬息不见了。山河形胜，畅神至极。为登高望远，观览美景，我到上层的甲板上去。江风吹来，爽然自适，颇有御风飘摇之感。甲板角落的舱亭旁，坐着一个干瘪瘦小的男人，五十多岁，满面风霜，肤色黝黑，阳光的烙印很重。他正在聚精会神地读一本宽大、厚重的线装书，我不免有些惊奇且肃然。心想，此人绝非等闲之辈，非乡野名士，亦村夫子之流耳。

现而今，能够静下心来读书的人已是圭臬，何况读的是一线装古本。古语云："山中有高人，自不谬也。"我试探着与他搭讪，递给他一支香烟。他友善地对我一笑，一副朴素的样子，顺手弹去落在发黄变黑的棉纸上的烟丝儿，点上抽着。

我怀着一分好奇，拿过翻翻，见是几本儒学典籍和格物致用的书，如《孟子正义》《花样性理》《文章游戏四编》和《朱子治家格言》等，合订一起。又仔细看了扉页反面的牌记，最早一本镌刻"崇祯庚辰新镌升照楼梓行"。显然，此乃珍贵的明版本，余下中有清一代刻本。书保存尚好，无虫蛀水渍，只是边

---

* 作者简介：杨府，男，现居北京，系北京作家协会会员。出版有诗集、散文集、长篇小说、史著及学术专著等十余部。其著作曾参加德国第六十一届法兰克福书展和入选陕西省精品图书出版基金，曾做过北京《老字号》杂志总编、《中国文化与产业》杂志总编。

缘留着明显火痕，大概遇有一劫，但躲过了。农家马粪纸包装的封面，略呈粗糙之状，朴拙之象，好像一个木讷的人，而又不失文雅之气。实用即美，这是农民的哲学。船家见有人欣赏他的书，似遇流水知音，显然有些高兴，口中讷讷，又终于无言。当他得知我亦一介布衣书生时，立刻喜形于表，辞色灿然。

"贱姓史，外号黑子，这条水上没有不知道黑子船家的。"船家殷勤地说，"以后坐船时，只要说声是黑子船家的朋友，就可以免费了。"

对如此向学的乡贤，我自然有些尊重。于是攀谈起来，像一对揆违已久的故人。

原来，书是他岳父送给他的。船家说，他的家里还有半樟木箱子呐。他的岳祖父读着这些书，考取了前清的末科秀才，适时局不靖，局促乡里一生。他的岳父没赶上，但也上了城里的中学。后来稀里糊涂，不知怎的，集体成了国民党党员了。"文革"中被人揭了老底，于是像冲撞了煞星一样，未有宁日。他只得泪别祖莹，避难商州。

彼时黑子船家正在丹江上挥篙撑船，替村人摆渡，从此岸渡往彼岸，又从彼岸渡往此岸，挣些工分。闲来看些杂书，也算衣食无忧。恰逢有人大喊："人命关天的大事，救人如救火呀！"于是连夜把他渡过河去。追赶的人打着火把，簇簇摇晃，渐渐近了。大喊大叫的声音，在漆黑的旷野，阴冷瘆人，传出很远。人急智慧生，船家犹自沉着。过河后，当即把船底给凿破了。追赶的人无奈，望着滔滔江水，也只得悻悻而返。后来，他的岳父十分感激，就把小女儿嫁给了他。又看到他虚心好学，把祖上的书也分了一半与他。

"书里的有些内容可是封建糟粕哟！"我带着调侃的语调说道。

却不料船家一本正经，正色道——

"话可不能这样讲，书里讲的尽是君子之风。都是教人孝顺，做人要讲信义，居家修身的理儿。我看到啥时候也不会过时，为人处事，总得有个标准吧！学会了一辈子'恂恂如也'，我即用此给孩子发蒙。儿子前年考取了北京大学，第二年就不让我寄钱了，说是拿了全额奖学金；姑娘今年高考全县第一，被重庆大学录取。我是顺道送她上郧阳她姑姑家，一去看看，二让她当教师的表姐陪她去报到……"

正说着，一个姑娘从船下抱了一捧苹果爬了上来，流行歌曲先自轻轻地挤在了前头。船家立即高兴，介绍说，这就是他的姑娘。姑娘见有陌生人在此，戛然止声。这是一个身材苗条，扎着两条羊角辫的乡妹子，肤色浅黑，稚气未脱。但是，看得出来，底色不错。船家虽然给她买了一套新衣服换上，还是显些土气，就像山野中的一朵花，质朴摇曳。姑娘发现有人打量她，莞尔一笑，之后腼腆地低下头去，两朵红晕立刻飞上了她的双颊。于是，青春的气息和美，又似乎溢了出来，弥漫船舱。在氤氲中，我的思绪穿过了时间隧道，停泊在一片阳光地带——我相信，经过四年知识的沐浴和都市文明的熏染，姑娘一定十分出色，那时，也许她已长发披肩，如黑瀑布般流泻；略施粉黛，浓妆淡抹，总是恰到好处。少了乡野气，多了书卷气，从外表到内核，定然有脱胎换骨的万千气象。这或许就是教育的功能、知识的力量吧！

我不禁喟然，深山出俊鸟，可见古语之不谬。

我不禁又喟然，山民虽无大识，然恪守着做人的根本，又执着于教育的义理儿，船家无疑是山水中的真智者，育得儿女也出息多了。

养怡园记

养怡园在西苑饭店内西南隅，另辟为苑，约两亩许。园门乃一楼阁式建筑，雕甍画栋，盎然式古，堂皇甚矣。楣书"养怡园"三字，乃为清皇裔爱新觉罗氏溥某某所书，盖因落款日久而漫漶，尚未能辨识其全耳，唯猜之度之。

一齐腰玄色铁栅栏横而为围，与隔内外。槛外烟火繁华，槛内若清幽洞府。中启铁门，恒虚其扃固。推门即一曲折长廊，呈"ろ"字形，红柱绿瓦，逶迤覆压。环廊植古木杂卉，竹林山石，宕然入目。初入，与门正面相直，乃一园，遍植花木竹树，亦有葳蕤之草发伏于地；中筑一双亭，回廊四绕，衬以竹林，景似绿瀑。亭前置一竖石，亭左数步，乃以鹅卵石铺一甬道，林箐蒙密。至则始察之，又一歇山亭藏于高树竹箓之间，额篆"养颐亭"，非履及不得见。柱刻一联云：一片闲心对水云，四时逸兴看花木。庶几写尽园中之胜也。

入廊数步，有高垣为阻，廊乃依垣而曲，其右偪窄。因借地理之便，隙多植竹，茂然为簇。数步外，又现一拐角，复借其势，置二陶制花瓶，甚巨，雕镂绮丽，尽皆古风之大观：上镂福寿文字，中刻绣花虫鸟，下绘才子佳人，悄然约于黄昏柳下。

廊尽，其右高垣之背，豁然又一园也。廊分势其左右，两园合而观之，则极肖一"阝"字。甚纵广，度其界，与整栋楼等长而有余。有古树数十株，森然成荫，皆两汉子搂抱粗。上挂名牌，曰白蜡树，曰广玉兰，曰枫杨，曰海棠，皆百年以上。树下植兰数畦，幽香暗逸。一曲径通月门，而其旁，又筑一亭，式若官轿然，与双亭相对。藤萝绕高树，亦施于其顶，苔痕苍然，似久未除。鸟觅食于花圃草间，人至而不惊。

此园之限也，非广非狭，目履适有及处，恰到好处。如前述，东西园各撮土为筑亭榭，明二暗一。檐角翕张，或为收四时之胜概也。树适植有其行，石适置有其位。花树竞美，萝蔓缘木而攀，雀鸟不恋常枝，其鸣亦带花香，最是清幽。隔了尘嚣，正宜读书、作画、问学。

此园之为佳构也，美在扰攘尘中，而独有象外之态、出尘之境。可以坐忘栏楯，冥然兀想于亭下；可以莳花弄草，仰观树杪之风流幻云；可以隐于竹林，诵读圣贤之诗赋华章；亦可以于雨中雪时，凭轩痴望众鸟之相鸣而跃如也……

此园名甚著矣，不独风物之美，亦多涉名人政要之史实，因而益增其辉。而其来有自，尤为久也，殆可溯及明清。初为明某公公别院；清再有王公袭之；民国辟为公廨；新中国成立后，政务院某机构又临时借屋办公，刘少奇、周恩来、董必武、陈毅尝履及于此。往事亦已，数语之间，倏已五百年矣！

今其园林规制，乃数度重构，或愈于昔者也。前朝遗踪，寻之已无，而山河壮色，在在不改，唯其名犹存。以是知尘烟世界，物阜与与，沧溟岁月，其物有长存，而人事已邈，百年或为过客矣。是以，物不必非为我有，若清风明月，见过既已有幸。若能得之于心者，则幸之幸矣！令狐拂晓先生之画室，即居此间焉。三层楼宇，巍然壮矣！其画室在其顶，半为是也。萧然之壁，裱之以所绘。画象布色，构兹云岭，或大山大水，或高竹枯荷……是写自然之性，亦写画人之心。东晋宗炳《画山水序》云："且夫昆仑山之大，瞳子之小，迫目以寸，则其形莫睹，迥以数里，则可围于寸眸。诚由去之稍阔，则其见弥小。今张绢素以远暎，则昆、阆之形，可围于方寸之内。竖划三寸，当千仞之高；横墨数尺，体百里之迥。是以观画图者，徒患类之不巧，不以制小而累其似，此自然之势。如是，则嵩、华之秀，玄牝之灵，皆可得之于一图矣。"不出户牖，而烟岩在袖，如何不畅神耶？壁为之而生辉，友闻之以踵门。居常品茗会友，纵笔云外，先生真幸人也！东坡先生云："江山风月，本无常主，闲者便是主人。"令狐先生之谓也。

凡客来，见其园，观其画，与之谈，皆叹羡。先生为人偶傥，有豪迈气，且胸藏丘壑，往往纵笔，不贵一客。宾客日日往来，悉京城名士。皆发浩歌，徘徊不去。吾尝数至其画室，观其作骀荡云山，写意沧海，常常陶醉其中，不酒而醉。

交既久，始知先生生平，其人生之有跌宕也，类于路遥。路遥弱冠，即其志不在小。有庙堂之思，有社稷之愿，然未及三年，即坠青云，壮志顿挫，乃废壮心，遂不复有仕途之望矣。乃奋而为文，终成一代文学家也。先生壮时，即入于宦海，载沉载浮，擢于中枢。然飓风之无高木也，伏草惟存；城门失火，池鱼亦有殃哉！遂悟然而寤，别旧我，焕新我。清襟素抱，归之自然。少时丹青，沛然荡涤于胸。乃重拾湖笔，写就山川。岂独抒情也？别有怀抱矣！其志豪华，以泼墨大写意，欲以为宗。先生之画，开阖自若，气韵流畅，众壑奔腾，磅礴其势。须自云中观，则愈见其妙。若无俯仰人生，岂其有宇宙之观乎？此园有先生，则此园之幸；先生居此园，则学问名节，"苟日新，日日新，又日新"。两为洽也。李白《敬亭山》一诗不有云乎："相看两不厌，只有敬亭山。"

残　荷

朋友送我一幅国画。画面上有数茎零落凋敝的残荷，原本肥厚碧青的荷叶耷拉下脑袋。秋阳如炙，烤得卷了边，背面也幻作灰碧色，似乎罩了层雾。荷秆又正吃力地想把它举过头顶，而它干瘪枯黄，在塘中零乱倒伏。时光的肃杀已使美好的东西青春不再，我感到岁月的无情，似乎又有萧瑟秋风正从画面上吹过，带给人幽怨、荒凉、孤寂之感。朋友事业有成，新近又有画册问世。初看，画意未免颓废。我有些不解。

我把画挂在墙上，仔细端详。啊，我明白了朋友画的寓意。原来，他又在一朵小小的莲蓬上十分精细地刻画了一只极可爱的翠鸟。羽毛墨绿相间，黑的像紫檀木，绿的像祖母绿，头上的毛色又是一带林海绿浪的居处，长长的、赤色的喙正扭向残荷一面，似是要给这枯萎的荷塘增添些生气，又像是警惕地注视着来自人类背后的袭击。残荷，翠鸟，这组合就有了意义，我思索着。

在北方的乡下，荷塘就是这样。秋天来了，塘里已不再蓄水，一任干燥的季节风把塘水吹涸，单等年前把藕挖出，去市场卖个好价；一任青苍的荷叶一片一片枯萎，或被村妇们掐去，给收秋的男人蒸一锅荷叶馒头。男人们一厢咂着嘴，一厢闻着荷叶的清香，心里直夸自己的女人能干，晚上就在女人身上用上比白天更大的劲。女人咬着男人的肩膀，不敢放肆地叫出声来，便是这幸福的呻唤，又往往被移居床下的蟋蟀的"咶咶"声所掩盖。夜显得静寂、温馨而有秩序。

而夏天叫得最卖力的青蛙已不知去向，荷叶荷塘零乱婆娑。赶着牛儿拉粪的农人对这情景视而不见，但如果谁家的猪拱了荷塘，农人才会扯着响鞭，高声叫骂着跑过去。午后是没有风的，事情过后不久，便有一只翠鸟落在荷竿上，把荷竿压得左右摇摆，它却高高地站稳，看着这秋天的农舍和劳作的人们。从仿佛还在微微颤抖的荷竿上看到，这鸟似乎是刚刚停歇。或许是在农田里吃足了虫儿，或许是去寻找越冬的新的家园，飞到这邻村的荷塘残枝上歇脚呢。这自然之精灵的造型，这残阳照耀下恬静的村庄，还有微风中萧瑟的荷塘，若是音乐，则是天籁，是绝唱；若是诗，则是绝句，是妙手偶得；若是画，则是十二分的写意。而这一切，恰恰被我敏感的朋友捕捉到了，又瞬间定格了，成为画的主题，从而走向永恒。鸟儿是幸运的，它在合适的时间占据了合适的位置，归巢途中的小憩就有了诗意；朋友是幸运的，他捕捉到了自然中最和谐的音符，表达出了他蕴藉偶倪的心肠；我也是幸运的，他把这美好的发现送给了我，让我世俗的心再一次受到荡涤。

是啊，朋友画的旨意，于破败中见着了希望。他以简约疏散之笔，寄托了一种精神，他把画题为《秋趣》，这是他的发现。我想艺术家的责任，并不在于他创造了什么，而是发现了什么。他于司空见惯的悲秋的情怀之中，发现了美并把它展现出来，给人以瞬间的感动或向上的希望，他的艺术责任完成了，他的艺术良心得到了提升，这就够了。

我把画装裱挂在书房的墙上，读书之余，抬头望到，心中油然而生旷远之意，且有古贤哲之逸趣。南朝宋画家宗炳说："闲居理气，拂觞鸣琴。披图幽对，坐究四荒。不违天励之聚，独应无人之野。……圣贤映于绝代，万趣融其神思。余复何为哉？畅神而已。"与我心有戚戚焉。想人生在世，能闲居读书，为趣为雅，不做行役，也算得畅神之事。神之所畅，岂不快哉也夫！

古　柏

一条小蚰蜒路，曲曲折折，虚虚实实。或直上山巅，或抛在虚谷。当黄草草、荆条浓时，路就断了。到草木黄浅得像瘌痢头上的头发的山间，远看，又极明显，宛若一根发亮的绳子，于浅褐色的岩石上，极随意的一摆，行者即生一种渴望战胜自己的激情与决心。两株古柏立在最高的山峁子上瞭望，山里人稀，一天难得见着行人，张望就有些失落。有经验的钻山人说：在深山里，有路即有人烟。果然，古柏下有断碑残碣，是很久以来坍塌的寺庙。路两条，一条向水边，一条向山的更深处。砍樵人说，古柏是路标，赶路人走累了，就在古柏的浓荫下歇脚，吃干粮充饥，喝泉水解渴，沐山风去乏。攒足了劲，辨明方向，继续赶自己应该去的路程。于兹远眺，峰峦攒簇，层波叠翠。山间虽葱茏，大树却不多，唯这两棵壮汉子搂抱粗的柏树，如鹤而立，俾睨诸壑。

"山上的树在五八年大炼钢铁时，砍掉烧了。"樵者说。

"这么深的山，也能运出去？"

"就地取材嘛！用山上的树，烧山上的石头。"老人显出极惋惜、无奈似又痛苦的神情。"运不出去的，就糟蹋了，朽了。烧火也不起焰了。古柏是庙产，当时这庙灵着呐，谁敢去伐？后山有个二愣子，拆了庙上廊柱，当夜回家，滚下山，摔死了。以后再也没谁敢动庙山的一草一木。"老者说得很神秘，我仔细观察，可不，树下断碑残碣，生着青苔，有些半陷在荒草乱石中，说明这庙已坍塌好久了。树上挂了红布条，几块条石临时垒砌的神龛还飘着香火灰儿，好像青烟袅袅向上升着呐。似乎这树，不，这消失的庙宇，神明犹在。我试图努力擦洗漫漶的残碑，却只隐约看到"至正五年"字样，此乃元碑无疑。树想必亦是彼时所栽，怕有五百年了吧！五百年沧桑岁月，五百年风雨洗涤，其树愈苍。

《庄子山木》篇记载："庄子行于山中，见大木枝叶盛茂，伐木者止其旁不取也。问其故，曰：无所可用。庄子曰：此物以不材得终其天年。"树虽生在路边，因非良木而存活。想此两株古柏，于满山树木皆遭斧钺之厄时，却能逃此一劫，何也？非树有灵性也，而是人们心存敬畏，宁信其有，不信其无。古柏能存活至今，是万幸中事，是奇迹亦非奇迹。如今，则更无砍伐的道理了。砍樵人又说："不久，镇上将挂牌保护，说是古树名木。听说还上了县上的《植物志》，其实，也没啥稀奇。过去，满山都是。现在，少了，也就珍贵了。"

身上的暑气已消，该赶路了。樵者给我详指向山更深的山路说："不远，再翻过两架山，走得顺的话，估摸天擦黑就到你去的地方了。"说罢，一一下山。走了一段路程，忽然想起，还没有问明废庙的名字呐！待回头望时，樵者已转过山崖，不见了，唯两株古柏依稀，在风中婆娑作姿，远看就像两个威武的黄门侍郎，举着绿伞，守卫着万灵之山。

谭振宇作品[*]

成都学习·景点游览所引发的思古之幽情

武侯祠，西晋末年而建。祠古柏参天，高大华丽。祠内亮贴金泥塑坐像，羽扇纶巾，镇定从容。坐像后左侧亮之子瞻，坐像后右侧亮之孙尚。祠后有三义庙、结义楼。

一般寺祠都钟楼在东，鼓楼在西，庙门朝南，取"晨钟暮鼓"之意；武侯祠反过来，鼓在东，钟在西，庙门朝北，取亮不忘"不北伐中原，不荣归旧都"之意。有明代"千载祠林俱北向，分明遗恨荡中原"诗词为证。

诸葛亮，南阳躬耕一平民，受刘备三顾，奉命出山，辅佐刘备，病逝于五丈原军中。二十七年躬耕，二十七年受主。前半生闲云野鹤，淡然自得，后半生受主三顾，为帝业呕心沥血。

我们来了解了解《隆中对》《隆中对》意思大致是："向西、向南发展，得荆州、益州之后，再挥师北伐。"我们听听伟人怎样说？伟人这样说："其始误于隆中对，千里之遥而二分兵力；其终则关羽、刘备、诸葛亮三分兵力，安得不败。"三分兵力，指关羽坐镇荆州，刘备进攻东吴，诸葛亮北伐中原。结果，关失荆州，败走麦城，丢了性命，刘攻东吴，夷陵之战大败，蜀国元气大伤，致使诸葛北伐孤掌难鸣。

我们来看看诸葛亮，用关羽，轻东吴，失荆州，丢性命！用马谡，失街亭，无退路，弃战地。用姜维，穷兵武，败成都，垮蜀国。

诸葛亮隆中对战略有误，并未一统天下。诸葛亮错用关羽、马谡、姜维，致使帝业艰难。诸葛亮为匡扶汉室，一生谨慎，事必躬亲，生怕出错，最终还是功败垂成。

虽然战略有误，用错将领，但古代军师，诸葛亮还是排第一。这是为什么？

---

* 作者简介：谭振宇，男，汉族，1952年生，湖南耒阳人。高中毕业后参军，回地方在中国大唐属下供职。爱好文学，发表文章26篇。以"顺境淡然，逆境泰然"为座右铭。勤笔耕重修养。

政治军事才干超一流，这是其一；对主忠诚，不弄权、无野心，这是其二；流传影响至今的《前、后出师表》是其三，受主二十七年的呕心沥血、"鞠躬尽瘁，死而后已"是其四。这就是成就一代名相的根本原因所在！第一也好，名相也罢，没有民心所在，众望所归，是做不到的。

凝望武侯，凝望西晋末年而建祠纪念的武侯，心情久久不能平静。黯淡了刀光剑影，远去了鼓角争鸣，是的，历经六十年的三国被西晋一统，难怪有人说，一部三国史，说白了就是，前人种田后人收割，更有后人来收田。"前人种田"指汉朝，"后人收割"指三国，"更有后人来收田"指晋朝。曹、刘、孙辛辛苦苦争帝业，到头来却被司马懿一家子田地一起收。看看，这就是历史，这就是值得深思的历史。如果你喜欢历史，如果你喜欢研究历史，又如果你也是一个"三国迷"，那么好，你去成都就一定要去看看武侯祠。

杜甫草堂

杜甫草堂是唐代大诗人杜甫流寓成都时的故居。唐肃宗年间（759 年），杜甫为避"安史之乱"，携家带口由陇入蜀，760 年，在好友帮助下修建此堂。

草堂、照壁、正门、大廨、诗史堂、柴门工部祠，排列在一条中轴线上，有对称的两旁回廊。杜甫塑像呈跪姿、精瘦。"草堂"二字是康熙十七子果亲王所书写。

草堂正门口流过的溪水叫"浣花溪"。相传有一心善任姓女子，在溪边洗衣，走来一个浑身疥疮的和尚。行人躲，唯任姓女子不躲。和尚脱下脓血袈裟求她浣洗，她欣然应允。谁知袈裟入水，满溪泛起莲花朵朵，再看和尚不知去向。溪水因故得名。

杜甫生活在盛唐转衰时期，经历玄宗、肃宗、代宗三代。一生颠沛流离，饱经忧患。上认知社会矛盾，下体验百姓艰辛。在"安史之乱"中，他同人民一起逃亡。他目睹了长安的沦陷，他亲历了人民的痛苦。比起李白的浪漫，他的现实过于悲凉。悲凉的现实，这或许造就了杜甫，造就了一位政治诗人的杜甫。

杜甫的诗作，笔锋直指社会弊端，直指乱臣贼子。"战血流依旧，军声动至今"，他就是这样写诗的，他就是这样带着血，带着鲜血写诗的。

杜甫跪立船头，手捧诗卷，头部微仰，双眉紧蹙，向苍天发出呼喊，向苍天发出"乾坤含疮痍，忧虑何时毕"的呼喊！古往今来诗人墨客，论忧国忧民，有几个能与杜甫相比？可杜甫空有报国志，得不到朝廷重用，其身心负重，可想而知。我抄录草堂挂有的一幅清代名联作本节结尾，上联"异代不同时，问如此江山龙蟠虎卧几诗客"，下联"先生亦流寓，有长留天地月白风清一草堂"。

都江堰

都江堰是世界文化遗产，是世界自然遗产，也是大熊猫栖息地。

公元前 270 年，李冰任蜀郡守。李冰明白，必须治理川西"恶水"，必须修建都江堰。打通玉垒山，岷江下游干旱问题才能得到解决。修建金刚堤（鱼嘴）和飞沙堰，挖掘平水槽，岷江水流不稳、河沙淤积问题得到解决。江心金刚堤将岷江水一分为二。一为西支，流外江，水流顺岷江而下；二为东支，流内江，水流流向宝瓶口。当岷江水滚滚而来时，可在宝瓶口处的弯道形成环形水流；当江水高过飞沙堰，水中泥沙石块便依水流惯性，顺势流到外江，这样就不会淤塞内江和宝瓶口水道了。

都江堰历时 8 年建成（约公元前 256 年至前 248 年）。建成后，川西平原"水旱从人，不知饥馑　时无荒年，沃野千里"。昔日水患之地，逆袭成水顺之地。

蜀郡守李冰，为官一任，造福一方，这样的都守，再多百个千个也不算多，因为老百姓欢迎！蜀郡守李冰，一纸诏书，早已灰飞烟灭，但都江堰千古。蜀郡守李冰，可谓功莫大焉！

从古到今，在人们的心里，都有着对自然山水的深深依恋，无论是苏轼的"水光潋滟晴方好，山色空蒙雨亦奇"，还是陶渊明的"采菊东篱下，悠然见南山"，都无不描绘出一幅人与自然共生的美好生活画卷。山有高山、险山、奇山；水有急水、善水、恶水。既然人要与自然共生，那遇到恶水就要治理。凭着己任，凭着苍生，凭着智慧，李冰硬是把恶水变成善水，把穷地变成富地。说为官一任，说造福一方，李冰做到了；说都江堰千古，说李冰留芳，这都无不发自老百姓内心肺腑！看山、看云、看雾、看日出，各有胜地，但要看水，万不可忘了都江堰。

青城山

　　青城山，是中国四大道教名山之一，与武当山、龙虎山、齐云山、景福山合称五大仙山。和都江堰共同作为一项世界文化遗产被列入世界文化遗产名录。

　　相传有宁封子居山修道，曾向轩辕传授能御风云的"龙跻之术"。西汉末年"蜀中八仙"之一阴长生居山修道。东汉汉安元年（142年），张道陵居山结茅传道，羽化山中。晋代，山中道教渐盛；隋、唐，道教兴盛；北宋，天师张继生曾入山朝拜；明末战乱，道士四散；清康熙年间，道士陈清觉居山，局面重新打开。

　　青城山分为前山和后山，前山道观多，后山林木多。前山香火鼎盛，后山林木幽翠。前山热闹，后山幽静。前山热闹得满满是人，后山幽静得死寂无声。

　　青城山，独秀霞表，天风浩浩。青城山，群峰环绕，树木葱茏。在青城山行走，脚下行路就已是隐于云雾之中，感觉就像是行至仙境。

　　真武荡魔大帝、五岳丈人宁封真君、昊天玉皇上帝、降魔护道天尊、广援普度天尊。看看，都是大帝真君天尊什么的，只有顶级的道山仙山，才有资格供奉这些顶级的道仙。

　　世界文化遗产名录，那可不是闹着玩的。没有真家伙，不可能取得入场券。能与都江堰共同被列入世界文化遗产名录，足以证明青城仙山之实力。

　　青城山道山，青城山祖山，青城山仙山，来吧，朋友，青城山一行，决不枉此一行。青城山一游，决不枉此一游。

乐山大佛

　　乐山大佛又名凌云大佛，大佛为弥勒佛坐像，通高71米，是中国最大的一尊摩崖石刻造像，位于四川省东山市南岷江东岸凌云寺侧，濒大渡河、青衣江和岷江三江汇流处。

　　汇流之处，水湍流急，舟楫至此，往往被颠覆。夏汛江水，直冲山壁，常常造成船毁人亡的悲剧。海通禅师为挫汇流水势，发起宏愿，召集人力开凿。海通圆寂，剑南西川节度使带领工匠继续开凿。朝廷下诏赐麻盐税款，工程进度加快。开凿于唐代开元元年（713年），完成于贞元十九年（803年），历时约

90 年。

1200 多年过去了，大佛还坐在那里，不曾动过。大江急流，舟楫过往，日复一日，年复一年，大佛就这样日夜与岷江为伴，任凭江水奔涌，任凭光阴飞逝。大佛保佑着岷江，保佑着舟楫，保佑着众生。众生对佛的虔诚，也就是对平安的希冀。来到佛前，我们也就默念起来：大慈大悲的佛陀啊，也保佑我们平安吧！

峨眉山

峨眉山是中国佛教四大名山之一。晋，慧持和尚居峨眉建普贤寺，供奉普贤菩萨；唐僖宗时敕建华藏寺（金顶）；北宋，寺僧茂真奉敕铸造菩萨铜像一尊（62 吨），于万年寺安放。

峨眉山纵横 200 千米，千岩万壑，流云瀑布，雄险峻峭，苍松翠柏，翠竹冷杉，奇花异草，溪水潺流，幽雅秀丽。峨眉山云鬟凝翠，鬓黛遥妆，蟒首蛾眉，细长艳美。

站在峨眉山金顶背向太阳，前下方弥漫云雾时，会在前下方的天幕上，看到一个外红内紫的彩色光环，中间显出观者的身影，人动影动，人去环空，两人拥抱，只能看到身影各自。这就是峨眉佛光。

峨眉山动物资源丰富，有藏猕猴、藏酋猴、黑冠猕猴、青长尾猴，有大熊猫，峨眉髭蟾，仙琴蛙，还有峨眉龙。

相传很久以前，一条白蛇在峨眉山白龙洞修炼，一条青蛇在峨眉山黑龙滩修炼。道行很深的白蛇，腾游天庭，偷吃了蟠桃，终成蛇仙。雄性青蛇想与白蛇相配，白蛇提出比试，取胜方可。青蛇自感不及，又不舍离去，故发誓，败了就变女身，相伴白蛇终生。两蛇拼搏"龙斗坝"，青蛇败北。雷洞坪闪电巨响，白蛇变成白衣白裙仙女，称白素贞白娘子，青蛇变成青衣秀女，称青儿。

白素贞白娘子，要报许仙放生救命之恩，以身相许。从峨眉山来到杭州西湖，几经寻找，终于找到许仙！本以为会十分遂愿，奈何人间非天堂，天堂非人间。太多清规，太多戒律，加上管闲事的法海，一对天地仙凡就这样被搅黄了。一部《白蛇传》，说的是仙凡艰辛，可明眼人明白，《白蛇传》说的就是人的艰辛。

早就想游游峨眉，早就想看看峨眉的雄险和峻峭，看看峨眉的凝翠、遥妆和艳美，看看峨眉的金顶和佛光，看看峨眉的山猴、熊猫、髭蟾和峨眉龙，看看峨眉的白素贞白娘子千年修道的那个白洞仙地。终于看到了，终于都看到了。真是不枉此生了。

佛教四大名山之一的峨眉山，如果有机会，我还会再来。

洛阳疗养·印象中的导游姑娘张娜

郑州站

六点半，我们湖南电力疗养人员出了郑州站，便坐上等候多时的洛阳旅游公司汽车，直奔少林寺。

在通往少林寺的旅游车上。导游姑娘张娜，开始讲述洛阳。她讲了黄河、黄河鲤鱼、新密密玉；她讲了洛水、邙山和函谷关；她又讲了洛阳的历史，从东周讲到了后唐。"若问古今兴废事，请君只看洛阳城。"她引用司马光的话语结束了她的讲话。大家热烈鼓掌。"姑娘讲得太好了！"一个说。"姑娘咋懂那么多？"另一个说。你说、我说、他说、大家都说，一时车上甚是热闹。

后座的老李坐不住了："姑娘来两句豫剧吧！""老李，你也是的，姑娘万一不会，不就扫兴了！"我心里暗说。谁知姑娘清清嗓子，将常香玉的《花木兰·谁说女子不如男》唱段唱得字正腔圆、有板有眼。大家又热烈鼓掌。

我不知道我怎么会埋汰老李，反替姑娘说话。

邻座的老王碰了我一下："姑娘什么都会，真行！"我调侃说："你将来的儿媳也会像这姑娘的。"老王乐了。

耳尖的司机插话说："公司挑最好的姑娘给你们当导游喽。"大家又再一次热烈鼓掌。

姑娘忙不迭向大家致谢！看得出，姑娘脸上泛起了红晕。

旅游车在通上少林寺的路上行驶着。

这时，我才注意起姑娘张娜来：花一般的年龄，却满腹经纶；嫩叶般的脸蛋，却非常成熟；个子高挑，却婀娜多姿；容貌漂亮，却并不轻浮；一双看世不久的眼睛，却藏着很多才气和智慧。

好姑娘使我产生了好感觉，我感觉我一定会不虚此行。正当我会神思考的时候，汽车停下了，少林寺到了。

少林寺和少林寺塔林

我眺望远方，远方嵩山正望着少林。

我们跟随姑娘进入了寺内，每到一处，姑娘就开讲，我们只管听，当姑娘讲到"少林寺是中国佛教禅宗祖庭，是世界文化遗产"一句的时候，瞬间我惊愕了："少林寺竟如此高位！"我想我得认真看看少林，仔细读懂少林，把少林永记心中。

少林寺，北魏太和十九年（495年），由皇室敕建。被后世尊为禅宗初祖的菩提达摩出自少林；拥有千古荣光助秦王李世民打败郑王王世充的十三棍僧出自少林；被朝廷征用镇守山陕、抗击倭寇的明代僧兵出自少林。

看完少林我们再到塔林。眼前塔林，塔塔高低不同，大小各异。我也许是看了片子《少林寺》的缘故，僧人打斗，那些棍棒，那些醉拳招式，等等。如此激烈场面好像再现塔林，实地溯想，我不得不说，好个塔林。

姑娘说道："塔林为僧人圆寂之地，塔塔为僧人超度之塔。"我明白姑娘的解说，因为我懂。

少林寺就像嵩山的一颗璀璨明珠，镶嵌在太室山与少室山相接的山口中间，览尽二室之胜，气魄之大，山林之幽，令人叹止。

少林初祖棍僧、僧兵的塔林的确千古荣光，少林的这颗嵩山明珠的确璀璨夺目，说少林祖庭，说少林遗产，说少林璀璨夺目并非浪得虚名。

白马寺

我们在少林餐馆用完午餐，就乘车去白马寺。白马寺中游客人数不少于少林寺，香客比少林寺还多。

山门外两匹石雕白马立在那里。

进入寺内，可见五重大殿坐落有致，古松、古柏翠绿葱茏。

姑娘给我们讲解道："白马寺北依邙山，南临洛河，建于东汉永平十一年，为中国佛教祖庭，为中国伽蓝之首。"好家伙，又一处高位！我又一次惊愕！

我的目光停留在一块碑刻上，只见碑刻：东汉明帝帝梦金神，曰佛。故敕建僧院。碑刻刻字至今清晰，碑刻确也算得上千古一绝。我们一边走、一边听、一边看，是怎样的一个白马寺，也渐渐明白了。

看完五重大殿，我叹服白马寺不简单。少林白马都高位，皆因帝王及皇室所为，十三棍僧助秦王，迎来少林寺辉煌时期，帝王圆梦白马寺，同样迎来白马寺辉煌时期。

我主动与姑娘对话："如果不是帝王圆梦，中国佛教官办寺院白马寺还真不会存在，即便存在，也不会到现今。""如果不是帝王皇室所为，少林寺也不会到现今。"姑娘冲我笑了，点头认可。我不知为何要说这些，也许是喜欢和姑娘说几句话吧！此时此刻，我竟产生了莫名的欣慰感，是因为姑娘？还是因为自己？但愿二者皆有之。

关 林

看完白马寺已是晚上六点。我们到豫东宾馆用晚餐，并在豫东宾馆住宿。

第二天一早乘车去关林。我注意到姑娘的穿着变了，一身素白，姑娘穿着十分肃穆，我不明就里。

前者为庙，后者为林，葬埋关羽首级的关林出现在我们面前。

姑娘对我们讲解道："关羽的神话，发端于人们对其忠义美德的敬佩和人们逐渐形成的道德意义上的心理认同。关羽以他的忠义仁勇的精神品德，赢得了后人的步步褒封。"又肃然，又有水平，又素白，我才大悟，原来姑娘有讲究。我佩服姑娘的水平，同时也佩服姑娘的讲究。我不由得看了姑娘一眼。

可能是因为环境，我心情一直低落，也一直在思考。因为三国之争的残酷，关羽才身首异地。可退一步想，那又怎样！朝代动乱，朝代更替，那就会这样。风起云涌，豪杰争雄，又何止关羽一个！只是关羽悲壮了！

因为一直在思考、在沉思，疗养人员陆续都走了，我还在关林，要不是姑娘过来催我离开，我还在梦里。你看看，我也太情绪化了。

龙门石窟

看完关林，我们旋即乘车去龙门。

"龙门石窟，是世界上造像最多，规模最大的石刻艺术宝库，被联合国列为世界文化遗产。"姑娘在车上向我们介绍道。"又一处世界级，好个石窟。"我心里想。

我们进入了龙门。啊哈，好大的景区，好多的游客。一批一批的游客很早就来，很晚才归去，一饱名窟眼福看来是人之常情。

天气很好，5 月的初夏，树叶、花草嫩绿，流水清透，一派生机勃勃的景象。

姑娘挥着旗子，招呼大家不要走散。姑娘练就了口才，练就了脚力，每到一处，都要停留，都要讲解，姑娘的付出，换来了我们对石窟的全面了解。

你看：禹凿龙门，谓之伊阙；鱼跃龙门，鲤鱼纷纷跳跃；卢舍那佛，佛祖报身；宾阳中洞，北魏洞窟；万佛洞窟，金碧辉煌；药方洞窟，唐代药方；老龙洞窟，顺自然开凿；白园墓园，白居易葬地；摩崖三佛，中为弥勒；香山古寺，与西山带水，与东山相连。

近三个小时的游览快结束了，我内心倒不平静了，无限感慨起来。

在石窟，到处都会产生朝拜心理，到处都可引起心灵上的震颤，到处都能见到先人折射的不灭光芒，到处都汇聚有"雨众天华"的壮丽场景。在石窟，宣纸上的走势龙蛇都会自叹不如。在石窟，艺术撼动力的巨手，可以把人们碎成浮尘。

艺术的长卷在龙门，长卷的艺术也在龙门。艺术的长卷可以使观看者叹为观止，长卷的艺术又可以使观看者感到骄傲和自豪。

石窟是一种感召，它把人性神化，付诸造型，又用造型引发人性。石窟是一种释放，它让时空飞腾，它让人们走进神话、走进寓言、走进宇宙意识的霓虹。石窟是一种仪式，一种超越宗教的仪式，它把真善美以人神交融的方式锤凿于宗教。在这里，佛教礼仪已被"美"的火焰蒸馏，剩下的只是仪式应有的玄秘、洁净和高超。

公元 494 年，龙门就锤凿了，就兴建了，一千五百多年过去了，锤凿的声音还这般响亮清脆而又悠扬。

思想在无限地思想，沉思在无限地沉思，感慨也在无限地感慨。

姑娘拿着高音喇叭，像是总结式地对我们说："那是西山！那是东山！那是伊水！两山相对，望之若阙，伊水流经期间，这就是龙门山水，这就是天然门阙般的龙门山水！"姑娘的声音，就同播音员的声音一般，清脆磁性，和着石窟穿透石窟，在石窟上空久久回响。

十二点，离开龙门，我们仍回豫东宾馆。用完午餐，我们便收拾东西离开洛阳。

旅游车在通向洛阳火车站的路上行驶着。

车上真安静，大家相顾无言。还是姑娘张娜打破了沉默："我们洛阳不愧历史古都，一两天时间不够用，下次来，下次看，下次我请大家吃满汉全席。两天的游玩，大家辛苦了，大家生疏地来到洛阳，相互熟悉了却又要离开，这就是我的工作，不周到之处，诚望见谅！"

话音刚落，掌声四起。大家你一言我一语，都赞美起姑娘张娜来，都说时间过得太快，都说还能在洛阳多待几天就好了，都说还能多听听姑娘讲解就好了。原来相顾无言里，却蕴藏着大家对姑娘张娜的难分难舍之情。我还能说什么呢？在姑娘张娜身上，我看到了洛阳旅游业的希望。

离开洛阳

不一会儿，我们就到了洛阳火车站。我们稍歇，就开始进站了。姑娘张娜送我们到站台，我们同姑娘再见！我们向姑娘一再表示感谢！姑娘则同我们每一位疗养人员握手！并说欢迎以后再来！

我们上车了，车开动了。

只见姑娘还在那里目送我们，并挥舞着手中的导游旗帜。

车厢坐定的所有疗养人员，都离开了自己的座位，探出车窗向姑娘挥手致意！

"多么好又高水平的一位导游姑娘啊！这是洛阳的骄傲！"我不由得从心里说道。

就这样，我们带着难舍之情离开了洛阳，去往西安。

梁立新作品 *

登高柳仙谷

岁岁重阳，今又重阳

这个重阳节，我们去柳仙谷登高望远。

早上六点半，我们准时赶到公司集合出发，我和同事赵、韩、李，一同坐西关李经理的车。

一路上，我们有说有笑。田野里的庄稼收获得差不多了，没有了玉米、大豆、谷子的拥挤，变得空旷起来，纷纷扬扬的秋风，把秋天打扮得多姿多彩，经过春的耕耘，夏的生长，层林尽染的秋，到处都是硕果累累。

八点半，我们达到山下，市公司工会做了动员，工会主席李志海（原藁城联通公司总经理）作了简短讲话，工会为每个单位准备了旗帜，各单位打着自己的旗帜，开始爬山。

柳仙谷，并不算高，主体山高也就才600多米的样子，步道长约4300米，主要依托区域内原有的自然环境加以改造，绿色生态，返璞归真，主要用于登山健身。但沿途风景也很好，主要有凉山大佛、柳烟亭、柳仙庙、石牌坊等景色。

我们沿着弯弯曲曲的山间小路拾级而上，山谷里空气清新、舒爽，环境安逸静谧，恍若仙境一般。秋深时节，时光变得不再张扬，尽管天气非常不错，太阳没了那份炙热，少了那份气势，却多了一份沉甸，多了一份安稳！

秋水无尘，精美至极！

山路两旁，溪水潺潺，清澈见底，淙淙流淌、泠泠作响。林木茂密，疏影斑驳，落叶铺在小石路上，稀稀疏疏，薄薄的一层，树叶颜色深浅不一，黄的、绿的，还有斑斑驳驳的浅黄中染着紫红的。有的叶子枯萎了，有的叶子还软软

---

* 作者简介：梁立新，男 河北藁城人，联通公司职员，文学爱好者。

的，像一只只飞倦的蝴蝶，静静地睡卧在碎石中间。一阵山风起，树上更多的黄叶纷纷飘落，就连小路上的那些黄叶也随风飞旋起来，在半空中飘飘洒洒。

越往上爬，山体越陡，景色也越来越漂亮，曲径通廊亭，溪水映古桥。几家农舍在树林中掩映，好一座秘境幽谷！

青山原不动，白云自来去！

很快我们爬到山顶，站在秋的山顶上，四顾苍茫，天风浩荡。

向东俯瞰远眺，整个石家庄市区全貌映入眼帘，那些高低错落的楼房鳞次栉比，一览城市小，让人的心境仿佛伟岸起来，胸中梦想陡然升华，梦想成真的信心无比坚定！

近看，山脚下还有辛勤的农夫在劳作，不免感怀生命的力量，春华秋实，没有春天的耕耘，哪来秋天的收获！

时光啊！你沉淀了多少春荣秋枯，又见证了多少聚散离别，又经历了多少的悲欢离合？

人，在时光面前，是多么的渺小，渺小到都无法阻止一朵花的凋零，也无法挽留一片叶子的跌落，即如此，我们又何必去伤春悲秋呢？

我们只要在这秋光里，"静赏花开花落，笑看云卷云舒"，多好！

我们只要在这秋的怀抱里，像山间那株野菊花，静静地生长在角落里，"不以物喜，不以己悲"，多好！

我们只要在这秋的世界里，像那一轮秋月，略去浮名，沉静内敛，稳稳地做最好的自己。多好！

正定夜色美

正定，距我们村不过百里的一座历史文化名城，很早就向往，只是虽近在咫尺，却也无缘造访。

今晚下班回家，碰上几个年轻人正张罗着去正定看夜景，问我去不去，正中下怀，于是，兴致勃勃跟上几个年轻人，驱车到正定。

车子走高速，很快我们到达正定南门——长乐门。早已是华灯绽放，灯火阑珊，远远望去，白日里原本灰墙灰瓦，古香古色，显得冷峻的古城墙，在绚丽多彩的灯光照射下，却显得温暖、浪漫、热烈，而且层次分明。

没想到，在城墙下，有面积巨大的停车场，而且和登城墙一样，是免费的。我们来到城墙下，随意找了一个车位停下来。走出车，恍如人间仙境，红的、黄的、粉的、蓝的、紫的、绿的……各种颜色的灯光交织穿插，美不胜收！

欢笑声、吆喝声、歌唱声、乐器声……连成一片，红男绿女，游人如织。

抬头望，一座高高的城楼甚是雄伟，在五彩斑斓的灯光映射下，像一个威风凛凛的武士，盔明甲亮，守卫着幸福家园，镇守着北京的南大门，不禁让人想到三国里那"我乃常山赵子龙"的赵云，威武雄壮，伟岸，而又不失华美！

现在的正定城墙，为明代所建，城门之上，"三关雄镇"的牌匾也是明代遗存，早已修葺一新的古城楼，在绚丽多彩的灯光映射下，更显得古朴，宁静，煞是好看！

我们信步登上城楼，城墙上游人如织，不仅仅是外地游客，更多的是当地人出来散步纳凉。

站在城墙之上，手扶垛口，看城内，被五彩缤纷的灯光点亮的正定古城，灯火辉煌，绚丽多姿，几座高耸的古塔清晰可见，像威武的卫士，守护着幸福家园。城内街道两旁，都是各色店铺，各家店铺为了吸引客人，都装饰着不同特色的霓虹灯，五颜六色，甚是好看！

城门之外，是一座巨大的瓮城，在冷兵器时代，瓮城是城门之外的又一道防线，是守城一方的军事屏障，在攻城者攻入瓮城后，那就是"请君入瓮"，四面临敌了，因为瓮城四周都是弓箭手，进入瓮城意味着被四面八方的弓箭手射杀。那个"瓮中捉鳖"的成语是不是也与瓮城有关，源于此处，我没考证。从高大的城墙和巨大的瓮城可以看出，古城正定绝对是一战略要地，是一座很有战略意义的要塞，不枉称为北京南大门，北方三雄镇（北京，保定，真定）。

站在城墙朝下看，古城的夜晚比白天还要热闹，熙熙攘攘的人群，漫步在华灯绽放的街头，车水马龙成为流动的风景，绚丽多彩的灯光给古城披上了灵动而靓丽的外衣。游人们有的在流光溢彩的街道徜徉，自在逍遥；有的在美食街上留恋，大快朵颐；有的坐着小火车观看古城夜景，逍遥快活。

看！右边，灯光璀璨，嘹亮的歌声传来，那是音乐广场上，游客在纵情欢唱，歌唱这美好的时代，幸福的生活！

听，左边，一阵锣鼓响亮，胡笳悠扬。在一个五颜六色的大花篮下，鲜红的花篮上"自在正定"四个金色的大字，熠熠生辉，数朵鲜艳的花朵雍容华贵，花篮之下，一群喜爱戏曲的人唱河北梆子，梆子腔高亢嘹亮，激越悲壮，令行云止步，吸引好多游客驻足，艺人自拉自唱，怡然自得！

我们生活在一个美好的时代！一个幸福的年代！

华灯正绽放，夜色却未央！余兴未尽，几个年轻人嚷着要吃饭，我们走下城墙，来到美食一条街，街道两旁都是灰墙黛瓦，灯火阑珊，古色古香的建筑，唯美烂漫的灯光，让人目不暇接，流连忘返。店铺里各种各样的美食，应有尽有，让人垂涎欲滴，最有特色的应该是四荤四素的八大碗了吧。你知道什么是八大碗吗？就是蒸碗。四荤是从肘子肉、酥肉、方子肉、扣肉、肉丸子、白菜卷肉馅、粉条蒸肉等荤菜中任选四样；四素是从萝卜、海带、粉丝、豆腐、蘑菇、木耳、干豆角等素菜中任选四样；配好调料，装碗，放锅蒸，蒸好的八大碗，荤的肥而不腻，素的素而不寡，很丰盛！

我们一行六人，随意走进一家小店，倒也干净，服务也很热情。我们各人根据自己的喜好，各自要了不同的主食，有要羊杂汤的、有要饸烙烧饼的、有要牛肉罩饼的、有要热切丸子的，我则要了一屉烧卖，我们六个人，要了六样主食，各具特色，当然，也是互相品尝！

酒足饭饱，打道回府。

杭州，被誉为"人间天堂"，有人说"若把西湖比西子，浓妆淡抹总相宜"，也就是说把杭州的美比作美女西施，那么，我看古城正定，就是雄壮伟岸的赵云赵子龙了，威武雄壮，又不失华丽。赵云同志肯定没想到，他的故乡没有淹没在浩瀚的历史长河之中，而是成了一座具有厚重历史积淀的文化名城！

再见了，常山郡！

再见了，真定府！

再见了，正定县！

有朝一日，我再回来，定要好好游览一下这古城，看一看隆兴寺，看一看凌霄塔，看一看"三山不见九桥不流，九楼四塔八大寺，二十四座金牌坊"的古城——正定！

陈高星作品[*]

回 乡

凛冽的寒风，呼啸而过人海如潮的站台，吹乱了斑白的头发，吹瘦了焦渴的脸庞，更吹重了久违的思念；但，任凭寒风怎样肆虐和无情，也吹不散游子那一份归心似箭的情绪，吹不走家人门前翘首以盼的温暖。

"买得车票了咩？"

"买得了。现在在站台，准备上车回去啦。"

手里紧紧地拽着那张薄薄的车票，耳边回响着老父亲殷切的期盼，我，踏上了回家的路途。

列车一路向西驶去。距离都市的高楼大厦越来越远。车厢里虽人贴着人，像闷在罐头里的沙丁鱼，但每个人的脸上洋溢着回家的喜悦。一句句熟悉的乡音不时飘过耳畔，长长的车厢顿时充满了思念、长满了牵挂。

故乡还好吗？年迈的老父亲腰还疼吗？老同学们都混得不错吧？那一条魂牵梦萦的龙头河是否还清澈见底？年初送我漂泊远方的那一颗颗星星是否还挂在夜幕里闪烁？我无数次梦见的那一朵朵白云，是否依然徘徊在会仙山山顶蔚蓝的天空中？

人在归途，故乡早已在心上。

家门前的那苑夜来香，是不是片片黄叶飘飘落下，又多压弯了一点儿老父亲曾经挺拔的腰板？山垠上老母亲的坟茔上，是不是又多了一层层杂垢，封住了久违的絮叨？兄弟，老家的那一扇铁门重新漆了一遍吗？大红灯笼挂上了吗？春联帖好了吗？放假了的小侄子侄女买好新衣裳了吗？一定又是迫不及待悄悄地燃起一串串小烟花，手舞足蹈地在门前欢笑吧。

老同学们的年货都办齐了吗？咬下去满嘴油的红烧肥肠炸好了吗？香辣甘甜的狗肉腊肠熏黄了吗？一口焖下喉，那种口齿留香、回味甘醇的玉米酒熬了

---

[*] 作者简介：陈高星，男 59 岁，广西河池宜州人，水电工，热爱文学写作，在本地报刊发表了 20 多篇文章。

几锅呀？

"呜……"列车的一声响笛，仿佛在回应我说"都准备好了，就等你回来啦"。

邻窗静待故乡的临近，窗外瞬息万变的景色像极了在都市的岁月，璀璨绚丽的都市街头，过往都是一个个陌生的背影，没有谁在乎一个游子的冷暖和温饱。高楼林立的都市，繁华之下有着太多的诱惑，总以为富贵唾手可得，总以为流光溢彩的居所里可以栖下漂泊的身影，总以为灯火阑珊处有一扇属于自己的窗口；为着这份诱惑，它不动声色地把汗水、心酸、委屈、茫然、孤独降临给你，让你受尽体肤之累、心志之苦。然而，在没有暖气的宿舍一梦醒来，窗外冬雨绵绵，无情地将美梦的翅膀淋湿。日出日落，月缺月圆，年复一年，在都市灯红酒绿包裹的世态炎凉里，见多了尘世间的纠结、牵挂和纷争，对这种冷漠早已变得麻木，孤寂的心灵似乎对这种无奈早已妥协。都市的高楼大厦遮住了望穿故乡的视线，夜幕之下，在微醺之中，悄悄地把乡愁一杯一杯咽入肚中。

年初出门时怀揣的希望和梦想很丰满，一年的打拼，那份心酸不堪言语，但是，却收获了在孤单落寞中得以坚强，就是这份希望和梦想，支撑着我在困境中不轻易言败。而今，一年过去了，虽不是衣锦还乡，却也背回一个充实的行囊，行囊里装满了思念和牵挂，需要至亲的家人来承受，需要川流不息的龙头河去化解，需要默默无闻的会仙山来听我倾诉。

风尘仆仆的归乡路，终于到站了，列车徐徐停下，凄厉的寒风还在站台上呼啸，吹散了一路的风尘和疲惫，酸酸困困的腿也能走出轻盈的脚步来。迈出站台，我远远地望着老家旁边巍峨挺拔的会仙山，在心里说："妈妈，您的儿子回来过年啦。"今晚可以惬意地和老父亲一起端着一杯浊酒，就着那一弯泛着清光的残月，一饮而尽！

怀念母亲

清明时节，厚厚的阴霾云层低低地笼罩着大地，时不时静悄悄地就飘下一些初春的雨丝来。乍暖还寒。

远离市区5千米郊外的马草塘的一个山坡上，新砌的母亲的坟茔显得格外的刺眼。给母亲上坟用的五彩斑斓的祭品在平坦的拜台上泛着毫无生气的光亮；黑色的纸灰在习习的春风中飞舞，馥郁而刺鼻的焚烟弥漫在我们的周围；燃烧的红烛在冰冷惨白的墓碑前摇曳，映照着篆刻得清清楚楚的"于二〇一五年六月二十四日仙逝"字样，这一行字又一次像闪电一样凉过我的心尖。

大前年六月初的一天，母亲对我说："这几天你有空就早点回来煮点饭菜给你爸，我感觉好困的、没精神。"我以为她感冒了，劝她到市医院看看，没想到却检查出母亲心脏早已不好，心律不齐，进重症监护室救治了十多天，受罪至六月二十四日清晨，母亲就再也没有醒过来。

其正值初夏，来势凶猛的骄阳，像刚烧旺的火柴一样，烘烤着大地，而我的家却如同被太阳遗忘了的旧城堡，这座父母用血汗垒成的曾是庇护我们六兄弟的四层小楼，此时正冷锅冷灶。我们兄弟几个谁也不愿多说话，默默地腾开堂屋的一切东西，尽可能大地安放母亲的灵床。母亲安详地睡在灵床上，双目紧闭，按照她生前的叮嘱，我的大嫂为她换上了去年春节还穿着的大红绣着双喜图案吉庆的棉袄唐装。母亲的脸、手、脚还是那么的柔软，却早已没了往日的温度。

我们谁也没料到一直以来勤劳能干、步履轻巧、七十多岁还活跃于"夕阳红"群众艺术团队的母亲会这样突然离我们而去。

记得刚送母亲到医院就诊的时候，医师还对我们说："可能是感冒啦，年纪大了先住院观察吧。"没想到第二天下午母亲忽然晕倒、口齿不清。我闻讯赶来时还曾冲动地向医师大声责问："医个感冒医成这样？"等到母亲再次醒来，只见她像快散了架的风筝一样疲惫不堪地对我说："我感觉太累、太累了。"没想到这竟然是母亲在世时给我留下的最后一句话。

现在回想起来，母亲这一辈子确实是够累的了。她从小就没了父亲，与我外婆两个相依为命，在她十九岁那年，嫁给了远在河南当兵的父亲，母亲是广西人，瘦小的身躯，硬是挺住了在河南干冷砭骨、风沙满天的气候和举目无亲、紧张枯燥的随军岁月，无怨无悔地相夫教子。母亲一生养育了我们六个兄弟，在父亲转业回到广西的第二年，她毅然选择了参加社会工作，一边上班、一边呵护着我们一天天长大。母亲就业于饮食服务公司，一直干到退休，学历很低的她在工作中学会了很多专业知识，她做过服务员、小组长、会计、办公室秘书，人缘很好，整个单位的员工都亲切地叫她"韦嬢"。

我记得在母亲工作几年后的一天吃晚饭的时候，我父亲用筷子在酒杯里蘸上酒，依次给我们几兄弟吮吸，然后神秘地小声告诉我们："你们的妈妈，今天入党啦。"那时候我们六兄弟都太小，不明白"入党"是怎么回事，但幼小的心里是对母亲更加的崇拜。记得当时母亲只是淡淡地说："我是没赶上读书的好时节，不然字写得和你爸一样好的。"这时，父亲会习惯地咧出一排整齐的白牙，憨憨地笑着，再次用筷子蘸上酒往我们嘴里送。前年，父亲的腰椎间盘突出，骨质增生，八十五岁高龄的他在一年半中做了两次手术，由于注入的是全身麻醉的药水，手术时间过长，等到父亲被推出手术屋时，就一直昏迷不醒，我们六个兄弟团团围着父亲的病床，不知所措地干着急，只有母亲紧紧抓着父亲的手，不停地抚摸，对着他的耳边不断地小声呼唤："老头子，你不能这样睡过了啊。"母亲就这样，一次次地把父亲从死神手里喊回到我们身边。母亲去世后，父亲常常老泪纵横，深深自责，不断地唠叨："她的心脏不好，都怪我发现得太晚了，不然做个搭桥什么的，或许能让她多活几年。"他们俩老就这样互相搀扶着对方，相濡以沫的生活了五十八年，在我记事以后，从未见过他们红过脸、拌过嘴。

母亲没上过几天学，却早早把我们六兄弟先后送进学校。我是三岁进的保育院，那是一所全托式的寄宿学校。我从小就恋家，不肯去，每个星期一上学的时候，常常是哭闹半天都不愿离开家半步，记得有一次我觉得很委屈，然后哭着对母亲说："保育院的雨下得大大一颗的，雷公叫得响响的。"母亲忍住笑，轻声对我说："妈懂得你想家，但是妈要上班呀，再说妈也没读过什么书，怕教不好你，你要像大哥那样，到学校去和小朋友们一起，有老师教，多好呀。"母亲就是这样，不管我们以什么借口、不管学费多贵，她都想方设法让我们六兄弟在学龄期接受最好的教育机会。退休以后，还和父亲一起，一边照看着孙子、孙女，一边经营着一间早餐店，起早贪黑地坚持着帮助最小的两个弟弟完成了学业。"人活一辈子，靠自己的双手劳动挣来的每一分钱，用起来心不慌、吃得香、睡得着。"这是母亲常对我们说的一句话，她的言传身教，几十年都在鞭策着我们几兄弟。我私下常这样感慨："如果没有母亲苦心营造的家境，我极有可能现在正蹲在监狱，或者正待在戒毒所，甚至早已死于非命。"

母亲一生安于平凡，却慈祥友善，晚年的时候，时常有"夕阳红"的老姐妹邀她去帮准备结婚的小辈铺床、叠被，以讨个吉庆的好兆头。每当看到她的老姐妹拉着母亲的手，这样夸奖道："你命好哟，生的都是仔，现在儿孙满堂，有当局长的、有当老师的、有做生意的，个个都读书，全家没有一个挨劳改、没有一个吸毒的，啧啧啧，不多见哟。"我欣慰着我母亲的一生低微却崇高，平凡而伟大。

人的一生，极像一次短促而悲苦的旅行，每节车厢仿佛是一个家庭，在我家的这节四代同堂热闹而充满笑语的车厢里，母亲就是车长，她能记得每一个人的喜爱和缺点、每一个人的口味和习惯。每逢节假日，母亲总会早早准备好给年事已高的父亲炖得透透的鸡汤、大儿爱吃的粉丝、小儿爱吃的酸萝卜、儿媳爱吃的清蒸鱼、孙儿爱吃的牛肉和蛋包、曾孙要吃的甜食，唯独想不起自己最爱吃什么！一大家子的吃喝拉撒、喜怒哀乐，都装在母亲已经衰老、羸弱的心里。就在母亲七十七这年，她的孩儿们各自都有了新的家庭、孙辈绕膝、曾孙牙牙学语的时候，还没等我们为她倒一杯水、为她喂一口饭、为她洗一次脚，甚至不忍心让我们侍候她磨床炼席的病痛半日，就匆匆地走到了她生命的终点站，溘然离去。留给我们无尽的遗憾和无法超脱的纠结，每当远远地看到一个白发苍苍、瘦小的身影，我都认为母亲只是到广场和她在"夕阳红"的同伴跳舞又回来了，我又可以像往常一样回到家的时候，正在看电视的母亲欠一欠身子，说："饭菜在桌子上。"或者见到我歪歪斜斜喝多了的时候，嗔怒地吼一声："少喝点！"这样的幻觉，一次次地被悔恨的泪水冲得无影无踪，我知道，我再也没有福气听到母亲的声音。

临下山前点炸的鞭炮，回响在空旷的山野间，像老式八挂钟的摆锤准确地撞击时点一样，清晰地告诉我：母亲已经离开我三年了。

回响在山野的鞭炮渐渐停了，焚烧的纸钱已燃尽，红烛亦灭，留下一缕青烟越来越淡。天空放晴了，这初春三月的天空就像小孩子的脸一样，刚刚还乌云密布，转眼间就像用水洗过一样，悠悠地飘浮着一朵朵白云，好像观音菩萨种在天上的棉花，随着微微的清风吹动，渐渐地变薄变淡，慢慢地移出了我的视线，就像一些生活中的纠结心情，早已经找到了适当的出口处。

走下山来，踩着一路春风，我在心里默默地说："妈妈，感谢您！我一生中的阳光都是您为我洒。"

戴迎春作品[*]

兰　花

我养的兰花开花了，这次开得比较少，一枝花茎上只开了三朵花，往常都开五朵甚至七朵。花开虽少，但香味仍广，让人心情舒畅。清晨，我冒充文学爱好者，坐在窗前读古韵："何琼佩之偃蹇兮，众爱然而蔽之"……这时，一阵幽幽的花香从窗台处飘来，是那样的应景，瞬间感觉自己高大上起来。

我养的兰花属素心兰品种，叶片细长直立，花色浅绿素雅，是古代文人骚客最欣赏的"四君子"之一。它原本生长在深山中，人们形容它，性情孤傲，人不知而不愠，不随波逐流，不沽名钓誉，不取媚于人。

兰花的香气怡人，既不浓烈似火，也不羞羞答答，一朵花开，满室幽香，且香气永远若隐若现、若即若离，用"幽"来形容它，真是太恰如其分了。

兰花不是每个人都能欣赏得了的，因为它香不过茉莉，艳不过牡丹。世人更喜欢实用的东西，茉莉和牡丹是最实用不过的了。牡丹就像是皇家公主，集艳丽富贵于一身。人们种植它、欣赏它、甚至把玩它，除了观赏它的艳丽，更是想借它的富贵之名让自己也赶紧富贵起来；茉莉就像是小家碧玉，人见人爱。它香喷喷好养活，又不贵最实用。人们大面积种植它，就是利用它的"香"，让自己获得最大的利益。茉莉和牡丹就像被人间驯化了似的，沾染了人世间太多的俗气。而兰花却大不同，不俗不媚，不讨好谁，不利用谁，也不向任何人低头，不占用尘世间的土地，生于幽谷，甘于寂寞，花开花落，孤芳自赏。人世间再用心的种植，也培育不出它在深山幽谷中自带的仙气，它就像一位清雅高深的隐士君子，只能远远地观摩和崇拜，不能亵玩焉。

喜欢兰花的人都是正人君子。您说呢？

作诗一首：

---

[*] 作者简介：戴迎春，女，59岁，本科学历，居住地新疆乌鲁木齐，农行新疆兵团分行退休职工，中级职称。喜欢读书、旅游、养花、做饭，退休后恣情所欲，左触右伸，希望能活出自己想活的模样。

咏 兰

空山幽谷藏素心，
纤叶如剑枯亦挺。
花香不为惹人爱，
傲洁冷贤出本心。

巴音布鲁克游记

厌倦了每日柴米油盐的琐碎，2020 年 6 月，我们决定来一场亲近大自然、潇洒走一回的旅行。不迟疑不啰唆，我们给汽车加满油，给钱包充满钱，整理好行装，驾驶着自己的爱车，迎着朝阳从乌鲁木齐出发了。这次旅游的目的地是巴音布鲁克。一路上夜住晓行，观景尝馐，不须细说，第三天的晚上我们才慢慢吞吞地到了和静县其宾馆。

巴音布鲁克是新疆著名的旅游景区，令我向往多年。我常想，作为一个土生土长的新疆人，我居然没去过巴音布鲁克，真是岂有此理。这次到巴音布鲁克游玩，就是为了了结我的心愿。

巴音布鲁克位于巴州和静县西北，地处天山山脉中部，面积有 10 万公顷。虽然人们习惯称巴音布鲁克为草原，实际上整个巴音布鲁克景区，是集草原、湖泊、河流、山丘为一体的全方位风景区。到这里游览，景色绝对会超出你的预期。

景区里主要的景点有三个：天鹅湖、藏传佛教寺庙、九曲十八弯。

我们坐上景区区间车，向第一个景点"天鹅湖"进发。一路上视野开阔，展现在眼前的是一望无际的草原。绿草青青，鸟鸣嘤嘤，不时可以看见有仙鹤在草地上闲庭信步。不大会儿工夫，区间车停下来，司机师傅让我们下车，说天鹅湖到了。下车地离具体景点还有一段距离，但用不着指示牌的指引，也无须过来人的指点迷津，那个人声鼎沸、鸟鸣划天处一定是天鹅湖无疑了。

我们顺着小木栈道向天鹅湖走去。小木栈道一侧的草地上，隔不远就竖着一块儿木牌，每个木牌上都有一个鸟的图片，并用汉、英两种文字对图片上的鸟进行简单的介绍，如名称、习性等。这些鸟都是天鹅湖，或者说是巴音布鲁克草原的常客，有的还是原住民。景区内共有各种鸟类 128 种，除了大天鹅外，还有灰鹤、鸬鹚、红嘴鸥、黑鹳等多种珍稀水禽，可以说是鸟类的天堂。

天鹅湖是高山湿地湖泊，四周是雪山和冰峰，泉水、溪流、雪水源源不断地从四面八方汇入湖中，给各种水鸟提供了一个非常适合他们繁衍生息的伊甸园。

天鹅湖到了，景区在偌大的湖区开辟出一个小角落，修了木栈道和围栏，供游客驻足，与各种鸟类亲密接触。我们到来时，这里已经聚集了一些人和鸟，最多的鸟是红嘴鸥。游客手里拿着食物高高举着吸引着他们，鸟一个俯冲，就把食物叼跑了。这里简直成了欢乐的海洋，鸟儿鸣叫，游客欢笑，人和鸟共同勾画了一幅"人疯鸟癫"图。这时，两只大天鹅游了过来，我们跟讨好似的，把别的鸟赶跑，给大天鹅丢去两块儿饼干，可是大天鹅连理都没理我们，昂着它高傲的长脖子优雅地划走了。看起来鸟也分高低贵贱，大天鹅就是鸟类中的贵族，它们是不屑给人类当宠物的。

天鹅湖实际上是很大的一片水域和湿地，游客只能在景区规定的一小片区域驻足，不能往里走。景区这么做的目的，是避免游客深入其中，破坏了鸟儿珍贵的栖息地。我对景区这一做法举双手赞成。人类已经破坏了太多动物的家园，如果再不节制，就会把动物赶尽杀绝。20世纪70年代的时候，我认识一个人，他向大家炫耀在巴音布鲁克抓了一只天鹅，把肉吃了，把天鹅的一双长腿，做成了一双筷子。他说这话时，只有得意没有愧疚和不安。现在人们保护动物的意识加强了，但还是有一些人，不知天高地厚，对生命不知敬畏，看什么动物都是美食，凡是没吃过的都要尝尝。如果天鹅湖放开，游客随便出入，势必会有素质低下的人去掏鸟窝抓鸟蛋，鸟儿就会面临灭顶之灾，说不定也会给人类带来灾难。不是所有的人都素质高、有爱心且自律，大部分的人都要靠严格的纪律和制度去约束的。

离开了天鹅湖，我们搭乘区间车到了第二站，藏传佛教寺庙——巴润寺。巴润寺原来是蒙古古老部落的土尔扈特部，在伏尔加河流域上供奉的一座移动的寺庙。牧民用马车拉着，在草原上随人移动，随时供人供养膜拜。清乾隆三十八年（1773年），土尔扈特部从伏尔加河流域东归祖国，巴润寺是用马驮着八个蒙古包拉回来的。按照当年的外形，2011年，巴音布鲁克草原重新修建了巴润寺，这就是我们今天看到的样子。当然，今天的巴润寺是固定在地面上，用砖、石、木材修建的。现在的巴润寺庄严肃穆，金碧辉煌，寺外伫立着一圈巨大的转经筒，寺里供奉着藏传佛教的神佛雕塑。由于我们对藏传佛教不甚了解，不敢造次，只在寺里面默默地转了一圈，然后到寺外学着别人的样子，顺时针将每个转经筒转了一遍，就规规矩矩地出来了。信奉藏传佛教的游客，可以在这里烧香拜佛表达诉求，这绝对是一个好去处。

第三个景点是巴音布鲁克景区的重头戏——九曲十八弯。多年前，我就向往到巴音布鲁克游玩，就是因为九曲十八弯。

这回我们的区间车是一个小敞篷车，视野非常开阔，车开起来后冷风飕飕。司机师傅很健谈。"今年游客少了很多，往年这个季节可是聚集了全国各地的游客的，最多的就是上海的游客。"司机师傅很骄傲地说道。

终于，九曲十八弯到了。顺着长长的木栈道登上观景台，眼前的景色顿时让人眼前一亮，瞬间让人心胸开阔、呼吸顺畅。

九曲十八弯位于小山包围的开阔地。说是开阔地也可以说是广阔的草原，因为它实在太开阔了。以至于周围的小山包显得那么遥远那么矮小，而且被淹没在云雾中，都被视觉给忽略了。静静的开都河缓缓流淌，从草原穿过，一直蜿蜒着流向目之不及的地方，仿佛流向了远在天边又似在地平线上的云端，构成了九曲十八弯的主要画面。草原上还有无数个小水潦，为滋养草原助力。草原上静悄悄的，由于疫情的缘故，游客少，加之九曲十八弯地方很开阔，游人彼此之间很分散，这里显得那么安静，只有一声声凄厉的鹤鸣声从远处传来，打破了这里的宁静。

九曲十八弯一年四季、一天四时景色各异，但都有一个共同的特点，就是美，就是广阔，就是一览无余。当天气晴朗时，所有的景色都会尽收眼底，山丘、河流、草原、白云，这一切的一切都好像既远在天边又近在眼前，你的视力一下子仿佛从近视眼变成了千里眼。当天气阴雨乌云密布时，这里又天似穹庐笼盖四野，让人想到了"敕勒川，阴山下"。九曲十八弯最美的景色当属夕阳将落时，血红的太阳把水和天都映红了，红是整幅画面的主色调。此时开都河的每个弯道都映出一个落日，有认真的人数过，共是九个落日。这时你会恍惚，此景只应天上有，人间哪得几回闻。你也会更加相信后羿射日的古老传说：看！被射下的太阳都落到九曲十八弯了！

游客确实少了很多，没有了往日的喧嚣，也没有了往日的人挤人，拍出的照片都是干干净净的，不像以往的旅游照片，每张照片都会挤进一些陌生人。游客少对景区的门票收入影响很大，但对景区自然环境的休养生息却大有好处。来此的游客也特别高兴 因为他们可以尽情地放飞心情了。草原有年轻的游客在骑马驰骋，广阔的草原就他一人一马在肆意飞奔，他一定想到了"天高任鸟飞，海阔凭鱼跃"的诗句，也许他还想加上一句，"地广马化龙"。看得我直眼热，假如我要是再年轻40岁，我一定要去和他比试一番，想当年，我也会骑马。

　　观景台的草坡上，早有摄影爱好者支起的简易帐篷，架起的长枪短炮，调试好的无人机，他们要在此过夜，准备全方位的拍摄九曲十八弯各个时间段的景色。对此，我们只有羡慕的份儿了。

　　九曲十八弯的壮美，九曲十八弯的广阔，不止让生活工作在大城市里的人流连忘返，就连我这个土生土长的新疆人，来到这里，都会长舒一口气，忘却各种烦恼，心情变得舒畅。让我流连徘徊不忍离去，走两步就回头看看，看一眼广阔的草原，再看一眼蜿蜒到天边的通天河。

　　此情此景，作诗一首。

游巴音布鲁克有感

巴音布鲁克

天高地广阔

苍茫大草原

蜿蜒开都河

晴天望千里

阴则穹盖落

晨雾漫天地

夕阳映天河

仙鹤闲漫步

天鹅引颈歌

九曲十八弯

游人青睐多

频传笑语声

心胸尽开阔

不愿归家去

艳美慢生活

孟毅作品*

童年的记忆——剜猪草

猪肉是家常菜中常见的食材，如今，在超市、菜市场中的卖肉摊位都能买到。而买回的猪肉，有时会遇上这样的尴尬：炒肉时不淋足够的花生油，肉就会粘锅，时间稍长肉变"黑糊"。这样的"速成肉"油脂少、水分多，没有诱人的香味。饮料猪生长得比较快，肉质比较松软，味道没有那么鲜。而谈到土猪肉，不免想起它的口感，瘦肉筋道，肥肉肥而不腻，如果长时间的炖炒，那滋味更是一绝。

回想童年时代，吃肉的机会比较少，偶尔才吃一次，觉得很香。那时人们经济收入比较落后，过着饥寒的生活，所以自然没有多余的粮食制作猪饲料。猪只能吃些清汤寡水的潲水度日，时常饿得哼哼直叫，就靠一些可食的植物来填饱它们的肚皮，补充生长所需的营养与能量。于是，剜猪草也就成为农村养猪人家的必修"功课"。父母们忙着干活，没有时间剜猪草，这任务就落到尚不能干重活的小孩子们身上。偶尔，父亲会问："过年想杀猪吃肉吗？"我们答曰："想！"那时吃肉是一件多么令人憧憬与快乐的事啊！大人们接着说："那就勤快点，去剜猪草吧！"那时读书放学回家，第一时间就是去剜猪草，经常不能及时完成学校老师布置的家庭作业。事实上，春、夏、秋三季都可剜猪草。总伙来

---

* 孟毅，男，笔名云上写诗，贵州省黔西市人。中国诗歌学会会员、中国诗歌网会员、当代文学家杂志作家、青年文学家理事会理事、中国爱情诗刊在线诗人、贵州省青年文化学会会员、贵州省散文学会会员、贵州省纪实文学会会员、毕节网副总编。热爱写作，是一名朝气蓬勃的热血青年，作品曾刊载了《中国好文章》《青年文学家杂志》《当代文学家杂志》《省级花溪杂志》《中国爱情诗刊》《中国诗歌网》《贵州在线网》《贵州毕节网》《印象重庆网》《天眼新闻》《当代先锋网》《大方报》等发表了百篇以上文章。

荣获 2021 年"璀璨华夏·诗艺杯"全国诗词艺术大赛优秀奖。

荣获 2021 年第五届·国粹杯全国诗词评选大赛优秀奖。

荣获 2022 年中国好文章"文化摆渡人"称号。

荣获 2022 年"丽春杯"老舍文学创新大赛优秀奖。荣获 2022 年度青年文学家作家理事会"优秀作家"称号。

说，夏季是万物生长的旺季，也是剐猪草的"黄金"时段。

经过父母们的传教和自己的多次实践，小朋友们已经熟练掌握了各种猪草的名称、生长特征、习性。剐一些鹅儿肠、灰灰菜、野苋菜、马齿苋、锯儿齿、狗儿秧等猪草。剐回的猪草要先切碎再拌糠给猪吃。这些猪草中，有的猪草能生吃，有的要煮熟后猪才欣然享用。根据观察，鹅儿肠、野苋菜是猪的"美味佳肴"。

每次剐猪草都是同一个村组寨的几个年纪相仿的伙伴同行，胳膊肘扛着竹子编的背筐，手拿着镰刀，向田野山地出发。几个耍得好的伙伴出门后，两只眼睛如同老鹰搜寻小鸡，沿着沟边、路边、山地寻找"目标"。如果发现可剐的猪草，高兴得不得了。有时，两人同时发现一处猪草，两人会因为猪草的归属争得面红耳赤，都说是自己先看见的，归自己所有。有时运气好，不长时间就满载而归，大人们也笑眯眯的。不过最让我难忘的还是"打猪草叉"，游戏的具体过程是：每人拿出一把猪草堆在一起，用三根树枝支撑成一个三脚架，再在三脚架前面画根线，然后到大约五米开外再画根线；我们几个人每人捡一块合适的石头，开始从三脚架这边朝五米开外的那根线丢手里的石头，力气不宜过大，不能丢过那根线，否则视为"消死"，"消死"了的，这一轮取消比赛资格；然后看谁的石头离线近，最近的为第一名，依次排列；第一名再从五米开外的线那边往三脚架丢石头。

如果把三脚架击垮了，则那堆猪草就作为胜利的果实归投中者所有。比赛开始后，大家都凝神静气，小心翼翼地把握力道，担心丢过线外"消死"，也怕力气用得不足丢得太近，更怕石头投偏了，个个暗地里铆足了劲。投石头时，眼睛目不斜视，牢牢盯着三脚架，身子微微前倾，手臂一挥石头脱手而出，朝前飞去。有时候一次就投中了，后面的人根本就没有机会投。投中了的欢呼雀跃，喜形于色，没投中的或者根本没机会投的就像霜打的茄子，耷拉着脑袋。当然输了的人不会善罢甘休，嚷嚷着还要继续打。于是再重新堆猪草，重新投石头，直到有人"赌资"耗尽，游戏才不得不终止。碰到运气不好的时候，有时候一背筐猪草输光了，回去交不了差，只得嘟囔着，然后怏怏不乐地再去剐猪草。为了得到父母的表扬，玩起了造假。用木棍在背筐里搭架子，上面覆盖猪草；或是走到家门口时将猪草抖得蓬蓬松松，看起来很满的样子。在这种情况下，你要赶快找理由亲自将猪草倒进猪圈，以图蒙混过关，要是让大人们知道，就露馅了。倒也不用担心会挨打，但肯定会受到一顿训斥。

在剐猪草的"生涯"中，"偷江安李"事件虽已过去二十多年，但至今记忆犹新。周末的一天，我和三个伙伴到离家三里地的邻组剐猪草，我们来到一个名叫"营盘上"的地方。那里上百棵江安李树连成一片，颇为壮观。

那时正是江安李妾近成熟阶段，每棵江安李树上挂着无数大小不一的李子，麻雀等鸟类毫不客气也在枝头品尝美味，并发出欢快的鸣叫。那时父母囊中羞涩，根本没钱给孩子们买零食；再加上当时物资极为匮乏，就算有钱也难买到零食。一见江安李，我们口中的"馋虫"就被勾引出来了。心动不如行动，我和另外一个伙伴各捡起一块木条，喊一声"躲开"，一起将木条扔向李子的树枝。木条碰到树枝，只听"砰砰"两声响，"李雨"降落，触地乱蹦。我们刚准备弯腰分享"胜利果实"，打打牙祭；忽然，不知从何处传来一声吼叫："是谁家的娃娃，谁叫你们偷江安李的？"吓得我们几个连背筐子都来不及提，便落荒而逃。原来是住在邻组的农民伯伯，在看庄稼，无意中发现了我们的"不轨"行为。我们几个耷拉着脑袋跑了很远，还听见农民伯伯喊："让你们家的大人到我那儿去拿背筐！"偷江安李不成，丢了背筐，我们灰溜溜、丧气地回到家里。父亲见我两手"空空如也"，就问怎么回事，我就如实坦白了"犯事事实"。父亲叹了口气，也没说什么。不知什么时候，父亲与另外几个孩子的家长到农民伯伯那儿拿回了背筐，我知道，他们一定赔着小心，说了不少好话。

遥想童年不懂事，三五结伴剜猪草，山地沟渠遍足迹，溪歌鸟鸣伴我笑。栉春风，沐夏雨，浴秋阳，觅得绿草装满筐。猪猡长得肥又壮，年关时节杀猪忙，肉味满寨香。左邻右舍聚一堂，大人小孩喜洋洋。尝鲜肉，喝香汤，一脸幸福在荡漾，剜猪草的那些烦恼一扫光！

多想回到童年，重温旧梦，重温儿时的快乐……

待春暖花开烂漫时，我在百里杜鹃等你

如今春已暖，百花齐放。以往满山七彩杜鹃花，火了情，火了天，闹了心，苦了恋。如果你对我呵护有爱，万般疼，心意浓，要来就来吧，风来雨聚，要爱就爱吧，情来随缘。这花的艳，迷人陶醉。猜猜猜，我会在百里杜鹃等你？说好的，今年咱们不见不散，你若有情，我更有意。我们一起赏花，一起聚缘聚喜，别再犹豫，快来吧！同醉美丽杜鹃花海。

百里杜鹃，你真的有百里？沿途的杜鹃从你的躯体流淌出来。红的、白的、紫的、黄的……五彩的杜鹃花，瞬间俘获了我的眼球。百里山野醉人的色彩，把黔西地彩带燃烧成一片花的海洋。

百里杜鹃！面对你，那些闪着光亮的候鸟，扇动绿色的翅膀，露出浅浅的笑容，轻轻从杜鹃林中跃过。它们是在调整自己的姿态？还是想保持和杜鹃一样美的身影？百里杜鹃！没有谁询问你的来历，也没有谁询问你的过去。看呀！杜鹃一株挨一株，花朵一朵接一朵。把凝香台、金坡岭、画眉岭、马缨林……装扮成花的世界，美的天堂！

百里杜鹃！那些在阳光下绽放的娇媚花朵，始终无法躲过季节的刀锋。它们最多在山野延续两个多月，慢慢走进凛冽的深谷，化作一泓平静的秋水。想要欣赏漫山遍野的杜鹃花，等待阳春三月。百里杜鹃！怎么你的花期和我们的人生相似呢？你来年绽放得更美，我们的来世会更加精彩吗？回想壮观、惊艳、震撼的杜鹃花海，真是上天的恩赐，大自然的杰作啊！一个原生态群山连绵的大花园足以颠覆了你来时的想象。五彩缤纷的马缨花随着山势高低起伏，层层叠叠，密密匝匝，让你不相信自己的眼睛，不相信人间还有如此密集绝美的马缨花海，怀疑是仙女在这片神奇土地上撒了种子。

百里杜鹃！让你嫉妒上天的不公，感叹"贵州如此多娇，引无数追梦人竞折腰！"近邻黔西，似隐花仙。怒放满山，百里杜鹃！赤橙青蓝，世间最全。"等到天都蓝了，等到云都白了，等到每缕微风都带着醉意，等到花都开了，等到山顶红了，等到每颗星星都为你亮起，我在百里杜鹃等你，等你和我相遇，等待如此美丽……"杜鹃百里，不如在花山见到你。我愿意，在春意盎然的百里杜鹃等你。等花潮荡起涟漪，微雨中，那一朵朵杜鹃，成为我深情的泪滴。想你若花的旖旎，你在葳蕤中堆起笑意。我只等一瓣馨香落地成泥，等氤氲散尽的枝间，露出粉红的美丽……

我怀着今生的虔诚，在姹紫嫣红中等你；从日出而作到日落而息，只想看到你；从山高水远到天涯云翳，只想等到你。当阳光冉冉离地，你的影子还是一窗的琉璃。直到月光穿过叶尖，落到草地，我的守望，依旧痴醉迷离。你来与不来都不重要，等你，我愿意，就像等花开一样的痴迷。

为了等你，我把杜鹃的残红埋在土里，幻想在一季又一季的轮回里，在你的心里，开成杜鹃美丽，也有杜鹃的鸣啼。也许我的容颜将会老去，但我依然迷恋，你的消息不会遥遥无期。我在百里杜鹃等你，我愿意，用等待丈量岁月的距离，愿意把甜美梦衣，轻轻地放在你的手里。

席金鹏作品 *

攥紧酒杯的"剑客"

有一次，我去杭州的一家小饭馆吃饭，点了一碗盖浇饭后我静静地等待着饭菜上桌。这个饭馆虽然小，但却生意很好。忽然，原本安静的隔壁桌响起了一阵喧哗声。我回头一看，有四个蓬头垢面的粉刷工人在碰杯喝酒，其中一人看起来只有二十岁出头。四个人点了几碟小菜，叫了一扎啤酒，沉醉在美食与美酒中。

那位二十岁出头的小伙想要开口说话，却被对面一位比他要年长的青年堵住了话头。那位较为年长的青年挥动着胳膊，满脸的傲气。一瞬间，我在他看起来极为骄傲和享受的脸上看到了强烈的鄙夷神情。他开口对对面的小伙说道："你有什么说话的资格？从今年年初到现在，你在你师父身上学到了多少本事？"

少年想要将话说下去，却涨红了脸，一下子什么话也说不出口，只是心有不甘地瞪着那位青年。那青年看到少年满脸的不甘与怒气，继续用恶语中伤他："难道我说错了吗？成事不足，败事有余的家伙，幸亏没有分到我的组上，真是个窝囊废。"

我以为少年定会抑制不住怒气翻脸走人，或是当场予以还击，但我想错了。只见少年低着头，在其他三个人没有注意到的角落里攥紧了酒杯，脸上肌肉在强烈地抽搐着。

小饭馆里依然人声鼎沸，划拳声、吆喝声响彻在内。我知道，在看似风轻云淡的饭局背后，其实那个少年的心里充满惊涛骇浪。

我偷偷地瞅着他，想看他还会做出什么举动。后来的他什么话也没说，安静地吃饭，静静地喝酒，扮演着一个陪衬的角色。

后来，我在读刘同的《我在未来等你》的时候看到了这么一句话："少年最好的地方就是，嘴里说是要放弃，心里却都憋着一口气。"每每想到饭馆里的那

* 作者简介：席金鹏，1993年11月28日出生，甘肃省定西市通渭县什川镇人，浮嚣世界的清醒者，精神家园的守护人。做自己，看世界，用一腔孤勇，寻找心灵最终的安息地。

一幕，我就会想到孤独与成长这类的词汇。在少年攥紧酒杯的那一秒，我想已经注定了他此后在孤独与强烈不甘后的绝地反击。

记得我刚开始写作的时候，身边的人以为我只是随便写写，谁知我一直坚持写作到现在。那时的日子对我来说是空虚的，而且掺杂着一种冷冷的寂寞与孤独。

我不知道那个孤独的粉刷少年现在怎么样了，但我在他身上看到了同样存在在我身上的压抑；我不知道他是否已经学到了不凡的手艺，但我永远记得他攥紧酒杯的样子，那样的隐忍决绝，就像是一名手握长剑但又单枪匹马的剑客，即使面对重重阻碍，敌军万千，只要信念还在，那就永不退缩。

青春的遗憾终会与明天的美好相遇

我记得我在高中的时候，曾暗恋过我们班的一位女生。她每天都坐在最前排，很认真地学习，而我坐在最后几排，我们有种隔海相望的感觉。每次经过她的座位时，我都装作很不在意她的样子，在她身边故作潇洒，大步走过。但其实那样的潇洒，是我故意装作不在意的掩饰。

有一天，班长让我们班里的每一位同学写下自己的高考心愿。那时候已经临近高考，有的同学写下了自己心仪的大学，有的同学写下了给奋战在学习中的自己的话，而我则深情款款地写下了自己隐藏很久的内心秘密。

过了几天，我们班班主任在进班级的时候，看到了心愿墙上我们写下的心愿，他一边看一边评论，我当时很害羞，一直低着头，但他并没有提到我的那条心愿。

直到有一天，我们上地理课快要下课的时候，班主任叫到了我的名字，他问我在班里是否有个特别喜欢的女生。我当时很惶恐，陷入两难的境地，心里想着：到底是说实话，还是说假话呢？但当时我也没多想，当机立断地说："是的。"全班一片哗然。

我们班的每一位同学对班主任都很爱戴，他对学生也是发自内心的负责。每次课间操跑步的时候他都会站在最前面严格地监督每个人，谁要是有一点越界他就会使劲地批评那个人。他在我们眼里是个恩威并重的老师，但这种严师加好友的感觉却让我感到很愧疚。因为那时候我的学习成绩很不好，每次考试排名都倒数的我在最后一学期，更像是个班里的小透明了。

我不想加入有着浓厚友谊的同学里，也没有让老师夸赞、值得肯定的好成绩。我也一直觉得，老师的注意力可能就在成绩好的学生身上。那是我做学生以来最无力的时候，但我也很清楚自己的实力，所以也只能认命了。

有一次，学校举办高三年级的演讲比赛，班主任要求班里的同学踊跃回答演讲的同学提出的问题，而我是班里唯一一个回答了问题且回答正确的学生。班主任特意给我颁了个奖，他还在班里指名道姓地表扬了我。可能就是因为我的积极，让我感到我与身边的同学格格不入，所以我选择做个小透明，也希望快点结束高中生活。

快要到高考的那段日子，班主任将我叫到他办公室去，他问我："如果你考不上大学，自己会后悔吗？"我说："老师，我知道自己的实力，我落下的基础课程太多了。"他点了一根烟又说："那你考不上大学，你爸妈会怎么想？"我说："他们知道我的情况，所以也没强迫我，让我尽力就好。"他听完我说的话就让我回去了。

很多年之后，当我想起这一幕，心里依旧很感激这位老师，同时觉得心里暖暖的，他似乎在用另外一种方式对我说："你的努力我看得到，但我希望我们在尽力之后你会不留遗憾。"

直到现在，我依然保持着学习的习惯，并且梦想着有一天可以做出一点成就，去母校看看他。或许我们可以坐下来侃侃而谈，说起曾经当时我们师生之间没有说完的话。

而我与那位女同学最后什么故事也没发生，我也从其他同学口中得知她不喜欢我。

有一天，我坐在图书馆里看书，感觉自己的青春充满了遗憾，心里想着：要是那时候有现在的学习状态该多好；要是那时候我不在意自己的学习成绩，不那么在意自己心里生出的那种情愫该有多好；要是那时候的自己是现在的自己该有多好。

如果真是那样，我一定会在心愿墙上写上：你一定能沉下心来，越跑越快，越跑越快的。

张冰作品[*]

勇　敢

登台，鞠躬；出走，闯荡；相爱，告白。

抉择的背后都是对自己的挑战，次次勇敢的经历，所有成功的背后，总是来不及分享。胜利来临的那一刻，忘记了所有的痛苦。还在看的、在想的、在等的，都是无端的作恶者，冷漠久了才是孤独的最高呈现。时刻都在鞭策自己，不能放手，拳头下的血与泪，是勇敢的见证，不能倒下是你对自己的肯定，那扇门的背后是你不断奋起的力量源泉。同你一块的，就只有自己的影子，多么可笑的事实，你如了愿，可以倒下来歇息一会儿。

从上学开始，你就为了成绩所勾勒的美好想象而奋斗，可你毕竟只是十五六的小孩，途中的诱惑与欲望是你本该不应承受的，你的每一次选择都可能会影响到你的未来。而作为你的父母，他们能给予你最多的是什么？关爱，呵护，让你有了更加放纵的资本。你选择了一开始不被看好的兴趣班，音乐、美术、舞蹈，或许对你来说这是新世界，你乐此不疲地看着一本本相关的书籍，一遍又一遍地演练着刚才的动作和技巧，一切看上去都是那么美好。可你很难有自己的选择，路线与轨迹早就被父母安排好了，读书永远都是主业。可你的倔强让你不愿放手，不愿放弃自己对新事物的探索。之后你就开始反抗和挑衅父母的权威，年纪尚轻的你根本不知道这扇门后面有什么，可看着你百般的喜欢，终于父母狠下心来，尽可能让你如愿以偿，去做一开始最想做的事。其中的辛酸，对于他人来说，是无法感同身受的，看着你笑得开心的样子，父母扬起衣角擦了擦泪。

你开始尝试自己设计未来的路，可事实没有那么简单。你将要一个人面对这些精神之外的负担，你不想放弃，很简单，就为了自己当初对父母的诺言。你日夜奔波，追寻着自己的梦想，你万千感慨，怨恨着这个世界，所有的苦难

---

[*]　作者简介：张冰，1998 年生于陕西渭南。在大学期间参与各类比赛与运营，头条夏令营写作达人，文章多偏刻画现实。

交织汇聚在你心里，你太累了，累得提不起自己的梦想。你转过头，也发现自己也早已不是那个能在酒桌上谈论理想的年纪了，生活让你百般无奈，你抖抖肩，思索着怎么跟父母讲这些年来发生的事。碍于脸皮，善于言辩的你在肚子里早就准备好了应对的话语。在一切准备妥当的情况下，收拾好行囊就往家走，暗自发誓再也不会来这个鬼地方了。

回到家，你讲述着这些年来发生的事，讲自己一步一步怎么走过来，遇到了什么人，发生了什么事，可到了最后却说不出来早已准备好的话语，不忍对着两个已经年过半百的人撒谎，所以你开始逃避，待在房间里面不愿出来，一觉醒来到下午两点。迁了一周时间，你终是敌不过内心的矛盾，鼓起勇气，在夜里发信息将所有的事情交代了出来，其实父母早就知道了，他们无时无刻不在关心你，好像从未离去一样。看着年逾半百的父母，你明白自己现在的安逸都是他们的负重前行，虽然眼泪一直在眼眶打转，可还是强忍着没让它流下来。

你再次鼓起勇气，对着天空，大吼："鬼地方，我回来了。"

是的，那里留下的，是你的青春，你的梦想。

少年志于高远

> 苏轼《留侯论》有言：古之所谓豪杰之士者，必有过人之节。人情有所不能忍者。匹夫见辱，拔剑而起，挺身而斗，此不足为勇也。天下有大勇者，卒然临之而不惊，无故加之而不怒。此其所挟持者甚大，而其志甚远也。
>
> ——引子

平远乡村少年，自诩气傲，在家苦求三连载，父母怎不知何意而为，一片苦心讲不出，拗不过怔子，再三述讨，讲此番只为历练而求学认苦。

自打弱冠以来，本就无意自认家中使命，不限与缚。

不知何时心念四起，乃就，求与问道蜀外。想，吾乃堂堂男子汉，怎被困于蜀中二十载，心中志向顿挫，便萌生念头，闯它一闯，天下之大，蜀外岂有我不立之地。于三日晌午后，同母探讨此事。

既是母，怎不知儿心中所思所想，儿当自力，不予困苦，携带碎银，去蜀外一走。话毕，母与夫谈，便是内心颤颤，此行定当苦于心志，饿其体肤，劳其筋骨，若是不及，恐伤性命之忧。夫言，男子定与天存，踏于地，此番小苦怎不受了得，彼其能有所忍也，然后可以就大事，随他去罢。

都言，少儿泪洒汇九州，十年经书苦读遍，不饶一番鸿鹄志，功成将在肯难还。

少年自认学富五车，临行前东跑西就，自信满满，对蜀外生活颇为感动好奇，闻之三五好友，邀约蜀地，临水而伴，借涧水之意，高弹而歌，羽觞不容辞。任凭君意，好友纷以相劝，闻蜀外之地颇为险恶，此行必艰辛困苦，孰不然停于蜀中单食砧肉，歌酒与赋，于此，岂不快哉。又闻蜀外花天酒地，秋水长天，共与一色；且景色特异，饶有天国姿态，万般风趣，若似桃源仙境，有求不得。友话罢，少年哈哈大笑之；定是此番踞有虎狼恶龙，也难阻我脚下寸步，又语之，而今二十刚出头，前半生于此哭笑嬉闹追，说学逗唱跳打，读万卷书，行万里路，前路漫漫于学求此道，问此理，而今吾深感不幸却又幸，不幸我觉悟差，在此兜圈子良久，幸我于前些日刚悟出此理，主动与父母请缨，让儿迈出蜀外，不求金银，不求锦衣，只求大道，求学理，今友又能纷纷相告，吾尽感知，但去意已决，勿再言语劝之，今而斟满酒，共饮之。

再三日，少年背起行囊，怀着赤诚心血，满腔孤勇，于城北泪告之。

师言：乙亥年七月某日戌时三刻，天将暗，有一少年背囊裹衣行于城北，踱步数刻，坦言之，孤儿立志出乡关，学不成名誓不还，埋骨何须桑梓地，人生何处不青山。展望之，朗朗乾坤，昭昭日月，大好山河，盛世天齐。乃今吾志于蜀外，言语不过，老者安之，朋友信之，少者怀之。语毕，不顾而之。

有石一颗，悬于天南，略有微光闪，时明时暗，又于蜀外，得与天人指路，兴之，少年顾以此，追之。

石光美作品*

雪

我爱雪，雪是那么洁白，那么纯净。一到下雪天，我就爱到雪堆里翻滚，那冰冷的感觉刺激着我的每个细胞。

我想到古人描写的诗句就眷恋雪，它是那么让人心动。当你在窗外看到雪落下后，你会觉得它给大地抹上了一层干净的防腐剂。看到雪，我有点害羞，它让我的脸色渐渐转作绯红，又让我的心变得如此温暖。虽然它表面是冷的，可是它却将我的心燃烧得热热的。

记得去年，我在木子雪里的大草原上种了株花，我将它取名为雪花。我好傻，大冬天种的花能活吗？可是我却欣赏这花的坚韧，在这冷冷的冬天它那么倔强地挺立在那儿，我好想把花摘了，不想让它受那份罪。可是我不知怎么了，我想看看明年的冬天它还会不会在。当我再来到这里时，我的雪花还在那儿，我摸了摸它。它还是那么坚韧，就像我一样，那么坚强。我感激雪花，它让我对人生有了新的认识我也要坚韧挺拔地活着。

在我的记忆里，我很小就喜欢堆雪人，打雪仗。记得在读小学时有一次正上着数学课，外面突然下起了大雪，我们都伸着头往外看，老师干脆叫我们去外面打雪仗。我们出了教室，几个人把雪捏成一坨互相丢。即使很冷可是心里却暖滋滋的。雪带给我的回忆太多了，不管是小时候还是长大了，我都有关于它的记忆。

我想对雪说些什么？感激你一直的陪伴，你的存在让天空让大地都笼罩在白色的气息里。或许你的存在让很多人害怕，怕你的寒风刺骨，可是我却无比地爱你，爱你的颜色和味道。可是你来得快去得也快，在这个寒冬里，你就待了几个月。而后迎来的是春季，牡丹花要开了，而你也要渐渐离我而去了，我

* 作者简介：石光美，女，29岁，出生于1992年2月23日。云南昆明人大专毕业，发表了《雪》《画中的月亮》等作品。

又要等到明年的今天才能去木子雪山里种我的"雪花"，堆我的雪人。就在我离开木子雪山时我堆了个雪人，其实我堆的是我自己。我希望自己也可以像雪人一样挺立在木子雪山里，像个军人一样挺拔。我的意志也融合在这雪山里了，希望这木子雪山有我的存在会变得更有意义。

有机会的话，我还想去南极看企鹅，看看那些长年在冬天生活的动物。也看看那里的雪，种株"雪花"，堆个雪人。

画中的月亮

从小我就不爱画画，只因为我不喜欢画画，我觉得画画对我来说是件很困难的事情，我每次拿起笔都不知道要画什么。

记得有一次，我一个人背着包去镜湖公园旅行。走到公园后，发现有个非常专注的男孩子在画画，他是那么的入迷，连下雨了都不知道。不知为什么，我被这个全神贯注的男孩子吸引了，我走过去了，他都没有发现我。我又不忍心打扰他，他认真的样子吸引了很多游客，似乎公园里的这个男孩成了游客们的焦点。我看到他画的是对面的假山，不禁感叹他画得那么逼真。我感觉他的手太灵巧了。换了我，画一辈子也画不出这样的水平。我决定要和他做朋友。我鼓起勇气过去和他打了个招呼。他抬头看了看我笑着说："要我为你画一幅画吗？十块钱一张。"我懵了一下，原来他是靠画画为生的。我想了想说："好吧，你帮我画一幅吧，要画好，画得不好我不给钱。"他笑了笑说："保证画得跟你一模一样。"不知为啥我感觉自己有点喜欢这个男孩了。我坐了下来。他看了我几眼，就开始动笔。我一直保持一个姿势。没过多久他说画好了。我拿过来看看，真是太像我了。我从兜里掏出十块钱给他，他却说"不要"，我一下子愣住了。他却说："我看你我很投缘，就当送给你的见面礼吧。"我很激动地向他道谢，我问他会不会画月亮，他笑着说："会啊"，我真诚地对他说："你能画幅月亮给我吗？就是晚上的那种月亮。"他看了看我说："你喜欢月亮。"我点了点头说："是啊，因为我觉得它代表了一种希望。"

它在晚上才出现，可是它带给我太多回忆了。男孩听了后，答应我今晚回去画，明天给我。

到了第二天，我果真看到了那幅画中的月亮。是那么美，我连忙感谢着他。

当我准备把钱给他时，也转身就走了。留了张字条，我打开一看，上面写着："妹妹，这画中的月亮送给你，希望你看到月亮，就看到了希望。祝愿你以后看到这幅画时能勾起你美好的回忆"，顿时我的眼泪流了下来。

这幅月亮画我一直挂在床头边。因为看到它就会想起那个小男孩！

张旭红作品[*]

回忆母亲

又是一年芳草绿，又是一年花草香。每到这个季节，我总会想起我的母亲。

母亲很勤劳。我每天一放学，还没到家门口，就能闻到饭菜的香味，她把家里收拾得井井有条，洒过水的水泥地上总是那么干净。

母亲在自家门口用挖出菜窖的土，围成一片菜地。夏天的晚上，豆角的花开了，我和母亲坐在院子里乘凉。夜晚的天空是那么蓝！星星又亮又大！院子里到处都是菜和花的味道。晚风轻轻吹过，让你感到一丝凉意。

山区的夜晚很迷人，夜色很美！

母亲对我很严格。那时候，家里的经济条件不是太好，母亲总教育我不要占别人的便宜，做什么事都不要贪心。

记得有一次，矿区的一帮年轻人让我到供销社帮忙买了瓶罐头。为了表示感谢，非让我和他们一起吃饭。闻着那香喷喷的饭菜，我很想去。母亲允许我过去吃饭，但必须端上自家的饭过去吃。别人的饭再好吃，一口也不能吃。当时的我不理解，但后来理解了。

母亲经常告诉我：穷，不怕，最怕的是没志气。

母亲对我的学习帮助很大。母亲鼓励我多读书、画画、写毛笔字。有一次，母亲检查我的作业，发现作业写得不认真，把我的作业本全都撕了，让我重做。

母亲的手很巧。她用丢弃的皮革给我缝的书包，又结实又好看，就连书包的背带都是一针一线缝起来的。记得那时候，有同学嘲笑我的书包，我也知道我的书包和别人不一样，感到低人一等，我不想背母亲给我缝制的书包。

现在想来，那时的我是多么愚蠢！多么不懂事啊！

每到大年三十，我在忙着数我的鞭炮，把一挂一挂的鞭炮拆开来。这样做，鞭炮可以细水长流，玩起来时间长。这时候的母亲正忙着给我们缝新衣服。她时不时用针在头发上擦一下，这个动作我怎么也忘不了。

母亲乐于助人。有一次，大院里的一位工人生病了，估计是受了寒，血脉

---

* 作者简介：张旭红，山西省太原市人，下岗工人，自由职业者。

不通，母亲用针把他的十个指头全都扎出了血。① 不久后，这位工人好了过来。

多年以后，我再见到过这位工人大叔，他对我母亲的去世感到很惋惜，难过之情都表现在他的脸上。

母亲去世的当天，我在隔壁的房间整整哭了一个下午。这么多年，我几乎没掉过眼泪。

矿区的党支部给母亲送来了花圈，母亲是一名中国共产党党员。那时候，我年龄小，我不知道参加组织是什么概念。现在明白了，母亲却永远地走了。

我记得那个冬天是那么那么冷、是那么那么漫长。我眼中的世界变了，变得那么黯淡。年幼的我站在大院门口，望着白雪茫茫的远山，显得那么孤独无助。山上的风吹到我的脸上、身上，我也不觉得冷，我想了又想，怎么也想不明白这到底是为什么。在一夜之间，我感觉我真正长大了。

母亲去世已经快四十年了，我仅以此篇文章来感谢我的母亲。

感谢母亲对我的养育之恩。

感谢母亲教会我做人的道理。

愿我的母亲在她的那个世界一切都好！

愿我们的国家更加强大！

愿天下人都平安！健康！快乐！

太原卦山游记

天刚蒙蒙亮，夜色还没有完全褪尽，我已经从睡梦中醒来。透过被油布遮挡着的窗户，可以看到皎洁的月亮还挂在空中。

隐隐约约传来一阵阵轻微的风声，仿佛在催我早起。我干净利索地起了床。

春天的早晨稍微有点冷。我没来得及吃早饭，买了几个包子充饥。大约八点钟的光景，我和同学们登上了包车。

我们的旅游目的地：太原卦山。

窗外，绿草茵茵、树木繁茂。路边的野花互相争抢着开放。一阵微风吹来，花草的香味飘进了车厢。

车上，同学们嘻嘻哈哈、毫无拘束地聊着。同学们的风格也发扬出来了，

---

① 手指放血是用来救急的方法，叫"放血法"，不是常规的疗法，是只有在急救的时候或比较特殊的情况下才用的一个方法。

大家相互让座。就像歌中唱的那样："春天就在车厢里，……"

大家高谈阔论，大声地说笑着。不知不觉间，卦山到了。

卦山的树真多呀！

这里的树，几乎全都是柏树。一棵棵的树，汇成了纵横交错的柏林。远处一看，就像一把大伞，把整个卦山高大的雄姿罩在了下面。

我们见到的树有：

七星柏、牛头柏、虎头柏、龙爪柏、绣球柏。它们各有各的特点，各有各的丰姿。

七星柏有七个树洞。许多游人都在围着树数树洞。

牛头柏在树的中间处有一突出的部分，上面长着几枝柏树枝，牛头柏因此得名。

虎头柏在树的主枝部位，有一往前屈伸的柏枝。这柏枝短而粗，犹如老虎头，张牙舞爪，盘踞在半山腰。

龙爪柏既不是由于树枝得名，也不是由于树梢得号。龙爪柏的得名靠的是树根。

这里的树，经过多年的风吹雨打，树根已明显地露出。有些老树，为了便于游人参观，有关部门给它们都打上了木桩。

树根趴在地上，根根相连，好似几只龙爪在到处延伸。

绣球柏，柏叶枝繁叶茂，花色迷人。

总之，这五棵树都是以自己的形状特点而得名。

穿过柏树林，就来到了卦山脚下。

于是，爬山开始了。

一开始，我兴趣很浓。一边爬山一边观赏风景。到了半山腰，腿酸了。我真想歇一歇。可是，同学们一直在旁边催促我，让我赶上来。

我的好胜心也上来了，腿也有了劲。我和同学们爬上了山顶。

山风很大，几乎就要把人吹倒。

山顶处，有一亭阁。我看到有几位同学已经爬上去了。看他们那一个个的神情，仿佛像得了世界冠军似的。于是，我暗自告诫自己：快爬，一定要爬上去。

到了山顶，景色就更美了！

那亭阁，雕梁画栋，山水人物，都已刻画在亭梁上，都以唐代的花纹图案相作。

亭阁中有寺庙，寺庙内有三尊佛像，两尊雷公像。弥勒佛笑容可掬，仿佛在欢迎我们；雷公威风凛凛，让人望而生畏。

出了寺庙，站在亭口观望：

卦山仿佛是在缥缈的雾里，云雾茫茫。那一片片的柏林，就像一片片的云海。也能看到远处的交城、文水。

那盘踞在半山腰蜿蜒曲折的石阶路，就像一条巨龙。

这条龙象征着中国。中国犹如巨龙，有着悠久的历史，灿烂的文化，珍贵的文物。

卦山，有许多珍贵的文物。

我愿这支文物之花，保存得更完美，开得更漂亮！

致中年的你

中年的你，是不是感觉有点累？

一切都是过往浮云，不要纠结，好好睡上一觉。窗外阳光灿烂，鸟语花香，人头攒动。不管多么繁杂，我自有定力。

思前想后，原本许多事情非常简单，不像自己想得那么复杂。生活原本丰富多彩，不像我们总是那么枯燥无味。

生活有它自身的逻辑和规律，我们往往不懂逻辑和规律，更不懂生活。也许，我们是愚蠢的代言人。明明自己很愚蠢，却自以为很聪明。我们在愚蠢中度日，却认为自己与众不同。

睡醒之后，生活依旧。你还是你，别人还是别人，我们依旧在原地踏步。

我们不要总想着成功，应该忘记成功；我们不要总想着失败，应该忘记失败。我们就像是人生旅途中的游客，风餐露宿，徒步天涯。

你的思想，你的意志，决定了你的旅游线路，也决定了你的旅游目标。旅途中的劳累谁都难免，你可以暂时放下你的包袱，坐在地上好好歇一歇。

生活中还有许多事情等着我们去做，生活中还有许多矛盾等着我们去解决。

其实，我们可以辩证地观察许多问题，我们不要老想着工作。从某种意义上讲，休息也是在工作。而且是非常重要的工作。

没有很好的休息，就不会有很好的工作。只有充分地休息好，才能充分地做好工作。

好的工作状态都是在休息之后才出现的。

希望你做个好梦！

刘著作品*

一封家书

阿母慈鉴：

想必天堂尚好，吉祥安康！儿未启言，血泪流淌！儿未成年，为何远行匆忙？六龄孩童，孱弱模样；洗浆补丁，正需慈母抚养；驾鹤西去，真乃铁石心肠！

从此，阿爸又当爹来又当娘，娭毑（祖母）也已是白发苍苍。哥哥二十六七暴病身亡，我和幺姐内心迷惘：以为您去去就回，哪知您一去音信茫茫……有次去赶太平场，看见有个妇人像您的模样，我和姐姐追前撵后，总想一睹"慈母"相，原来不是，一阵心伤。夜梦阿母追我于山梁，叫我乳名，何其芳香！于是父亲为我改了名字，孩儿进了新学堂。

想读书，却以"阶级斗争"为纲，老贫农坐上讲堂把课上，半工半读，老师带我们去开荒。

麦麦草，五朵云，生产队里压田青。白卷英雄张铁生，我扯青草，光荣榜上才"扬了名"。"批林批孔"运动正盛行，青黄不接唱空城。两分钱就把饭蒸，豆瓣下饭是"山珍"。五碗青菜稀饭喝完，通体鼓青筋。一年难见油星星，少见衣服无补丁。杀猪需要毛猪证，粮油糖凭票供应。物质匮乏穷开心，坝坝看的老电影……

想必母亲在九泉也为儿揪心。

乌云散尽，平地响春雷，三中全会定乾坤。包产到户，恢复高考，无数平凡人改变了命运。

知青离乡返了城，学子金榜题了名。南国工厂闹腾腾，打工大潮笑吟吟。

---

* 作者简介：刘著，男，生于 1968 年 6 月，四川仪陇人，中学语文高级教师，南充市骨干教师。现任教于四川省仪陇中学校。曾担任仪陇中学备课组长、教研组长。南充市中语协会会员。曾荣获南充市中学语文竞教二等奖，课题《农村中学文化建设研究》曾获南充市教学成果奖、南充市"十一五"教育科研优秀成果奖。本人喜欢文学，追求安静与诗意生活，有多篇文章见诸报刊。《品味古代诗歌》曾在《光明日报》考试副刊上发表。《课改随笔》在《中国教育科研论坛》杂志上发表并荣获优秀论文"一等奖"。

童山秃岭转了青，乡村出现别墅群。"啤酒肚，小平头，粗金链子黄鹤楼；走大街，窜小巷，到处都是麻辣烫。"市场繁荣不必讲，坝坝舞伴高音响。铁路修到我家乡，高速公路通四方。中国梦想有方向，精准扶贫奔小康。家家有车又有房，手里有钱心不慌。

中国改革大变样："神舟"飞天看月亮，"蛟龙"入海拜龙王。"辽宁"神武护海疆，"歼20"亮剑迎豺狼。港珠澳大桥长又长，"一带一路"有创新。"丝绸之路"焕容光，双赢互利又共享。巫山神女应无恙，当惊世界看东方。

人口素质要跟上，网络传播正能量。流浪大师莫流浪，经典传统莫相忘。"土豪""土鳖"住洋房，多闻书卷油墨香。

取财有道别乱想，"老虎""苍蝇"无处藏。人生如钱圆又方，诚信忠孝贵善良。独坐敬亭两相忘，一吐衷情话又长。

……

人生最大的悔恨，莫过于"树欲静而风不止，子欲养而亲不待"。如今，我已成为一名教师，您的孙女也已毕业成了公务员，日子好了，您老人家却未能一享儿孙之福，真让人伤心至极！想必母亲见信如面，定会泪眼婆娑吧！

教务繁忙，信写至此，又惶恐阴阳两隔，路途迢遥，音书难传，聊借此告诫后人"珍惜"为贵。恭祝伟大祖国永远繁荣昌盛，但愿阿母含笑九泉！

儿稽首叩拜！

梨园行

甲午端阳前夕，晨曦初露，二八勇士在仪中校门口，跨上大巴铁骑，穿云破雾，向铁林城进发。

风光如画。苍山似海，绿水带绕。田畴绿秧谱写行行新诗，山坡翠柏撑开把把华盖。群山万壑赴梨园，生长名后马娘娘。车内笑声如浪花翻卷，山峦薄雾像新娘羞颜。

不觉间，沿唐巴路、过柳林线、穿大巴山、兵临通江城下，顺道参拜红四方面军总指挥部，在徐向前元帅的铜像前摄影留念。元帅一身戎装，威风凛凛。想当年，徐帅率领红军将士穿密林，蹚流水，幕天席地，殚精竭虑与敌人周旋。号召工农，打土豪，分田地，热火朝天。饮水思源，好男儿当驰骋人生沙场，奋勇当先。老骥伏枥，曹孟德曾云烈士暮年。

游兴未稍减，泥溪乡街头打尖，滚滚红尘更向前。

山路蛇行斗转，车至梨园。心有目标，岂怕长路漫漫！

但见满目青山，原始村落展现在眼前。淳朴乡风扑面，老村长迎接在桥头边。马老汉六十二三，一双手布满老茧，一把拉住驴头行者像在撒欢。一行人迤逦而行，来到了老汉的独门小院。

好茶好饭自不待言。饭后，马老带我们到村头转转。

铁林城下，几十户人家分布在北面半坡上，一色青瓦木柱白粉墙，但同中有异。有四合院，穿斗木架构；有三合院，东厢吊脚楼；有的走马转角，有的高低错落，不一而足。色调典雅，古朴大方。大多雕梁画栋，游龙走凤。尽管色泽斑驳，依稀可见马氏一族的当年荣光，沐浴皇恩，光宗耀祖。传说明太祖朱元璋的爱妻马娘娘就出生于此地。这位贤良的马娘娘，不知有多少次阻止那位重八哥，那位和尚皇帝，那位叫花天子，干下累累蠢事。她虽然送枣送桃救了刘伯温，但没能阻止他"火烧庆功宴"。思绪暂停，夏日清风拂面，踏在青石铺就的小院中，对两块大匾记忆犹新——"永享高年""勤俭持家"。望金城驴子永铭心田，万里河山我们才起步呐！

夜幕降临，我们的联欢会开始了。

阿公阿婆原汁原味的山歌，阿哥阿妹浑厚清凉的歌喉；动人的故事，轻盈的舞步；迷人的夜色，热烈的气氛，无不让人为之动容，顿生触电之感觉。驴头行者，身挎帆布小包，好似文革青年；曼妙舞女，脚踏五色祥云，正像赵氏飞燕。场上气氛一浪高过一浪：喝茶的、抽烟的、吃着零食的；还有唱歌的、跳舞的、打着呼哨的；拍掌的、摄像的、故意逗趣的；添水的、拉架的、添油加醋的；谈情的、说爱的、打情骂俏的……如此美妙的黄昏。

一夜，没有故事。皆因白日的辛苦及行者的棒打鸳鸯。

次日，足踏铁林城。

山路曲里拐弯，树木蓊郁蔽日。本以为有绿尾山鸡，却只闻黄莺啼泣。松针松果遍地是，独不见天然灵芝。藤蔓荆条多情意，牵住衣衫久停息。叹世人薄情又寡义，赞万物浓情兼厚谊。

听吧，驴友们在呼朋引伴，我在林中把蘑菇捡。一行人到达山巅，无限风光在眼前。赶紧合影留念，转身碰见独角莲。倒过一道坡坎，方知道青山外还有青山。蛮洞子让人思虑久远，人生不过这几十年！趁腿脚尚还灵便，别虚度这青春华年。木房子山腰间孤独出现，原主人定会是山野神仙。喊一声回荡在山谷间，身上已流淌着淋漓香汗。险要处风光迷人眼，少毅力留下遗憾！

王永侠作品*

此心到处悠然

它很高大，高大的需要我仰视才能窥其全貌。它的叶子酷肖民国年间男人们穿的马褂，春天时满树翠绿，就好像一棵高大的树上挂满了大大小小的绿色马褂，每次经过它的身边，看着它高大威猛的样子，我却在脑补一树穿着绿色马褂的小人儿随风飘摇，止不住地觉得可乐。

春天时我看过它的花，娇黄的花朵其实很大，因为树的高大、叶的阔大就显得花格外的娇小，一朵一朵掩映在一片片绿色的马褂中。一副娇怯怯的小模样儿。日日经过它的身边，看它又高大、又娇怯的样子。

就这样，春去夏来花落了，夏去秋来叶黄了。西风烈烈而吹，仿佛一夜之间，树上就挂满历经了一生沧桑的马褂，和花儿一样，也是娇黄的颜色。飘飘摇摇地舞在那儿，似那做最后挣扎的老人，最终才不甘心地飘然而逝。有时候看到它静静地躺在地上，会想，它得有多不甘心啊！即使落在地上还是如此鲜艳夺目的黄色。我一直认为最抢眼的颜色不是大红大绿，而是黄色，有时候会亮得晃眼睛。

这是一个周末，天气晴得响亮。

我悠悠地走在路上，前面是一家四口。爸爸、妈妈、十岁左右的姐姐，还有一个三四岁的小男孩。两个大人慢慢悠悠地走着，小男孩一手拿了一片大大的"黄马褂"，一边挥舞着一边往前跑，嘴里还一边发出"呜——呜——"的欢快的喊叫声，姐姐则踩着小碎步跟在他身后，看那意思是想护着弟弟，两个人跑着、喊着、笑着，那份快乐洋溢了开去。父母看看他们，淡淡地笑着。

多么温暖的画面！

如果马褂木叶知道自己可以带给孩子快乐，应当也是快乐开心的。

然后，他们走他们的路，我走我的路。

* 作者简介：王永侠，女，48 岁，安徽省宿州市人，现居金陵城。古代文学硕士，现为教师。有文章发表于网上。

但是我知道，心底最温暖的角落被点燃了，美好的时光总是这么不经意间就闯过来，噼里啪啦地不容你反应呢，就刻在心里了。

也许大树只是静静地看着我们，但是它的姿态又是那么从容。不觉微笑，信手拈来一片"黄马褂"，慢悠悠地走着。

春天我看过它的花，娇黄的美丽；秋天里我看到它的叶，娇黄的沧桑。如今我堪堪与它相对，它不语我亦无言，犹自是此心到处悠然！

花非花

《花非花》是白居易词中很凄美的一首，读来令人忧伤。四季中每一天都有花在怒放，平生中也见过无数的花，可是没有哪一种花像菊花那样让我放不下。

父亲闲暇时喜欢摆弄摆弄花草，但他从不养很名贵的品种，他知道，养花和对待孩子一样，搞不好就会夭折，夭折了就是罪过。印象中，父亲最喜欢种菊花。我家有个很大的院子，一到秋天，院子里总是开满五颜六色、各个品种的菊花，煞是好看。那时我对花花草草没多大兴趣，花开了就看，花谢了也没什么感觉。但是喜欢看父亲呵护花草时的神情，宁静、安详而且有些许孩子气。多年以后，当我的阳台上也摆满了花花草草时，终于明白了父亲当年的心情。看着自己花心思侍弄的花儿怒放，心里既快乐又满足。父亲喜欢饮茶，喜欢泡一壶酽茶坐在院子里一边品茶，一边看他那些宝贝花草。受他的熏陶，我也喜欢喝酽酽的茶。

离开家到外地去读书，像出笼的鸟儿一样，除了经济拮据时想到给父亲打个电话，别的倒也记不起来。但是父亲时常会给我寄东西，寄的最多的是茶叶，虽然他知道我什么都能买得到。一次收到的是一袋菊花茶，附言上说西安的夏天太热，多喝点菊花茶可以清热去火。那一刻心里酸酸楚楚，秋天开满菊花的庭院和坐在院中呷着茶的父亲，像一幅老照片浮现在脑海里，清晰得让我吃惊。泡上一杯茶，看一朵一朵菊花缓缓地在杯中绽放，竟有些炫目，多么美丽的情景！我从不知道有一种花在离开枝头以后可以在水中开放得如此令人心动！

从此菊花伴我度过了一个又一个炎热的夏季，它的清凉让我在躁动不安的季节以及以后那些躁动不安的岁月里保持安静。后来，遇见了他。他在一个城市，我在另一个城市，相见总是很匆匆，有时是我去他的城市，有时是他来我的城市。相聚的时光虽短暂却很快乐。两人牵手走过城市的大街小巷，温馨和柔情溢满心间。到了夏天我会给他买菊花茶，对他说："你一定要喝哦，清热去火。"电话里总是问他："你喝菊花茶了吗？"他每次都回答："喝了！"尽管我知道他不喜欢喝茶，但听他这样说，心里便总是洋溢着一种暖暖的情绪，似乎那缕清香就萦于舌尖喉际。

离家已多年。和也依然相隔两地。夏天依然喝清凉的菊花茶。但我明白，菊花非花，是泡在杯中的一鞠凄美如白词的玲珑剔透的牵挂——父亲给我的，我给我的他的。

感悟：十年前的文章，今日读来，依然荡气回肠。十年里无论时光还是人都有了很大的改变。中间也有一些让人崩溃的事情发生：我最爱的外公外婆相继离世（我们姊妹四个在外公外婆身边长大）；母亲脑血栓，左边身体落下小的残疾；嫂子因罹患红斑狼疮，并发症发作而导致高位截瘫。但是，一切都是造化的安排，熬过去就是胜了：外公外婆高寿而终，生前外公外婆见得四世同堂（唯一的遗憾就是没看到我女儿的出生）；母亲虽然身体落下不方便，好在十几年来病情稳定，并且一直有父亲相伴，倒也弥补了他们年轻时南北的相离；嫂子得哥哥佑护，从最初的连下四五次病危通知书到现在的子孙绕膝，而且娶得一个好儿媳，端屎端尿殷勤伺候从不埋怨，侄子侄女说不管怎样，她在，我们还是有娘的孩子；我自己结婚生子，日子过得平平淡淡，但是我想无论我表现出多么得不在乎，其实我心里还是深爱着的吧！

兔子？还是狗？

相信问起来你是喜欢兔子还是狗，有人会说，我喜欢兔子啊，温顺、可爱，那双红色的眼睛，宝石一样！有人会说我喜欢狗啊，忠诚、勇猛、善解人意，如果你养的是只"二哈"（哈士奇的昵称），乐趣多多！

我的童年是孤独的。兄弟姐妹四个，我是最小的，和大姐相差十来岁，就是和老三也相差了好几岁，所以在我正当玩耍的时候，上面三个都已经入学读书了。大人忙着地里的活，没人管我，于是狗便成了我最忠诚、最贴心的朋友。我养过很多只狗。那时候农村没有什么给狗打疫苗的概念，人都没钱看病还去管狗？狗在几个月大时会生一次大病，熬过去就能活，熬不过去就会死，有的狗只能陪我几个月，然后我就眼睁睁地看着它的生命一点一点逝去。那时年龄太小，没有什么伤春悲秋的心思，就觉得小狗死了挺可惜的，过两天还得看看再到哪儿找一只狗养着。有的狗熬过那次大劫，平平安安地陪我一天一天地长着。那时候父亲也从江南调回家乡工作，上面三个孩子他几乎没有经过手，倒是轮到我时他就在身边，所以我得到了父亲几乎所有的爱。为此老三常常愤愤不平，觉得父亲偏心眼儿。多年后还在说："他怎么都没抱着我一边拍着一边唱一只螃蟹八只脚？就抱着你在那儿颠了！"也为此她在父亲不知道的时候没事找事地揍过我许多顿。我有一辆小自行车，我最大的爱好就是骑着车满世界跑，我的狗就"哈他哈他"地吐着舌头跟在我的屁股后面也满世界跑，等我俩满头大汗地跑回家里，父亲总会笑眯眯地问："周游世界的人儿回来了！赶紧擦擦汗吃饭咯。"

父亲是十里八村有名的巧手，谁家的锁头坏了，拿给他，他捣鼓捣鼓马上就得；谁家的剪子、菜刀不快了，拿给他，他在磨刀石上三下两下，也得了。他在一家机械厂工作，在厂里也是高手，无论什么样的机械到他那儿都俯首帖耳、老老实实不敢犯犟。父亲还有一个最大的能耐，就是能听声辨病，出了毛病的车啊、机器啊，他只要一听就知道症状在哪儿。那时候农村耕地用的是牛，好一点的用手扶拖拉机或者四轮拖拉机，每到农忙，往往会忙中出错，拖拉机罢工那是大事，于是家里的事父亲顾不上，成天都在忙着给人家修机器。有一次父亲又去帮别人修机器了，我那时大概五六岁的样子，玩着玩着就突然想找爸爸了，于是我就去田野里到处找爸爸。另一个村的人知道我是王师傅的闺女就说你不要找爸爸了，你爸爸过会儿就来了，你先在这儿等会儿吧。那时候正是春寒料峭之时，于是有人把我裹在大衣里，我在那儿等爸爸。我的出游没有人知道，爹娘以为我遭了不测之祸，把前村后村的水井都掏了，河里也捞了，甚至连粪池子都搅了一遍，家里乱成一团，作为当事人的我却正睡得香。父亲没放弃，打算走远了点再找，佛祖保佑，他找到了我睡着的地方，一眼看到了我的狗，它趴在我旁边正看着他开心地摇着尾巴，父亲什么都没说，抱起我回家去了，我的狗就在后面摇着尾巴跟着。我丢了以后家里一团乱的情况，还是我长大点以后听大姐说的，很是为自己汗颜。

大学考到西安。我一直都有个沙漠梦，一直认为到了西安也就到了沙漠，于是我远走他乡。到了才知道，大漠、孤烟、戈壁、苍狼还离我太遥远。读了四年书我没看到一粒沙子。大一刚入学没多久就是中秋节，以往在家好歹还有块月饼吃，现在没人管我了。很不适应，于是给父亲写信，凄凄惨惨地写道，我看不到中秋节的月亮了！我看不到中秋节的月亮了！信寄出去后我就忘了。中秋节过完紧接着就是国庆节，国庆节当天，学校的"老乡会"把我们新入学的老乡带出去玩耍，等我兴高采烈地回到宿舍，打开门就看到了端坐在我床上的父亲、大姐和小外甥！风尘仆仆，疲惫不堪。我当时都傻了，舍友说他们来了好久，等半天了。那时候没有手机，双方根本联系不上。我的眼泪忍了又忍才没掉下来。父亲带了很多好吃的东西，母亲亲手烙的鸡蛋饼，家乡特产符离集烧鸡，父亲把这些都分给了室友，对于我的那封信只字不提。我陪他们逛了校园，逛了我知道的西安的胜迹，陪他们吃羊肉泡馍。大姐趁父亲陪小外甥玩的时候把我叫到外面，很严肃地对我说："以后写信，报喜不报忧！接到你那封信，老头子几天几夜都没怎么合眼，嘀咕你是不是出了啥事，不管不顾地买了票就来了，我们坐了三十多个小时的火车，你怎么忍心？"我的眼泪再也忍不住了，哗哗地流了下来。父亲后来知道了说："别说她啦，我也想老小了。"

我们兄弟姐妹之间看似没有那么融洽，却又是打断骨头连着筋的。大的大我太多，不屑理我但又最疼我，工作后就用第一个月微薄的工资给我和老三每人做了一套衣服。哥哥是老二，对我倒是呵护有加，但是他有他的一帮哥儿们没什么时间理我。初中时我和老二老三一个学校，我和老三住校，哥哥走读，每天骑自行车回家，最想念的便是每周六中午，哥哥用自行车前面带我后面带老三，一路如风驱车回家的时光（这里的自行车是老式有大杠的那种，我一般都是坐在前面的大杠上）。老三还是个姐姐，我俩几乎是打着长大的，从小我俩晚上睡觉打通腿，每天晚上在被窝里都是你踹我一脚，我踢你一腿，打斗半天才各自睡去，直到现在大姐还拿这个事情来打趣我们呢！

两个姐姐都上的卫校，毕业后都留在了城里，嫁人成家。哥哥初中毕业就不读书了，父亲把自己的拿手本事都教给了他，他在镇子上开了个修车铺，专修农用车。我在另一个城市安家落户，每天忙忙碌碌，很少有时间回家。十几年前母亲得了脑血栓，十分凶险，好在最后化险为夷，父亲退休后就在家照顾母亲。有一次打电话回家，听他在喊王美美，很奇怪，一问才知道爹娘也养了条狗，起名叫王美美，小名"小美"，雌性。以后每次打电话都听父亲说王美美，语气宠溺，我打趣道："我都嫉妒王美美啦，你那么疼她！"父亲呵呵地笑，说谁让你们一个一个都不来看看我们的！过年回家，终于见到了传说中的王美美。是一条灰黄色的田园犬，身材高大修长，却温顺得紧，总是低眉顺眼地跟在父亲身旁，摇着毛茸茸的大尾巴。看着父母眉开眼笑的样子，我没来由地心里发酸。父母有四个子女，但是在长大以后都兔子一般地跑了，而能给他慰藉的却是那条不会说话的王美美。我得感谢王美美，我们不能给的陪伴，它给了。

某一天，在阳台上看到西坠的夕阳，心里突然涌出这句诗："而我邻居家的顽童是太多人，星星般地抬走一个黄昏！"这时接到父亲电话，兴高采烈地告诉我，王美美升级为母，产一雄一雌。

谭庆荣作品*

蜀南竹海走一圈

一

"忘忧谷"内无烦恼，铁棒成针多自豪。蜀南竹海走一圈，神清气爽乐逍遥。

景区内外，翠竹满山遍野，分外惹人喜爱。进入景区，道路两旁的翠竹整洁有序，无边无际。竹墙般生长在道路两边的翠竹犹如翡翠般引人向往，里面的故事和奥秘，等待人们去探寻。在两座高山之间仅留出的"一线天"通道，在里面行走时有点担心高山塌下来怎么办。走出一线天，天然巨石形成的"夫妻峰"是那样逼真，那样传神。不仅"夫妻峰"逼真传神，"金龟戏狗熊""生命之柱"等众多天然石像都是那样的逼真传神，趣味无穷。大自然的鬼斧神工不佩服不行，中华大地上的种种惊世奇观不惊叹不行。

忘忧谷内，翡翠长廊道路不宽，长廊两边的翠竹长势喜人，不仅疏密适宜，生长茂盛。还自然而然地由两边相对而生，在空中犹如情人拉手一般结成一道天然的绿竹长廊，走在里面感觉既舒适又美妙，其乐无穷。

走出翡翠长廊，笔直的百米悬崖看起来有万丈深渊之感。站在崖边，感到不寒而栗。看着悬崖下面的巨大天坑，无法想象出苍天为何要创造出这样一个世界奇观，吸引着全球游客，使其不远万里来到这个深山老林中观赏。

---

* 作者简介：荣，1952 年生。成都量具刃具厂子弟学校初六八级，下过乡，国有企业破产失业工人，现已退休。

二

天然溶洞，各具风采。竹海溶洞，别具洞天。溶洞不仅深不可测，而且洞内容积巨大，洞口还有巨蛙护守。由巨石形成的天然巨蛙，在无声地提醒游客参观溶洞时一定要遵守规矩，保持安静，不要惊扰了洞中龙王的安宁。

龙王在洞中，龙椅在岸上。坐上龙椅享受一回龙王滋味，心生得意。参观了溶洞，坐过龙椅，再乘坐龙船在龙王居住的地洞河中慢慢漂流，观看洞中美景，体会龙王尊严，享受世外桃源般的仙家生活。神仙般的生活无忧无虑，无烦无恼。真心想让这样的生活永远继续下去，真是不想漂出龙河后再去应付那些凡间琐事。当龙船漂出地洞河看到满天霞光时，回望洞中的"石林仙姿"，真是依依不舍。

溶洞内并不是暗无天日，一束阳光从溶洞顶部穿过数百米的空间照射到洞内，形面独特的"洞府天光"。人们在天光中留下独特一影，很可能是人生中唯一的记忆。借助天光的神奇影像，"结缘胜景"自然天成。

三

远古时代，相传万山岭是女娲补天时留下的一片赤石。赤石上面寸草不生，万岭山一片荒凉，人民生活困苦。天上的金鸾仙子见状，违背玉皇大帝旨意，冲破天神的重重阻拦来到万山岭的荒山野岭之中。日出日落，撒播翡翠，挥扫帚，舞白丝绢。终于使得一棵棵嫩笋破土而出，日生夜长。竹竹相连，一直联上九天，也就是今天的蜀南竹海。在竹海的滋养和护佑下，这里的人民过上了舒适、富足的田园生活。金鸾仙子手中挥舞的白丝绢，就是今天流淌在竹海中的淯江河。

人们为了感谢金鸾仙子的恩惠，修建了观海楼。今天，人们站在观海楼上观看万山竹海绿波，耳听清脆悦耳的竹声，自然会引起对金鸾仙子的无限思念。

在缅甸，巨大的卧佛曾经引起了我很大的兴趣。在竹海，巨大的卧佛同样引起了我很大的兴趣。不同的是，缅甸卧佛是用玉石雕刻而成，竹海卧佛是在山中利用石山上一块巨大的岩石雕刻而成。

卧佛不远处的"仙寓洞"传说是神仙居住的地方，"仙寓洞"三个大字是北宋大文学家苏东坡的手笔。导游说起仙寓洞有声有色，我看仙寓洞和花果山水帘洞无异。奇思妙想之下我也在水帘洞中走了一回，尝尝当"齐天大圣"孙悟空的滋味。在水帘洞对面的巨大石壁上，有人用在半空悬挂的方式刻了一个巨大的"佛"字。处在佛缘和神仙之间，某一天我也学来孙悟空本事之一二，当回齐天小圣也不是不可能。站在水帘洞旁的那个"犀牛吸水"，就当是师弟猪八戒在为我看门守夜。如果犀牛变成美女，与我日夜相伴就更美。

四

竹林七贤，魏晋文学的代表人物。今天，竹林七贤的塑像屹立在竹海之内。我在观赏并和竹林七贤塑像合影留念时，为自己不能成为他们中的一员感到遗憾。

观赏过竹林七贤，再看看高山上倾泻而下的巨大瀑布经过七层巨石垂直坠落变化后在阳光的照射下展现出来色彩斑斓的壮丽奇观，"七彩飞瀑"令人惊叹。

惊叹之余，想歇歇脚，享受一下"田园诗画"般的竹海生活。

田园诗画般的蜀南竹海，少女如翠竹般青翠欲滴，玲珑可爱；山民如山竹般彬彬有礼，遮日避雨；竹海如聚宝盆一样取之不尽，用之不竭。在这个"祥龙赐福"、美女相伴的地方；在这个食竹长寿、神清气爽的地方，今生一见，心已足矣。

生活趣味美好，多姿多彩。我在竹海游览时和游客们商议，应该去庙中烧一炷香，感谢竹海和山民给我们带来了这次愉快的旅游，并祝自己和家人一切平安，一生平安。

龙吟寺，为我们提供了满足心愿的场所。

龙吟寺建在半山中，金碧辉煌的建筑很远就能看见。龙吟寺的山门上，龙凤腾飞的画像分别在山门两旁。这种龙凤共同守护山门的少见奇观，是竹海寺庙的一大特点。

到龙吟寺烧香拜佛，需要登上312级台阶。登312级台阶，考验游客的体力、耐力和诚心。当你登完台阶俯瞰足下时，就能体会出当年建寺时的艰辛和你对佛祖的诚心。登上寺内双峰塔展看万山竹海，青翠欲滴的翠竹波浪成伏，各具风采，会带给你无限的遐想和美感。从龙吟寺下来以后，再去看看建在半山中的"天宝寨"，就能真切地感受到在没有机动车的年代田园生活的滋味。

五

竹海内翠竹品种繁多，它们不仅为游客提供了很多的乐趣，也为社会做出了很大的贡献。各式各样的竹产品远销海内外，丰富了人民的生活，营养了人民的餐桌，致富了竹海人民。

今天，行走在竹海的迎宾大道上听导游小倩妹介绍怎么区分公竹母竹，谈论僰族人特有的民族文化，受益匪浅。

1999 年，当时的国家主席江泽民同志来到蜀南竹海，行走过迎宾大道，留影在潺潺小溪。今天，行走同一条道路，在同一处留影，是不是也有一点自豪的感觉。

在蜀南竹海，山民在翠竹还幼小时就把美酒灌入其中，利用翠竹自然生长的天性制作成"五粮春"竹筒酒。劳动人民的智慧和创造力，不佩服不行。蜀南竹海贡献的竹耳、鹿茸菌、竹荪蛋、珍珠菇、红牛肝菌等竹海特产都是在山外难得一见的珍品。临走不忘带点深山中的竹海山珍回家，既有纪念意义又有实用意义。回到家中和家人或朋友一起品尝竹海山珍美味，别样的感受一定回味无穷。

到了昭化，不想爹妈

昭化，巴蜀第一县，蜀国第二都。

昭化，三面环水，四面环山。嘉陵江、白龙江、清江三江交汇处。嘉陵江水在此溯洄，太极天成，有"天下第一山水太极"自然奇观之美誉。古城山清水秀，人杰地灵。古遗址、遗迹众多。民风古朴风雅。是休闲度假，学者考古研究的理想之地。

理想之地最怕打扰，爹妈此时就不要来了。

研究者再用心，饭要吃。昭化小吃首推"女皇蒸凉面"。传说，当年武则天就是因为爱吃昭化蒸凉面才当上了大唐皇帝。今天，谁要是到了昭化不吃一碗女皇蒸凉面，纯粹是和自己的官运过不去。吃凉面有很多故事，一边吃凉面一边品尝女皇仙桃更是趣味无穷。一人吃想入非非，两人吃谁当皇帝谁祝贺，情哥情妹情意长。不管怎么说，爹妈就不要参与了。

"凭什么！"一位食客的怒吼打破了凉面馆的平静。"武则天在这里吃凉面当皇帝，我在这里吃凉面摆地摊，天道不公"，食客吼完扬长而去。

吃过凉面，尝过女皇仙桃，听听昭化故事就会更有味道。葭萌关张飞夜战马超的故事就很精彩。张飞取胜时的战胜坝，今天是昭化的一个著名旅游景点。葭萌关就是昭化城门，这种城门和关隘结合在一起的地方，全国罕见。因为罕见，昭化人民就特别重视对这一历史文物和文化的保护。

今天，游昭化古城，品三国文化，会有很多意想不到的收获。在这里，你会发现这座全国罕见完整保存三国文化和遗址的小城，处处都有故事，步步都在召唤。远山的召唤和眼前的美景交织在一起，让人目不暇接。

展望远看，貂蝉百媚杀重臣，三国故事由此兴。近看昭化，蜀国兴衰聚一城，昭化情妹赛貂蝉。此时此刻，爹妈远离为好。

三国时期，刘备将秦王朝时期建立的葭萌县改为汉寿县，希望这里和他建立的蜀汉江山一样与日月同辉、天地同寿。虽然，以后葭萌县又多次改名，昭化人民对美好生活的追求从来没有停止。

1936 年，国民政府决定在昭化城边修建公路。昭化人民担心公路引来战火，古城受到破坏。一致要求公路改道并达到了目的，古城因此得以完整保存。这是爹妈的功劳，后人不要忘记。

昭化很早以前就是重要的水陆交通集散地，著名的桔柏古渡就在这里。刘备从这里起兵进攻成都，建立蜀汉政权。诸葛亮六出祁山，姜维九伐中原都是在这里集聚人员和物资。蜀国第二都，由此产生。重要的人员和物资集散地，造就了昭化的繁华，造就了这里物资丰富，人才众多，社会需求也多。这样，繁华的昭化就为各类人才需求和社会服务提供了足够的资源。在交通运输业如此兴旺发达的今天，水运仍然是非常重要的运输方式。在没有机动车的年代，水运的重要性更是非同一般。同时，昭化地处绿水青山之中，大自然贡献的丰富资源加上昭化人民的辛勤劳动，保障了这里的人民长年衣食无忧，心想事成。因此，很多人来到这里以后从桔柏古渡开始逐步实现了自己的理想，过上了幸福美满的生活。

由于昭化和四川人民的生活都太过舒适安逸，有人担心年轻人在昭化和四川生活久了会失去进取心。这样，成语"少不入川"自然天成。

蜀汉兴，葭萌兴；蜀汉亡，葭萌消。随着蜀汉政权的消亡，葭萌（昭化）的重要性逐渐淡出了人们的视野。同时，也使昭化人民几千年来远离战火，远离城市的喧嚣，过上了田园牧歌般的生活。

在与世无争的舒适安逸环境中，泛舟嘉陵江或者白龙江上，闭目垂钓。静听江水波涛发出的歌声，静享鱼儿上钩时的美味。飘飘然进入仙景，日出日落又一天。

"此曲只应天上有，人间能得几回闻。"过着杜甫所写的生活，谁还会去想爹妈。

随着社会的发展，时代呼唤越来越多的昭化人走出昭化、走出四川、走出巴山蜀水，去寻找更多的发展机会，努力为社会做出更大的贡献。这样，"少不入川"成为历史。历史造就英才，英才筑就辉煌。辉煌历史以"天府之国"的名义为社会和历史都做出了巨大贡献。而且，这种三大贡献历经数千年不衰。

巴蜀大地，英才辈出数千年，经天纬地震宇寰。闻寻英才到昭化，见到情妹不想家。这不，那位情妹就迈着轻盈盈的脚步向我飘来。她面带微笑，目带柔情。我们柔情相通、情意绵绵。她那青春的魅力像是有着无限的吸引力，我强行忍住内心的激动，偷偷向她望去。她是那样迷人，那样不可思议，那样如诗如画。我实在无法控制住自己，慢步向她走去。不，向她飞奔而去。

正是，到了昭化，不想爹妈。

*谢家俊作品**

老家的童年记忆

在城里住久了，常常怀念乡下儿时的家，怀念老家的味道，或许这就是所谓的乡愁。这种思乡之情，随着年龄的增长，愈发浓烈起来。

我童年的家，地处当时的乐山县水口公社，从过境水口的苏沙公路新线一个涵洞处下个小坡，沿着一排茂盛浓荫的修竹，往前走两三百米就到了我的家。

记得家里有棵麻柳树，在我出生前就生长了多年，长得很粗、很直、很高。儿时被大人领着去苏稽赶场，在数公里开外的一个叫鸡毛店（地名）的地方，大人教我朝家的方向望去，看到簇簇竹林深处，有一棵树的树梢，犹如鹤立鸡群般冒出竹林一大截，伸向天空，我们家就在那棵最高的树底下，最高的那棵树就是我家里的麻柳树。当时我觉得很惊奇、很自豪，嘿，我家的麻柳树是全村乃至全公社最高的树木，那么远都能看到！家里大人们也爱对苏稽方向的亲友说，站在鸡毛店看谢大村，看见那棵最高的树巅巅（树梢）的地方就是我们家。

老家的房子是木结构的，大小十间屋（我出生之前垮掉了两间），中间合围着一个天井。夏天，如遇到连绵不断的大雨天，无法出门担水，家人就拿水桶在天井接屋檐水作为生活用水。屋檐水做出的饭菜有一股无法消除的、淡淡的炊烟味道，但尚能接受。大雨封门时，家里时常改善伙食，其实就是接天井的屋檐水推豆花。豆花全靠手工推着石磨一点一点磨，很是费时、费力。故有"杀牛等得，吃豆花等不得"的俗语。我图好玩，磨豆花时，我常当"飞蛾咡"——就是在大人旁边搭把手，辅助推动着磨架，我转动磨子，白花花泡沫状的豆浆就不断从磨子流到磨盘里。那时的感受，真可谓累并快乐着。

家里还栽了好几棵果树，有两棵杏树、四棵柚子树、两棵桃树，还有两棵枣树。除枣树外，每棵树的果实口感都不一样。两棵杏树是多年的老树，树干粗壮，枝叶茂盛，像两把大伞撑在地里，每当春天开花时，煞是好看！果熟时，

---

[*] 作者简介：谢家俊，男，1964 年出生，四川省乐山市中区人，公务员，业余文学爱好者。

引来白头翁、画眉、麻雀等鸟儿偷食，这时奶奶边摇着赶鸡刷，边"哦嘘，哦嘘"地不断吆喝，直到赶走鸟儿。到了夏季，柚子花开的时节，柚子花清香的味道扑鼻而来，夜晚在院坝乘凉，香气更加浓郁，沁人心脾。

有棵柚子树下是一片粑叶林，那是许多昆虫喜欢栖息的地方。天气晴朗的夜晚，灶鸡子（蟋蟀）们躲在粑叶丛里欢快地低吟，皓月当空时，叫得尤欢。粑叶林里也是蛇的居所，经常看到靠近粑叶林的栅栏上有蛇蜕下的皮，每当不得不从那里走过时，心里不免充满恐惧。

两棵枣树结的枣子味道不错，枣树树干不算粗，到了枣子成熟的时间，我和弟弟妹妹们常常背着家里的大人，拿出吃奶的力气抱着枣树使劲地摇晃，那些熟透或快熟透的枣子，就会窸窸窣窣掉下来。摇上几个回合，就会有"不菲"的收获，然后几姊妹赶快在大人没发现之前享用完"战果"。

儿时还有一大乐趣，便是逮耗子。每当看见有耗子钻进天井的漏阴洞时（排水的暗洞），大人就会叫上我，要我赶快去把天井外面的出水口堵上，大人把进水口堵住。然后人分两处，分别在漏阴洞进、出口操作：出口处的人用麻袋接上出口，接口不能留缝隙，进口处操作的人把较长竹子做的晾衣竿伸进洞里，晾衣竿不断往里深入，关在洞里的耗子就会往出口方向跑。只要操作得当，最终耗子必然钻进出口的麻袋里。当耗子钻进麻袋时，马上收紧麻袋口，这下耗子就任随我们的摆布了。冬季里，家人把捉到的耗子做成腊肉来吃。没吃过耗子肉的人是无法体验耗子肉的美味的。那叫一个香！

童年还有一大嗜好，就是喜欢听邻居长辈讲鬼怪故事——尽管每次过后心里会后悔。酷暑难耐的日子里，晚上睡得很晚，常和其他小孩一起串邻居家门。邻居长辈忙完家里的活，如有时间便会恶作剧般地逗小孩玩，问大家喜不喜欢听故事，大家都异口同声说"喜欢、喜欢。"结果讲的都是鬼怪之类的故事，什么绿毛红头发啦、青面獠牙啦、没有下巴了，尽管心里很害怕，但又想听，充满好奇，要求大人继续讲下去。直到听到家长喊回家了，才不舍地离开。这时的思想还沉浸在刚才的故事情节里，脑子里不断浮现故事中的鬼怪模样，被吓得不轻，非常害怕回家途中遇到鬼怪，只好硬着头皮，以百米冲刺的速度，一口气跑回家里，到家后长长地舒了一口气。

我的游泳技能是小时候在老家学会的。大约是上小学四年级时，一个夏天的下午放学后，和另外一个大我几岁的同一生产队的同学，经过双河庙（水口中学外面）临江河边时，他提出下河板澡（游泳），我说我不会，他叫我在水浅的地方游，他可以教我，我答应了。两人便赤条条地下到水里。开始，那个同学先示范一下，然后在水中托着我的身体让我自己体验，游动。练习了一会儿，他便丢手让我自己游，咦，我居然会游了！这时那同学便自顾自撒欢畅游去了。我继续在浅水区练习着，看着同学在水里游得自由自在，我也跃跃欲试，便划出浅水区，向流速较快的水面游去。到了深水区没比画几下，自己就呛了几口水，在浪里一浮一沉地挣扎起来，无奈地被水推着向下游去，心里恐惧感袭来，在露头的时候我便大声喊："救命！"见此状况，那同学赶紧游到我身边，一把拽住我，往浅水区游去，终于转危为安。这件事，至今想起来还很后怕。

在十四岁那年，我考上了外地的学校，离开了长于斯（我出生在外婆家）的故乡，离开了老家。在外地参加工作后，回老家的次数越来越少。但故乡、老家的印象深深地刻在心里头，从未忘记。故乡、老家，这里有我童年的快乐，也有我的悲伤，但更多的是快乐。童年，再也回不去的童年。正如歌里唱的，"怎么不知不觉就老了……"。

消逝的木板桥

水口是我的家乡，14岁前我一直生活在那里。对家乡的印象，首数坐落在临江河上、连接水口老街与徐月碥的木板桥。

儿时的记忆里，清晰地烙印着木板桥的形状、构造。知道这座木板桥存在有些年头了，具体何时所建，不太清楚。那时从沙湾到乐山城的所有机动车辆，无一例外地要从这座木板桥上通过，货车4吨以下通过木桥毫无问题，是沙湾到乐山车辆的必经之地，说它是交通咽喉也不为过。

水口木板桥是一座很有特点、兼具观赏性和文物价值的桥。像这种可通行汽车和货车的木桥，在四川省内恐怕也不多见。搜索良久，也没看到一张能行车的木板桥照片，可见此桥之稀罕。现在回想起那种桥身纯粹为木质结构，却毫不担心车辆通行安全的桥，真心佩服造桥人的匠心独运和对工程质量的负责态度。

水口木板桥的类型属于平板桥类。桥墩由质地较坚硬、不易风化的红砂条石砌成。整个桥身从桥面的桥板到两边人行道护栏，均为木质材料。桥下游不远处就是大渡河，临江河在此与大渡河相汇。大渡河水向临江河倒灌，其水温较低，因而在桥下游形成一段上层水温高、下层水温低的水体。小时候在此段游泳，明显感觉到越往水深处水越冷，甚至刺骨。桥的宽度只够通行一辆汽车，会车时，桥两岸的车辆须在桥头等待，待桥上的车辆通过后才能上桥。记得桥面车轮碾压的车辙位置，设计得比桥面高一些，其材料是厚实的木头，车辙两边走行人。

儿时夏天里经常打赤脚，不时要从水口老街这边到桥对岸名叫"帅六指"（老剃头匠有六根手指头）的父子剃头店去理发，必须从木板桥上走过去。没出太阳的日子还好，如是在烈日下光脚通过此桥，那必须得承受一番皮肉之苦——脚一踏上那光滑的桥板，小孩子稚嫩的脚板顿时被太阳炙烤得滚烫的桥板烫得受不了，嘴里不由自主"嘘嘘嘘"地叫，为了少遭罪，减少在桥上停留的时间，只有快速翻飞着小脚板儿，一口气冲过去，到达对岸。过桥后心里有一种小小的成就感，剃完头回去自然又是一次"受刑"。

14岁那年，我就离开家乡到外地读书，然后在外地参加工作，在家乡待的时间越来越少。后来得知，在一次洪水中，我梦牵魂绕的家乡木板桥被冲毁了！听到这消息，我宛惜不已，那伴随我童年时光的木板桥再也见不到了，除了扼腕叹息，便是感伤了……

庄燕云作品*

人生随笔

故事太长，不知从何落笔。那深藏心底的往事影响着我的一生。童年应该是快乐的，而我的童年却目睹亲人的离世，完整的家没了，一个人孤独长大，在成长的路上凭着自己的感受像野草一样疯长，有时候幸福就在眼前却无法握住，想伸出去的手又缩了回来。明明一步之遥的路，反反复复走了又走，南墙撞了又撞，到最后逼自己放手！我用半生抚平伤口，修复心灵创伤，治愈抑郁！如果有人告诉我，也许我不用走那么多的弯路，把生活过成了战场，单枪匹马，一腔孤勇，一个人活成了千军万马，是命运的安排还是宿命的罪？

这么多年不知怎么活过来的，也许天生就有着比别人强的生存能力吧！莫言说：本性善良的人都晚熟。那个又呆又傻的人正是我的写照。吃不完的亏，好了伤疤忘了疼！别人权衡利弊，我却毫无保留。

木秀于林，风必摧之。曾经那个锋芒毕露，不知天高地厚的懵懂少女，也曾是别人眼中的骄傲。那小小的辉煌战绩，那个优秀的我，在往后的岁月里，支撑着我走过人生至暗时刻，每一次跌倒，告诉自己不放弃，不认输！

幸运的人一生都被童年治愈，不幸的人要用一生来治愈童年。半生已过，风雨人生路，平凡也好，平庸也罢，过好生活的油盐柴米，才有能力捡起生活的一地鸡毛。

多希望我只是个孩子，给颗糖就笑，摔倒了就哭，有人哄，有人宠。可我只能告诉自己，我一个人也可以的……

---

* 作者简介：庄燕云，1978 年 3 月 18 日出生，现住广州市海珠区新港中路 470 号大院 32 幢。本人擅长写散文，喜欢美食，养生，喜欢独来独往，本性善良单纯，是别人眼中的傻白甜。

他乡亦是故乡

广州，是一座平民化城市，自由、包容，便捷。大都市的繁华与喧嚣，承载着多少人的梦想呢。

二十年前的我来到广州，还是个负债的小小老板。人生无常，年少轻狂，天堂与地狱之间往往是自己的一念之差。二十年了，我深爱着这座城市。珠江河养育着每一个广州人，也养育着我，滋养着我的心灵，我看着广州慢慢变好，她陪着我慢慢成长，像母亲一样不嫌弃我的落魄与狼狈，让我变得自信，护我天真如初。

六亲缘薄的我，对家乡并没有过多的留恋，但我害怕过节。每逢佳节倍思亲，那种洋溢着节日快乐的气氛扑面而来，让我躲无可躲，显得格格不入！不是不想家，而是没家可回。如果有人对我说：累了就回来吧！我也会像别人一样归心似箭，排除万难也要回家！看似无情的我比任何人都深情，只是无人懂罢了！平凡的我，干着平凡的工作，没有靠山，没有背景，只有孤单的背影。很多时候忘记了自己是个女人，也会害怕，也想依赖别人，可天生傲骨，不轻易低头。想退缩的时候告诉自己，不要怕，赢了再哭！

幸福都是相似的，不幸各有各的不幸。也许我记忆里储存的都是悲伤的过往，看到和自己经历相同的人时，我的心就会变得很柔软。我们都是被幸福遗忘的孩子，我们的世界很单纯，缺爱的人不知道幸福是长成什么样子的。衣锦还乡，荣归故里，是每一个远在他乡游子的心愿，只是事与愿违，人的能力有偏差，不是每个离家的人都能成功。

多年的生活习惯使我早已融入了这座城市，有爱的地方就是家，此处心安是吾乡。

張义成作品*

带着女儿走皖南川藏线

女儿今年出生，已经四个多月大了，还没有学会说话。妻子整日围着女儿转，也是身心疲惫，于是我决定要带她俩回安徽省亲，特地自驾一下号称"江南天路"的皖南川藏线，给枯燥的生活嵌一段新奇的旅程。

时值深秋，我们从南通出发，过了长江，车子行驶在苏南平原上，妻子拨弄着耳塞听着歌，女儿恬静地睡在为她搭建在后座的小窝里。车窗外，远处湛蓝的天空下泛着或深或浅的青黛，绕过太湖岸边，那青黛就成了皖南的群山。

临近傍晚，我们从宁国下了高速，很快就进了山，暮色渐暗，安静的山路上就剩下车轮卷起的落叶窣窣声。我们在一座石桥的尽头向右拐入了一片开阔河滩——储家滩，是皖南川藏线的起点，也是我们今晚住宿的地方。我们将车子停在一家名为"山乡旧梦"的民宿院子门口，那满院的丹桂探出沉甸的花簇，仿佛已经昏睡在这寂静的山乡夜晚，被秋露惹得羞涩的花瓣，躲在枝头上，馥郁怡人。

第二天清晨，推开窗，山色因淋湿了雾水而愈发迷人，成群伴飞的鸟儿的鸣转打破了整夜的宁静，顿时让这河谷热闹起来，储家滩如同一条碧绿的丝带飘落在这群山里，神秘而美丽。热心的民宿老板为我们一家准备了早饭，告别了老板夫妻，我们在路边加油站给车子加满了油，妻子给我买了几罐红牛，便从青龙湾出发，沿着港口湾水库朝桃岭驶去。起初平坦的道路让我们极尽享受着沿途的景色，妻子收起耳塞录起了视频。皖南的民居都是紧挨着马路盖的，门口晒着不知道名字的植物，整齐地倒靠在路边白色的矮墙上，在金秋阳光的照射下，都快冒出油来；马路的另一边，清冽的河水流淌过鹅卵石，闪着钻石般透亮的光，眯着眼睛还能看见几个女人在河中淘洗蔬菜；袅娜的炊烟舞动着身姿弥漫过山间，饱腹的稻穗荡漾着金色的海浪摇曳在古朴的村落旁，环抱在这山、这水的皖南人民的生活显得格外的静谧而富足。在落羽红杉林景点做短

---

* 作者简介：张义成，男，本科学历，化纤工程师，文学爱好者。

暂停留后，我们就上了一条叫"幸福路"的盘山公路。说是幸福路，其实路是贴着山腰从岩石中开凿出来的，宽度刚刚只够两辆车并排通过，靠近山的一侧常有石块掉落在路面上；公路的另一侧则是陡崖，一路上甚至没有多余可供停车的地方，一点也不觉得幸福。我想应该是当年交通闭塞，有了这条路以后，连通了山内外货物进出的运输路线，人们才过上了幸福的生活。到了桃岭以后，道路迂回盘旋，红牛早已喝完，我只能屏住呼吸，眼睛盯着车头，双手握紧方向盘，妻子则抱紧女儿，抓紧车门扶手，在驶出这段山路之前，我们谁都没说话。最后终于安全驶出了最惊险的六道湾，为此次带女儿走皖南川藏线画上了一个完美的句号。

这一路我们最担心的是女儿的不适应，因为她还太小，结果她兴奋得一路咿呀高歌，完全沉浸在她那小小的世界中，这让我和妻子十分惊喜。深秋的皖南，给我们单调的工作、生活旅程留下了一段难忘的记忆。

游中国画里的乡村

过了中秋，我和妻子决定自驾完成因为新冠肺炎疫情耽搁了的旅行约定。于是定好日程，备齐物品，给车加满油，便踏上了旅途。

一路停停走走，在绕过千岛湖星罗棋布的湖光岛影后，我们沿着皖浙一号线继续往徽州缓慢行进，去往中国画里的乡村——宏村。山路难行，沿途蜿蜒曲折，车速只能保持在50迈，好在一路上有金色的稻田，齐陇的茶树，还有漫山环抱的云峰竹海，倒也不觉得乏味。终于蹚出了山沟，来到一小片"平原"。这时已经临近傍晚。透过车窗外，看见一座古朴的村落静静躺在山脚下，村中升起袅袅炊烟，村边环绕着一片荷塘（南湖）。下了车，民宿老板骑着三轮车已经在停车场等候我们了，伙计帮我们卸下行李，老板领我们进了村，我和妻子沿着荷塘边小心翼翼，眼前不远处一座石拱桥（画桥）铺在水中央，连接着村内外，桥上挤满了驻足游玩的人，湖对岸，白色的马头墙映着夕阳，泛出点点金光，和画桥一起倒映在湖水里，随着水波荡漾，与秋色交织。沿湖支着许多画架，是来写生的学生，与嬉闹的游人不同，他们手中的画笔专注的涂抹在画布上，白的墙，黛的瓦，绿的荷，红的柿，从画里看景，这是典型的江南徽派建筑，别具一格，来自城市的水泥森林的人此刻仿佛置身明清，感觉自己走到了李安的电影里。夜幕降临，我和妻子牵手走在幽深的青石板巷子里，白天的闹已经褪去，夜晚倒很寂静，村里纵横穿梭的青石板路细小狭窄，旁边小溪静静流淌，村子中央有个半月形荷塘，叫月沼，半月的形状让我顿时起了兴趣，一打听才知道，原来当初修建时的主人认为花开则落，月盈则亏，蕴涵着古代哲学思想，耐人咀嚼回味。晚上我和妻子在村里的菜馆里点了徽州有名的臭鲑鱼和毛豆腐，那种味道很特别，让人吃一次就会留在记忆里。

第二天我们收拾了行囊，继续前往下一站。此次自驾之行，一路收获自然风光美景和地域文化特色，最让我和妻子流连的还是宏村，它使我们置身世外，仿佛走进了中国画里一样，那种奇妙的感觉至今还让我印象深刻。

后　记

　　本书由感人至深的亲情故事、难以忘怀的人生经历、念兹在兹的山河游历、独一无二的风土人情、诚恳真挚的祖国礼赞等内容组成，简单的遣词造句文字在将作者的遣词造句中，真挚的情感跃然于纸上。本书的内容未经浓墨重彩的渲染，源于生活，融于生活，于细微处见真情。

　　本书是由一篇篇文章形成的书稿，文章的作者在平凡中用笔记录人生的点点滴滴，他们并不是作家或专业的写手或作家，他们热爱书写，在平凡中用真心、真情、真意的文字记录人生的点点滴滴，表达他们对生活的热爱和礼赞。书中的作者他们是一群可敬的文字书写者、文学爱好者，勇于追梦者，故在文稿的编辑中我们保留了作者淳朴的文风，没有刻意追求语言的精练和华丽。本次文章的征集的初心是"平凡中的我们用文字来礼赞我们的生活和我们所生活的美好时代"，在编辑本书的过程中我们删去了很多虽文字优美但表达另类的文章，在此也想向这些作者致歉。本书的出版得到了很多投稿作者的热情支持，特别是文章收录"好文章书系"的作者们，没有你们的鼎力相助，以及那份对文学的孜孜以求与无限热爱，便没有本书的出版，在此，向你们鞠躬致谢！在此还要感谢那些为本书的出版付出辛勤劳动的编辑和工作人员。

　　"文化兴国运兴，文化强民族强。"在提倡文化强国的今天，新时代需要平凡普通人用自己的语言和手中的笔去感染我们身边的人和事，书写不平凡的人生，用正义的声音去传播正能力量。编委会总想把"好文章书系"出好，不辜负作者和读者们的殷切期望，但考虑的事情众多诸事繁杂，且书中作者大多出于自身对文字的热爱，非专业作家，书中不足之处在所难免，我们怀着虔诚的心请求读者朋友在欣赏本书时，宽容待见，批评指正。

"中国好文章"大赛编委会